WARRIORS

貓戰士

幽暗異象

⑥部曲之VI

風暴肆虐

The Raging Storm

艾琳・杭特（Erin Hunter）著
高子梅 譯

晨星出版

特別感謝凱特・卡里

蕨歌：黃色虎斑公貓。

雲雀歌：黑色公貓。

火花皮：橘色虎斑母貓。

嫩枝杈：綠色眼睛的灰色母貓。見習生：飛掌。

鰭躍：棕色公貓。見習生：拍掌。

煤心：灰色虎斑母貓。

花落：雜黃褐色和白色相間的母貓，有花瓣狀的白色斑塊。

見習生（六個月大以上的貓，正在接受戰士訓練）

莖掌：白橘相間的公貓。導師：玫瑰瓣。

殼掌：龜殼色公貓。導師：蜂紋。

鷹掌：薑黃色母貓。導師：琥珀月。

點掌：帶斑點的虎斑母貓。導師：葉蔭。

飛掌：帶條紋的灰色虎斑母貓。導師：嫩枝杈。

拍掌：金色虎斑公貓。導師：鰭躍。

貓后（懷孕或照顧幼貓的母貓）

黛西：來自馬場的雜黃褐色長毛母貓。

藤池：深藍色眼睛的銀白相間色母貓（生了淺灰色小母貓小鬃、暗灰色小母貓小竹、虎斑小公貓小翻）。

長老（退休的戰士或退位的貓后）

灰紋：長毛的灰色公貓。

蜜妮：藍色眼睛的條紋灰虎斑母貓。

本集各族成員

雷族 *Thunderclan*

族長　**棘星**：琥珀色眼睛的暗棕色虎斑公貓。

副手　**松鼠飛**：綠色眼睛的暗薑黃色母貓，有一隻腳爪是白色。

巫醫　**葉池**：琥珀色眼睛、有白色腳爪和胸毛的淺棕色虎斑母貓。

松鴉羽：藍色眼睛的盲眼灰色虎斑公貓。

赤楊心：琥珀色眼睛的暗薑黃色公貓。

戰士　（公貓，以及沒有子女的母貓）

蕨毛：金棕色虎斑公貓。

雲尾：藍色眼睛的白色長毛公貓。

刺爪：金棕色虎斑公貓。

白翅：綠色眼睛的白色母貓。

樺落：淺棕色的虎斑公貓。

莓鼻：乳白色公貓，尾巴只剩短短一截。

罌粟霜：雜黃褐色母貓。

獅焰：琥珀色眼睛的金色虎斑公貓。

玫瑰瓣：深乳色母貓。見習生：莖掌。

百合心：體型嬌小有白色斑塊的暗色虎斑母貓，藍色眼睛。

蜂紋：淡灰色公貓，有黑色條紋。見習生：殼掌。

櫻桃落：薑黃色母貓。

錢鼠鬚：棕黃乳白相間的公貓。

琥珀月：淺薑黃色母貓。見習生：鷹掌。

影族 *Shadowclan*

族長　**虎星**：暗棕色虎斑公貓。

副手　**褐皮**：綠色眼睛的雜黃褐色母貓。見習生，松果掌。

巫醫　**水塘光**：有白色斑點的棕色公貓。

戰士　（公貓，以及沒有幼貓的母貓）

刺柏爪：黑色公貓。

爆發石：棕色虎斑公貓。見習生：熾掌。

石翅：白色公貓。見習生，螞蟻掌。

草心：淺棕色虎斑母貓。見習生：海鷗掌。

焦毛：暗灰色公貓，其中一隻耳朵有被砍過的痕跡。

蛇牙：蜜色虎斑母貓。

苜蓿足：灰色虎斑母貓。

麻雀尾：體型很大的棕色虎斑公貓。見習生：肉桂掌。

雪鳥：綠色眼睛的純白色母貓。

見習生（六個月大以上的貓，正在接受戰士訓練）

熾掌：白黃相間的公貓。導師：爆發石。

螞蟻掌：棕黑相間、毛色帶斑的公貓。導師：石翅。

肉桂掌：有白色腳爪的棕色虎斑母貓。導師：麻雀尾。

貓后　（懷孕或照顧幼貓的母貓）

鴿翅：綠色眼睛的淺灰色母貓（生了灰色小母貓小撲、棕色虎斑小母貓小光、灰色虎斑小公貓小影）。

風族 *Windclan*

族長　**兔星**：棕白相間公貓。

副手　**鴉羽**：暗灰色公貓。

巫醫　**隼翔**：毛色斑駁的灰色公貓，身上的白色斑點很像隼的羽毛。

戰士　（公貓以及沒有幼貓的母貓）

夜雲：黑色母貓。

金雀尾：藍色眼睛的淺灰白相間母貓。

燼足：灰色公貓，有兩隻暗色腳爪。

風皮：琥珀色眼睛的黑色公貓。

燕麥爪：淺棕色公貓。

呼鬚：暗灰色公貓。

長老　（退休的戰士和退位的貓后）

鬚鼻：淺棕色公貓。

白尾：體型嬌小的白色母貓。

天族 *Skyclan*

族長　**葉星**：棕色和奶油色相間的虎斑母貓，眼睛琥珀色。

副手　**鷹翅**：黃色眼睛的暗灰色公貓。

巫醫　**斑願**：淺棕色的雜色虎斑母貓，腿上有斑點。

躁片：黑白相間的公貓。

幹旋貓　**樹**：琥珀色眼睛的黃色公貓。

戰士　（公貓，以及沒有幼貓的母貓）

雀皮：暗棕色虎斑公貓。見習生：花蜜掌。

馬蓋先：黑白相間的公貓。

露躍：身材結實的灰色公貓。

梅子柳：暗灰色母貓。見習生：陽光掌。

鼠尾草鼻：淺灰色公貓。見習生：礫石掌。

哈利溪[1]：灰色公貓。見習生：流蘇掌。

花心：薑黃色和白色相間的母貓。見習生：鴿掌。

沙鼻：矮壯的淺棕色公貓，腿部薑黃色。見習生：鵪鶉掌。

兔跳：棕色公貓。見習生：灰白掌。

貝拉葉：綠色眼睛的淺橘色母貓。

蘆葦爪：體型嬌小的淺色虎斑母貓。

紫羅蘭光：黃色眼睛的黑白色母貓。

1　在六部曲之四名為「鷩濤溪」，但由於在《Skyclan and the Stranger》一書，提及為了紀念索日，葉星以索日的舊名「哈利」來為這隻小貓命名。特此更名為哈利溪。

莓心：黑白相間的母貓（生了黑色小公貓小穴、棕白相間的虎斑小母貓小太陽、黑白相間的小公貓小尖）。

蓍草葉：黃色眼睛的薑黃色母貓（生了雜色小母貓小跳、棕色虎斑小公貓小亞麻）。

長老　（退休的戰士或退位的貓后）

橡毛：體型較小的棕色公貓。

鼠疤：棕色公貓，背上有條很長的疤。

河族 *Riverclan*

族長　霧星：藍色眼睛的灰色母貓。

副手　蘆葦鬚：黑色公貓。

巫醫　蛾翅：有斑紋的金色母貓。
柳光：灰色虎斑母貓。

戰士　（公貓以及沒有幼貓的母貓）
塵毛：棕色虎斑母貓。見習生：斑紋掌。
鯉尾：暗灰色母貓。
錦葵鼻：淺棕色虎斑公貓。
豆莢光：灰白相間的公貓。
蜥蜴尾：淺棕色公貓。
冰翅：藍色眼睛的白色母貓。

見習生（六個月大以上的貓，正在接受戰士訓練）
溫柔掌：灰色母貓。導師：薄荷毛。
斑紋掌：灰白相間的公貓。導師：塵毛。
兔掌：白色公貓。導師：甲蟲鬚。

長老　（退休的戰士或退位的貓后）
苔皮：雜黃褐色和白色相間的母貓。

薄荷皮：藍色眼睛的灰色虎斑母貓。
蕁水花：淺棕色公貓。
微雲：體型嬌小的白色母貓。

見習生（六個月大以上的貓，正在接受戰士訓練）
花蜜掌：棕色母貓。導師：雀皮。
陽光掌：薑黃色母貓。導師：梅子柳。
礫石掌：黃褐色公貓。導師：鼠尾草鼻。
流蘇掌：有棕色斑塊的白色母貓。導師：哈利溪。
鴿掌：灰白相間的母貓。導師：花心。
鶺鴒掌：有黑色耳朵的白色公貓。導師：沙鼻。
灰白掌：黑白相間的母貓。導師：兔跳。

長老（退休的戰士或退位的貓后）
鹿蕨：聽力喪失的淺棕色母貓。

被遺棄的兩腳獸窩
月池
舊雷族小徑
雷族營地
天空橡樹
風族營地
斷半橋
兩腳獸地盤
馬兒地盤
轟雷路
雷族
河族
影族
風族
星族

綠葉
兩腳獸地盤
兩腳獸窩
兩腳獸小徑
空地
兩腳獸小徑
影族營地
半橋
小轟雷路
綠葉
兩腳獸地盤
湖
半橋
小河
小島
河族營地

被遺棄的
五人小屋
採石路
礦場
水晶池
兔丘林
星域湖
兔丘
兔丘馬廄場
兔丘路
樹叢
落葉林區
松樹林
沼澤
湖
小路
北

觀兔露營區
聖域農場
塞德勒森林區
小松路
小松乘船中心
小松島
艾柏河
魏特喬奇路

序章

夜色漫進山谷，熒熒月光碎在湖面上。火星在島上走來走去，從岸上靜觀。他聞到風裡新葉季的味道，心想部族貓或許再也見不到這個充滿希望的季節。

黑星在幾條尾巴距離外的地方打著寒顫，其他部族族長宛若幽靈地站在四周，毛髮上閃著微弱的星光。「為什麼叫我們來這裡？」

高星蓬起那身黑白相間的豐厚毛髮。「有什麼重要的事不能在星族那邊說？那裡比較溫暖。」

火星沒有回答。他望著對岸那片宛若被毛髮覆滿的橡樹林，心裡有點急迫。

藍星用尾尖觸碰他的腰腹。「你就直說吧，為什麼要我們來這裡。」她語氣溫和地說道。

「別催他，」曲星坐在水邊，腳爪塞在尾巴底下，「火星喜歡先深思再開口。」

「那他在找我們過來之前，就應該先深思過才對。」高星嘟囔道。

黑星不耐地彈著尾巴。「反正我們早就知道部族未來會面臨到什麼，所以根本沒必要來這個烏漆墨黑的地方。」

火星朝他轉身。「我們的確知道未來會面臨到什麼，但我不認為我們已經清楚知道各部族究竟還欠缺了什麼去面對未來的挑戰。他們太不知道天高地厚，而我們也為他們憂心到夜不成眠。」就在他開口說話的同時，岸邊附近的松樹林有黑影在動。火星扭頭去看。「花楸爪？你在這裡做什麼？」

影族貓躡手躡腳地朝他們走來，那雙眼睛在黑暗中炯炯有神，毛髮上的星光熠熠閃爍。「如果你們是來這裡討論部族的未來，我也有權參與。」

「你已經不是族長。」黑星厲聲斥責。

花楸爪低聲咆哮。「我是為了讓我的部族活下去，才放棄我的九條命。」

「你放棄部族，是為了讓自己活下去。」黑星嘶聲道。

「不是的，」花楸爪貼平耳朵。「我雖然死了，但我的部族重生了。我兒子回來了。虎星會帶領他們再度壯大起來。」

「靠什麼代價來壯大？」藍星蠕動著腳。「就我對影族貓的瞭解，他們向來很覬覦別族的領地。」

花楸爪瞇起眼睛。「影族絕不能被滅族，必須拿回自己的領地。」

「可是天族也不能失去領地啊。」火星那雙翡翠綠的眼睛閃爍著星光。他的目光遠眺，越過了其他貓兒的星光身影，望向遠處林子，那裡是天族的領地。「湖邊也是他們的家。」

「湖邊當然是他們的家。」高星咕噥道。

藍星覷著花楸爪。「你兒子會讓他們留下來吧？」

「虎星必須不計一切代價地壯大影族。」花楸爪反駁道。

火星彈動尾巴。「花楸爪說對了一件事：影族是必須壯大。我們不能再失去他們。

每個部族都必須壯大，但不是靠竊取別族的領地來壯大，而是必須學會共存共榮。如果五大部族做不到這一點，即將來臨的黑暗就會徹底毀了他們。」

「我們以前也從黑暗裡熬過來。」曲星爭辯道。

「這次不一樣，」火星堅稱道，「這些年輕的貓兒不懂它的危險性。雖然他們曾經擊退入侵者，度過了各種難關，但並不明白恐懼會像影子一樣無孔不入，更不明白貪婪會害他們分崩離析。」火星不安到毛髮微微刺癢，身上的星光跟著閃爍不定。

黑星哼了一聲。「你認為他們沒從暗尾那兒學到教訓嗎？」

「我不認為他們有學到足夠的教訓。」火星迎視他的目光，「只要看暗尾是如何撕裂他們就知道了。河族閉關自守，影族瞬間瓦解。他們最需要通力合作的時候，卻分崩離析。」

「可是河族又重新加入了。」曲星直言道。

「影族也有了新的族長。」花楸爪爭辯道，「而且是一個實力堅強的族長，他會好好領導自己的戰士。」

「但他年紀太輕，」火星提醒道，「他一心只想證明自己的實力和部族的實力，但現在不是開戰的好時機。湖區的天族還在設法站穩腳步，他們的回歸考驗著所有貓兒的智慧，而且這場考驗還沒結束，他們必須被其他部族徹底接納才行。因為如果各部族之間不能學會和平共處，又將如何面對未來的挑戰？」他的眼神一黯。藍星別過臉去。其他貓兒緊張地互看彼此，彷彿都很清楚到底是什麼事情可怕到無法付諸言語。火星繼續說道：「如果五大部族可以共存共榮，就可以像五爪腳趾一樣穩穩踩在地上。因為只要它們都很堅固，腳爪就有很強的抓地力，但只要其中一根爪子沒抓牢，未來的風暴便可能掃掉其它爪子。」

「到時候消失的就不只是湖邊的五大部族了，」藍星閉上眼睛，新葉季的風吹拂過來，她身上的毛髮宛若漣漪起伏，「只要不再有部族貓記得我們，星族也會跟著消失殆盡。」

「我們必須警告他們。」高星激動地甩著尾巴。

「我們早就警告過他們很多次了，」藍星嘆口氣，「我們曾多次告誡他們，在面對未來時，一定要不分彼此地互相合作。」

火星瞇起眼睛。「我們能做的只是幫他們指出一條路，但沒辦法強求他們一定得走那條路。」

藍星遠眺大湖。「只希望他們會找到那條路，要是不能，我們將全數滅亡，連戰士守則也不保。」

第一章

「為什麼要我們來清這堆垃圾？」飛掌用後腿坐下來，看著空地上四處散落的小樹枝，虎斑色毛髮微微抽動，「我們已經清了好幾天了。」

嫩枝杈放掉她剛剛在拖拉的一根木頭，不耐地瞪看她的見習生。「如果妳想在這裡練習戰技，就得先把訓練場清乾淨。」

「為什麼點掌和莖掌不能來幫忙？」飛掌抱怨道，「他們也會來這裡練戰技，更何況梅掌比我壯，比較拉得動粗木條。」

「梅掌、鷹掌和殼掌今天跟他們的導師去狩獵了。」嫩枝杈忍住怒氣地說道，**我當見習生的時候有這麼愛抱怨嗎？**

「為什麼我們不能去狩獵？」飛掌不滿地說道。

「妳又還沒有學會狩獵技巧。」

飛掌彈動尾巴。「如果妳有教我狩獵技巧，而不是老叫我清垃圾，那我早就學會了。」

如果妳少花點時間跟我吵這些有的沒的，多花點時間好好工作，我們早就把這裡清乾淨了，但嫩枝杈把話硬生生吞下去。「棘星下令得把訓練場清乾淨。暴風雨過後留下這麼多垃圾，是他要求我們來清理。」她看了拍掌一眼，後者正在幫忙鰭躍把一根樹枝拉到空地旁邊。「妳哥哥就沒像妳這麼愛抱怨。」

拍掌放下樹枝。「鰭躍告訴我，搬木頭可以讓我的肌肉變得更結實。」他鼓起胸膛。「我想要成為最強壯的雷族見習生。」

飛掌皺起眉頭，「還是不要太強壯比較好，免得棘星找你做更粗重的活。」

鰭躍一臉同情地看著她。「你們已經辛苦工作了一整個早上。」他迎視嫩枝杈的目光，「乾脆我們來教他們幾招戰技吧。」

拍掌豎起耳朵。

「拜託啦，」飛掌躍過那根木頭，興奮地蹲伏下來，朝半空中飛踢後腿，齜牙咧嘴，甩打尾巴。「妳看！我準備要攻擊了！」

拍掌喵嗚一聲，也衝過去加入她。

嫩枝杈惱火地閉上眼睛。按這速度，他們永遠也清理不完這個訓練場。要是她連最簡單的工作都沒辦法要求見習生做好，棘星會怎麼想？他會不會後悔太早升她當導師？

這時有毛髮拂過她面頰，鰭躍正繞著她轉。「我們等晚點再清理這些木條，」他喵聲道，「花點時間訓練戰技也不是壞事啊。」他神情熱切，害她不忍拒絕。但她今天並沒有計畫要教戰技，所以沒有先備課。

「我不知道欸。」她皺起眉頭。

「妳在擔心什麼？」他眨眨眼睛看著她。「我們是導師欸！訓練見習生又不會打破戰士守則。」

嫩枝杈壓低音量，「要是我教得不好怎麼辦？」

鰭躍的眼睛瞪得斗大，「妳怎麼可能教得不好？妳當過那麼久的見習生，對訓練這種事比誰都嫻熟。」他眼神炯亮，溢滿崇拜。

嫩枝杈輕聲喵嗚，心裡竊喜，雖然鰭躍有時候笨手笨腳，又很不會說話，但就是很體貼，她不愛上他都很難。

大家都希望他們早點結為伴侶貓，尤其是鰭躍。他幾乎寸步不離地跟在她身邊，不管她說什麼，他都笑瞇瞇地聽，每天傍晚都會從生鮮獵物堆那裡幫她帶獵物過來。她真的很幸運能有他陪伴。

但問題是她還沒確定自己是不是已經準備好要跟他結為伴侶貓。她才剛當上戰士沒多久，還有個見習生等著她來訓練……**很多很多的訓練！**

最重要的是，她想要向大家證明身為雷族貓的她是當之無愧的。她以前還是見習生的時候三心二意了太久，曾經投效天族，最後又回來雷族。所以她必須讓雷族知道她是忠心不二的。她下定決心贏得雷族貓對她的尊敬，所以她現在沒有時間考慮伴侶貓這種事。

「來吧！」鰭躍朝拍掌和飛掌走過去。拍掌將肚子貼平地面，激動地對飛掌嘶聲作響。飛掌甩打尾巴，也假裝嘶吼回去。鰭躍上前一步，橫在他們中間，彈動尾巴，示意他們注意腳爪的位置。他喵聲說：「只靠扮鬼臉是無法打贏對方的。」

「我們不是在扮鬼臉，」拍掌不高興地說道，「我們是在表現兇狠的一面。」

「我看過更兇狠的豪豬。」嫩枝杈踩著地上散落的樹枝，走過去找他們。

飛掌對她熱切地眨眨眼睛。「妳要教我們什麼？」

「跟我來。」嫩枝杈把她的見習生從鰭躍和拍掌旁邊帶開。這是她生平第一次傳授戰技，她不想讓別隻貓兒看見。她停在空地邊緣，用腳爪踢開地上的小樹枝。「我們來看看妳會怎麼應付突如其來的偷襲。」

飛掌緊張地抽動耳朵。「偷襲？」

「妳沿著空地的邊緣走，我會從旁邊衝出來偷襲妳。妳要站穩，不要讓我把妳撞翻了。」在嫩枝杈看來，這是很簡單的教學，可是為什麼飛掌看起來這麼緊張？

「妳要攻擊的時候會告訴我嗎？」條紋虎斑貓這樣問道。

嫩枝杈眨眨眼睛。「偷襲的重點就在於它的出其不意啊。」

「可是我還在學啊。」

「所以妳要學這個啊。」嫩枝杈不安地蠕動著腳，暗地希望自己的教學方法是對的。她沒等飛掌提問，逕自鑽進小空地外圍的蕨葉叢裡，低身躲在裡面，等候飛掌開始走動。可是飛掌一直看著正在上課的鰭躍和拍掌。他們在沙地上摔角，拍掌費力擺脫他的導師，笨拙地跳起來站好。「讓我再試一次！」

「飛掌！」惱火的嫩枝杈不耐地抽動尾巴。

飛掌內疚地掃了蕨葉叢一眼，開始沿著空地邊緣走。嫩枝杈壓低身子，跟在她後面。她很高興看見飛掌的雙耳豎得筆直，尾巴也保持在正中央位置。這位見習生顯然正保持警覺。嫩枝杈繃緊全身肌肉，正準備要跳出去，頭上卻有鳥兒發出警告的叫聲，飛掌分神抬頭張望，但說時遲那時快，嫩枝杈已經跳了出來，朝她猛力一推。飛掌嚇得放聲尖叫，一個站不穩，翻滾在地。

嫩枝杈跳起來站好。「妳怎麼比麻雀還容易受到驚嚇！」她低頭怒瞪飛掌，不給她辯解的機會。「妳又不是不知道我要偷襲妳！妳的四條腿應該要站得穩穩的，隨時準備接招啊！」

「是那隻鳥害我分心的！」飛掌一臉不悅地爬起來。

「妳是住在林子裡欸！要是每次聽到鳥叫聲就分心，妳根本不用學狩獵或戰技了！」一臉慍色的嫩枝杈甩甩身子。飛掌這麼不專心，她要怎麼教呢？拍掌、點掌和其他見習生就快得到戰士封號了，她卻還在教最入門的功課。**有史以來最爛的導師八成非我莫屬了！**

「我們再試一次。」飛掌喵聲道，「這一次我一定會準備好。」

「等影族巡邏隊偷拿妳的獵物時，妳再這樣跟他們說好了。」嫩枝杈又鑽進蕨葉叢裡，等候飛掌繼續前進。「壓低身子，走路的時候把全身重心放在妳的腳爪上。」她隔著葉縫喊道。

飛掌肚子貼著地面，笨拙地繞著空地走。嫩枝杈嘆口氣。**她看起來活像一隻鴨子。**她暗中跟著她走了幾條尾巴的距離，然後一躍而起，從蕨葉叢裡撲了出來，撞上飛掌的腰腹。飛掌嚇得尖聲大叫，抬起前腿騰空揮打，再砰地一聲落地，還好這次沒摔倒。

嫩枝杈瞪著她看。「這是我見過最爛的防禦方式。」

飛掌好不容易穩住腳步，甩掉身上沙土，眼睛瞪得斗大。「我沒想到妳會撞得這麼大力。」

「我是在偷襲妳！」嫩枝杈不客氣地說道，「這裡不是育兒室，妳也不是在玩打鬥遊戲。」

飛掌怒目瞪她。「妳就是想要我失敗就對了，」她指控道，「難怪妳故意刁難我。如果妳存心要我摔跤，我怎麼知道該怎麼防妳？」

嫩枝杈強忍住懊惱的情緒，試著回想自己第一次受訓時的經驗，但總覺得那是很久以前的事了。「好吧，」她逼自己放柔語調，看著飛掌說：「妳的四條腿要這樣踩。她伸腳過去調整飛掌的腿，直到小虎斑貓站得穩穩的為止。「現在把重心放在腳墊上，就好像妳的體重跟獾一樣重。」她看著飛掌蠕動四肢和軀幹，找到重心。「這一次，我不再從蕨葉叢裡衝出來，妳會看到我撲過來，妳要站穩哦。」

飛掌點點頭，眼神專注。

至少她願意嘗試，嫩枝杈後退幾步，然後一躍而起，撲向飛掌的腰腹，攻擊的力道雖然不大，卻很紮實。她用力地推撞飛掌，感覺到在她撞上小母貓時，後者有釋出足夠的阻力，她覺得還算滿意。飛掌只搖晃了一下，但重心壓低，沒有跌跤。

嫩枝杈四腳輕輕落地。「還不錯，」她承認道，「但畢竟妳知道我會攻擊妳。所以我還不確定如果是偷襲的話，妳的四條腿夠不夠穩，不過我們可以多練習幾次。」

「我覺得她表現得不錯。」鰭躍的喵聲嚇了嫩枝杈一跳。棕色公貓朝他們緩步走來，旁邊的拍掌邊走邊跳。「她的馬步很穩了。雖然她體型比妳小，但也沒被妳撞倒。」

嫩枝杈皺眉看著他。「我不覺得你應該誇她，」她警告道，「她要學的東西還很多呢。」

「我們兩個都有好多東西要學。」拍掌開心地繞著他妹妹，「一定很好玩。鰭躍已經教會我怎麼鑽進貓兒的肚子底下，妳也應該教飛掌這一招。鰭躍說這對體型嬌小的貓兒來說是很好用的技巧。他說我天生就是當戰士的料。」

「我不確定我是。」飛掌不以為然地抽動耳朵。

「妳當然也是，」鰭躍向她保證道，「妳是獅燄和煤心的小貓欸，不是天生當戰士的料，那是什麼？」

飛掌眼睛一亮。嫩枝杈頓時火大。如果鰭躍老是這樣隨口誇獎飛掌，她的技巧怎麼提升？「這世上沒有誰天生就是當戰士的料。」她怒氣沖沖地反駁，「技巧是要靠訓練和反覆練習的。」

「妳受訓了那麼多個月才當上戰士，一定很有技巧。」飛掌咕噥道。

見習生的這句話刺痛了她，她立刻貼平耳朵。當初她是因為更換部族，才會受訓這麼久，並不是因為她資格不夠。「戰士要學的第一件事就是懂得尊重別人。」

飛掌盯著地上看。

鰭躍甩動尾巴。「你們兩個去把剩下幾根棍子清乾淨，好不好？」他朝飛掌和拍掌點頭示意。「嫩枝杈和我要去巡查邊界。等你們做完了，再來找我們。我們會教你們如何標示邊界。嫩枝杈，妳覺得這樣好不好？」他不給她回答的機會，便推著她離開空地，沿著兔子小徑，往影族邊界走去。

「你聽到她剛剛說了什麼嗎？」嫩枝杈一臉不高興。「常誇獎他們，就會有這種下場。太放肆了！我應該甩她一巴掌的。」

「難道妳希望她怕妳？」鰭躍走在她旁邊，眼睛沒有看著她。

「如果怕我，搞不好就會比較聽話。」

「這不是妳的真心話吧？」

「她很沒定性，動不動就分心，一件事都還沒做好，就巴望著別的事。」

「妳才訓練她三天而已，」鰭躍勸她道，「搞不好她有什麼長處是妳還沒發現到的。」

「要是你再一直誇她天生是當戰士的料，我這一輩子恐怕都找不出來她的長處是什麼！」嫩枝杈氣呼呼地說道，「她會自以為是到根本不想跟我學了。」

「我只是想鼓勵她。」

「你去鼓勵你的見習生就好了，」嫩枝杈不客氣地說道，「我的見習生由我自己來管。」

鰭躍停下腳步，一臉嚴肅地看著嫩枝杈。「我只是擔心妳對她太嚴厲了，妳總不希望在她還沒學會任何東西之前就先灰心喪志吧。妳難道忘了以前火花皮曾經很嚴厲地對待妳，那時候妳有多不快樂嗎？」

「那不一樣，」嫩枝杈不安地聳起毛髮。當初她重新加入雷族後，火花皮成了她的導師，可是對她一直很有意見，老是在為難她，害她過得很痛苦。「火花皮那時只是在考驗我的忠誠度。」

「妳的忠誠度有需要被考驗嗎？」

「當然不需要！」嫩枝杈轉過身去。導師這工作已經夠難了，現在竟還得聽鰭躍的訓。

「我只是做我認為對的事情。」

「我知道。」鰭躍放柔語調。「突然要擔起這麼多責任，的確有點可怕。但這是我們第一次收見習生，就算犯錯也是在所難免的，所以他們犯錯也是應該的，我們可以一起學習。」

「可是我應該要知道怎麼當個好導師啊。」嫩枝杈總覺得喉嚨裡好像哽著一塊石頭。

「為什麼要給自己這麼大的壓力？」鰭躍繞著她轉，迎視她的目光，停在她面前。「嫩枝杈，妳是個很棒的戰士，又很善良體貼，妳不必因為自己是個導師，就拒絕讓自己跟以前一樣善良體貼。妳要相信自己的直覺。該操見習生的時候，當然要操，但也要適時鼓勵。妳應該比誰都明白在面對一些全然陌生又艱難的事情時，若能適時得到鼓勵，那是一件多開心的事。」

他溫暖的目光觸動了嫩枝杈的心。他真的很在乎她，希望她能在導師的工作上有所成就。她喵嗚輕笑，與他輕觸鼻頭。

「再說，」他繼續說道，「導師這工作也可以訓練我們的耐心。所以等我們以後有了小貓，一定會是一對很有耐心的父母。」

等我們有了小貓！他們都還沒成為伴侶貓呢。嫩枝杈根本還沒打算要讓自己被綁在育兒室裡，也還沒想過要有個伴侶貓。

她趕緊改變話題。「我們去巡視邊界吧。」她不想傷鰭躍的心。「飛掌！拍掌！我們在這裡！」她朝見習生喊道，同時掃視蕨葉叢，等他們一出現便立刻轉身，循著小路朝影族領地走去。

她才剛抵達氣味記號線，飛掌就追了上來。「這是邊界嗎？」

「妳聞不出來嗎？」嫩枝杈張開嘴巴，嗅聞影族和雷族的混雜氣味。

飛掌也學她一樣張開嘴巴專心嗅聞，眉頭皺了起來。「那個嗆鼻的味道是影族的？」

「是啊，」嫩枝杈跟著氣味線走。這味道很新鮮。最後她停在一棵松樹的樹根旁，留下自己的氣味記號。「妳到另一棵樹那裡留下妳的氣味記號。」她告訴飛掌。

飛掌在樹幹旁邊蹲下來，鰭躍和拍掌則在幾條尾巴外的地方嗅聞樹木。

鰭躍皺起鼻子。「這裡聞起來的感覺好像影族一天會標上兩次氣味記號。」

嫩枝杈聳聳肩。「他們可能是很高興總算又拿回自己的領地。」

「我想也是。」鰭躍走到她旁邊，這時拍掌跟飛掌快步跑到最前面。

「我們可以每棵樹都標上氣味記號嗎？」拍掌問道。

「邊界很長，」鰭躍告訴他。「你最好省著一點用，因為還有很多地方得標示。」

飛掌正在嗅聞一叢羊齒植物。捲曲的蕨葉從潮溼的地表探出頭來。「這裡有好多味道哦。」她轉身去聞一棵樹的樹根，那兒正冒出許多青蔥綠草。她開始挖一堆腐葉，邊挖邊嗅聞，最後打了個噴嚏。「老鼠聞起來是什麼味道啊？」她問道。

拍掌經過她旁邊。「妳以前就聞過老鼠啦！」他喵聲說道，「我們曾經在營裡吃過啊。」

「我以前沒有聞過活老鼠啊，」飛掌眨眨眼睛看著嫩枝杈。「牠們跟死老鼠的味道不一樣嗎？」

「這是個好問題！」鰭躍趕在嫩枝杈回答之前搶先評論。

她瞪了他一眼。**讓我來教自己的見習生，可以嗎？**「活老鼠的味道比死老鼠來得嗆。」她告訴飛掌。

「來得嗆？」飛掌一臉不解。

「它們有一種……」嫩枝杈絞盡腦汁地搜找適當的形容詞。「一種刺鼻的味道。妳聞到就知道了。」

可是飛掌已經轉過身去了。嫩枝杈氣得腳爪一張一合。飛掌實在太不專心了。條紋虎斑貓的耳朵豎得筆直。「我聞到別的味道。」飛掌喵聲道。

「是很刺鼻的味道嗎？」拍掌抬起鼻口。「這附近有老鼠嗎？」

嫩枝杈嗅聞空氣。這裡的氣味記號強烈到很難聞出別的味道，可是飛掌說得沒錯，空氣裡瀰漫著一股很嗆的氣味。

「聞起來像影族貓。」鰭躍喵聲道。

嫩枝杈的毛髮豎了起來。是有影族巡邏隊朝邊界走來嗎？

鰭躍沿著邊界潛行。「這個方向，」他小聲說道，「跟我來，不要出聲。」拍掌和飛掌趕緊跟在後面，但因為挨得很緊，不小心撞在一起。嫩枝杈殿後。除了影族氣味之外，還有別的味道。**血**！她加快腳步，繞過鰭躍、拍掌和飛掌，跑到前面帶路。她緊張地在樹幹間探看，豎起耳朵，她聽見呻吟聲，快步朝聲音來處走去。

在兩棵樹幹中間有一大坨銀色網狀物，而就在那堆帶刺的藤狀物底下躺著一個棕白相間的身影。影族巫醫貓水塘光正在那裡費力掙扎，試圖脫身，痛苦呻吟。現場血腥味很濃。

「你不要動，越動只會越糟。」她很是驚慌，目光迎上影族巫醫貓痛苦的眼神。「我們會救你出來，」她承諾道，「你躺著不要動。」

鰭躍追了上來。飛掌和拍掌跟在後面。

「這什麼？」飛掌瞪著網狀物看，驚恐地瞪大眼睛。

「是銀刺，兩腳獸的一種藤蔓，」鰭躍解釋道，「牠們都用它來圈圍自己的領地，作為屏障，讓牠們的動物可以乖乖待在裡面的草地。只有星族才知道牠們怎麼會丟一堆這種東西在這裡？」

「我可以碰到他欸。」拍掌肚子貼地，鑽進銀刺裡。

「小心點！」鰭躍出聲警告。

拍掌蠕動身子，朝水塘光鑽過去。「我們會救你出來。」他告訴巫醫貓。

「每次我一動，就被纏得更緊。」水塘光語氣疲憊，看起來很痛苦。

鰭躍看著飛掌。「妳可以自己回營地嗎？」

飛掌點點頭。

「那妳快跑回去找幫手來，告訴棘星我們需要一些幫手來幫忙水塘光脫身。也需要找個巫醫貓，因為他血流不止。」

嫩枝杈朝拍掌喊道：「你跟她一起回去，我們在這裡陪水塘光。」她不相信飛掌能自己跑回去求援。**要是她路上又忘了這件事，或者又分心了，那該怎麼辦？**

拍掌從銀刺底下鑽出來。兩名見習生穿過林子，飛快地跑開。

嫩枝杈身子貼著地面，隔著銀刺細看水塘光。「他們馬上就會找幫手回來了。」

水塘光看著她，表情痛苦。「我全身上下都被刺扎到。」他虛弱地說道。

在他四周的琉璃苣全染上他的鮮血。嫩枝杈看得到他身上被刺扎到的地方，包括兩邊腰腹和背脊都有。其中一根刺卡在他的頸背，害他只能把下巴緊貼在地上。她盡量不讓自己發抖，眼帶鼓勵看著他。「我們的戰士會想辦法救你出來的。」

鰭躍繞著那一坨銀刺走了一圈，不停嗅聞那些藤狀物，似乎正在找縫隙想鑽到水塘光旁邊。他把腳爪伸進一根藤狀物底下，輕輕舉起。整坨東西瞬間抖動，水塘光立刻痛苦呻吟。鰭躍皺起眉頭說道：「實在很難不傷到他。」

「只要有夠多的幫手通力合作，一定可以救他出來。」嫩枝杈的目光不敢離開水塘光。

頭頂上的小鳥正興奮地吱喳尖叫。新葉季的太陽隔著樹冠伸出溫暖的大掌，剛抽芽的樹葉在陽光下閃閃發亮，整座林子像被包覆在翡翠綠的雲靄中。嫩枝杈緊盯著水塘光的眼睛不放，身體有些僵硬。鰭躍則不斷繞著銀刺轉。最後他們終於聽到地面傳來雜沓的腳步聲。

「他們來了！」鰭躍抬起頭來，望向沙沙作響的蕨葉叢，棘星率先衝了出來。花落、刺爪和蜂紋緊跟在後，緊急剎住腳步。嘴裡叼著一大坨蜘蛛絲的赤楊心跟在後面，他把蜘蛛絲擱在地上，這時錢鼠鬚和雲雀歌也趕了上來。

棘星繞著那一大坨銀刺轉，眼神閃著怒光。「兩腳獸的領地還不夠多嗎？為什麼不丟在牠們自己的領地裡，反而丟到我們這裡來？」他一邊怒罵，眼睛一邊掃視那坨銀刺。嫩枝杈心想他一定是在找方法想把它從影族巫醫貓身上抬起來。

赤楊心低下身子，對水塘光眨眨眼睛。「你知道自己身上有多少傷口嗎？」

「傷口多到我都數不清了，刺得我好痛哦。」水塘光眼神絕望地看著他。

「我給你帶來罌粟籽了。」赤楊心用牙齒從那坨蜘蛛絲裡頭叼了幾顆種籽出來，然後在嫩枝杈旁邊貼平身子，吐了幾顆罌粟籽在自己的腳爪上，再從藤狀物底下伸過去遞給水塘光。後者呻吟了一聲，費力伸長脖子，舔進嘴裡。

棘星用尾巴示意刺爪。「你舉這裡。雲雀歌，你舉那裡。」他朝黑色公貓點頭示意另一邊的藤狀物，然後再繞著銀刺走。「蜂紋，你負責這根藤，花落，那根妳負責。錢鼠鬚，你可以從缺口那裡把腳爪伸進去，舉起水塘光背上的那根藤嗎？」

錢鼠鬚點點頭，立刻把腳伸進棘星指示的那處缺口。

等到大家都就定位了，棘星隨即用腳爪從下面勾住水塘光鼻子前面的藤狀物，然後看著鰭躍說道：「我一下達指令，大家就把銀刺抬起來，你負責拉水塘光出來，可以嗎？」

鰭躍點點頭。嫩枝杈看見那隻年輕公貓眼神篤定。他難道不害怕嗎？她一想到要把巫醫貓拉出來，就緊張到想吐。棘星轉向她。「我要妳在鰭躍拉水塘光出來的時候，盡快解開勾住他毛髮上的那些刺。」

嫩枝杈吞了吞口水。「好。」她總覺得胃好不舒服。

「赤楊心，把蜘蛛絲準備好。」棘星指示道。

赤楊心爬到那坨蜘蛛絲那裡，開始撕成片狀。

「我一喊開始，你們就合力抬起來。」棘星環顧他的戰士們。他們點點頭。

「開始！」

棘星喝地一聲，死命抬起藤狀物，其他圍著銀刺的戰士也使盡力氣。銀刺在他們的合力行動下，不停抖動，接著被緩緩舉起。水塘光放聲尖叫。「快去拉他出來！」棘星下令。

鰭躍立刻鑽進被戰士們抬起來的空隙裡。嫩枝杈也跟在後面鑽進去，趁鰭躍前爪抓住水塘光的肩膀，不停地把他往外拉時，趕緊掃視身上有哪裡被刺卡住。嫩枝杈看見有根刺勾住水塘光的毛，連忙伸爪過去解開。還有另一根也卡住他，也趕緊解開。鰭躍費力地拉著水塘光，嫩枝杈快手快腳地撥掉他身上一根又一根的刺。她看見戰士們臉上的表情，知道抬著銀刺的他們有多吃力。

「他出來了嗎？」棘星的喵聲顯得聲嘶力竭。

「出來了。」鰭躍把水塘光一把拉了出來。

嫩枝杈也趕緊鑽出來，心怦怦跳得厲害。

「好，鬆爪放開！」棘星下令。戰士們一鬆爪，那一大坨藤狀物立刻掉在地上，不停抖動。有一根藤狀物在蜂紋旁邊鬆脫開來，朝他旁邊的地上彈開。

「大家都沒事嗎？」棘星環顧戰士們。

錢鼠鬚點點頭。雲雀歌緊張地舔舔腳爪，好像有一點擦傷。

刺爪抽動耳朵。「沒事。」

蜂紋看著水塘光。「這裡只有他受傷。」

赤楊心已經在幫巫醫貓腰腹上的傷口敷蜘蛛絲，並把另一片蜘蛛絲揉成團，塞進水塘光頸脖上的口子裡。鮮血從公貓的毛髮裡汩汩滲出，嫩枝杈看得當場愣在原地。他的傷口實在多到數不清。

棘星不安地看著水塘光。「他還好吧？」

赤楊心正在擦拭另一個傷口。「這些傷口都不深，但是太多了，所以很可能會感染。我們得把他帶回巫醫窩，我才能好好治療他。」

棘星目光越過邊界。「沒理由送他回影族。他是他們僅有的巫醫貓，那裡沒有貓兒可以治療他。」

「我們最好帶他回我們的營地。」赤楊心又在另一個傷口裡塞進蜘蛛絲。

水塘光的眼神呆滯，全身軟趴趴地任由赤楊心在他身上處置傷口。

「他真的沒事嗎？」嫩枝杈緊張地問道。

「那是因為罌粟籽發揮了作用，」赤楊心告訴她，「我給他吃了很多顆。」「他幾乎都不動了。」

「等你處理好傷口，可以把他帶回營裡時，再跟我說一下。」棘星喵聲道。

赤楊心點點頭，但沒停下手邊工作。

「我們應該告訴虎星出了什麼事。」鰭躍喵聲道。

「沒錯，」棘星點點頭，「你跟嫩枝杈去影族營地。」

鰭躍瞥了邊界一眼。「我們要不要等影族巡邏隊過來帶我們進去？」

「不用，」棘星抽動尾巴。「你們直接跨過邊界。只要虎星知道原委，就不會怪你們越過邊界了。告訴他我們會照顧水塘光，直到他痊癒可以回去為止，也歡迎他派隊過來探訪水塘光。」

嫩枝杈看了鰭躍一眼。要是他們還來不及開口解釋此行目的，就被影族巡邏隊攻擊，那怎麼辦？

鰭躍眨眨眼看著她。「走吧。」隨即轉身跳開，繞過銀刺，朝邊界走去。

嫩枝杈跟在後面。她穿過氣味記號線時，心跳不由得加快。「你知道去影族營地的路嗎？」

「我不知道，不過妳知道啊。」鰭躍慢下腳步，換她帶路。

她快步從他旁邊經過，帶頭爬上一處土堆。這條路她很熟。她去過影族營地很多次了……不過都是偷偷去找她妹妹紫羅蘭光，那時她們都還只是小貓。她以前走這條路會害怕，現在卻是很焦慮。因為自從虎星回來之後，就再沒聽聞過影族的消息。天知道他到底是什麼樣的族長？她緊張地瞥看兩邊的松樹。「要是虎星不爽我們把水塘光帶回營地，那怎麼辦？」她小聲詢問鰭躍。

鰭躍走在她旁邊。「我們是想要幫忙欸，他怎麼可能生氣？」

他的自信令她多少寬心。他看起來對自己很有把握。就連他在拉水塘光出來時，也是一副胸有成竹的樣子，知道自己辦得到，也很有把握他們會成為伴侶貓，有一天會有自己的小貓。這想法並不會嚇到他。但焦慮不安的情緒像蟲一樣在嫩枝杈全身上下蠕動，**可是為什麼我會害怕呢？**

第二章

紫羅蘭光走進林間空地，新葉季的陽光斑駁灑在成簇的雪花蓮上，薄荷皮走在她旁邊。在她們前面，沙鼻正在嗅聞空氣，微風穿過林子，徐徐吹來，帶來湖水的氣味，他的鬍鬚跟著抽動。

「躁片，你看這裡！」有棵赤楊木的樹根中間冒出好幾簇暗綠色的葉子，斑願停在旁邊說道。

年輕的巫醫貓趕忙朝她走來，興奮到黑白相間的毛髮微微刺癢。「那是某種紫草嗎？」

「這是酢醬草。」斑願告訴他，同時用爪子摘起幾片葉子，拿給他嗅聞。

躁片皺起鼻子，往後退。「我知道它的味道聞起來像什麼，很酸，很難聞。」

「嘗起來更酸。」斑願喃喃說道，「不過磨成泥對皮下膿腫很有效。它可以治療感染，促進傷口乾燥。」

她從附近的荊棘灌木那裡摘下一片葉子，將酢醬草葉包在裡面。「我們把它帶回去存放在藥草庫裡。」她開心地喵嗚道。斑願一直急著想加入邊界巡邏隊，因為經過漫長寒冷的禿葉季之後，藥草庫都空了，她想趕緊採些新鮮藥草回去。「剛長出來的藥草藥效最好。」先前她和躁片跟在沙鼻、紫羅蘭光和薄荷皮的後面走出營地時，她曾這樣告訴躁片。

此刻的紫羅蘭光停在林間空地的盡頭，任由毛髮曬著陽光，感覺溫暖。她在等斑願和躁片收集酢醬草，沙鼻在她四周走動，掃視林子。

薄荷皮躺下來，在溫暖乾燥的落葉堆裡翻滾，顯然很是享受新葉季的清新氣味。「又有了自己的領地，實在太好了。」她喵聲道，然後坐起來，甩掉黏在灰色毛髮上的沙土。

「又有了我們自己專屬的營地，感覺也很棒啊，」沙鼻嘟囔道，「我真不懂葉星當初怎麼會認為影族可以跟我們住在一起，他們跟我們又不一樣。」

「也沒有那麼不一樣。」正在處理藥草的斑願抬起頭來。「再怎麼說，他們也是戰士，也遵守戰士守則，而且跟我們一樣會吃飯、睡覺和狩獵。」

「他們狩獵的方式就像狐狸一樣鬼鬼祟祟，打呼聲跟獾一樣吵。」沙鼻沒好氣地說道。

薄荷皮舔舔腳爪，再用腳爪順順耳朵。「反正他們已經走了，我們再也不用擔心走到哪兒都會碰到他們。」

「還好葉星把領地還給他們，沒有挑起任何戰爭，」沙鼻喵聲說道，「畢竟領地當初是影族讓給我們的，只是後來他們又睡在我們的窩裡，吃我們的獵物，足足長達一個月。」

「虎星有謝謝我們好心收容他們。」紫羅蘭光提醒他。

「他們欠我們的很多，不是光靠一句謝謝就能彌補。」沙鼻哼了一聲。

斑願走到薄荷皮旁邊。「一切都已經回到正軌，」她喵聲道，「五大部族都傍湖而居，這樣對大家都好。」

沙鼻瞇起眼睛。「希望虎星也同意妳的說法。」

戰士的存疑令紫羅蘭光很緊張。「他為什麼不同意？」

「虎星只在乎對他最有利的事。」沙鼻抬頭望向斜坡，耳朵豎了起來。「他曾在影族貓最需要他的時候棄他們而去。等到時機成熟了，有利於他，又再回來。他的伴侶貓鴿翅也好不到哪兒去，她打破戰士守則，跟外族的貓有了小貓，後來又帶著小貓離開原生部族，只為了跟他在一起。」淺棕色公貓對紫羅蘭光眨眨眼睛。「身為族長，應該要在自己的部族面前以身作則才對。虎星根本沒有以身作則。」

斑願甩甩毛髮。「他是犯了錯。但星族把他帶了回來，要他擔任影族族長。他一定很清楚五大部族必須在湖邊共存共榮的這個道理。」

「他可能只會想到影族必須住在湖邊這件事吧。」沙鼻一臉陰鬱地說道。

薄荷皮站了起來，朝松樹林的斜坡走去，那裡有條溝直通到影族領地。「擔心也沒用。我們過去幾個月來經歷了那麼多麻煩事，再多一個也沒差啦。」

跟在她後面的紫羅蘭光，聽見她的輕鬆語調，多少寬心下來。他們都已經從可怕的風暴倖存下來了，難道還會有什麼比那更可怕的事嗎？

斑願和躁片走在她後面，後方的葉子跟著沙沙作響。

「我不是在杞人憂天，」沙鼻過來加入他們，嘴裡仍在嘟囔，「而是你們不能像鴕鳥一樣把頭埋在沙裡，假裝什麼事都沒發生。」

薄荷皮在土堆頂停下腳步，她突然愣住，鼻口抬了起來。

紫羅蘭光看見她在嗅聞空氣，全身上下也跟著緊張了起來。「怎麼了？」

薄荷皮眼睛炯亮。「你們有聞到嗎？老鼠的味道！」

沙鼻已經蹲伏下來，擺出狩獵姿勢，悄悄朝林地裡一條像爪痕一樣的溝渠前進。

紫羅蘭光豎起耳朵。她聽見溝渠底部有樹葉的沙沙聲響，老鼠的嗆鼻味道迎面撲來。她舔舔舌頭。她還沒進食，哪怕她知道這個獵物得先拿回營地，放進生鮮獵物堆裡，但她還是很開心在經過了禿葉季的摧殘之後，獵物終於又回到了森林。她跟斑願和躁片留在後面，讓其他貓兒去抓獵物。沙鼻正沿著溝邊走，薄荷皮輕盈地躍溝而過，蹲伏在另一頭，兩眼緊盯著溝底窸窣作響的落葉，沙鼻跳進溝底，直接撲下去，薄荷皮也跳了下去擋在前面，阻斷老鼠去路。但其實不用她費心，因為沙鼻已經馬上抓到牠，致命一咬，結束了牠的小命。

「謝謝星族恩賜獵物。」斑願在紫羅蘭光旁邊低聲說道。

沙鼻跳出溝渠，嘴裡叼著肥老鼠。

躁片扔下他咬在嘴裡的大捆藥草，過來嗅聞老鼠。「這比馬蓋先昨天帶回來的老鼠還大。」

薄荷皮爬上來，站在沙鼻旁邊，喵嗚說道：「能看到生鮮獵物堆又滿了出來，實在太好了，這樣食物就夠大家吃了。」

沙鼻丟下老鼠。「不過還是得多餵一張嘴。」他和薄荷皮互看一眼。

灰色母貓翻翻白眼。「你是說樹。」

「他應該出來幫忙巡邏，可是我發現葉星從來不叫他加入巡邏隊，他自己也不主動要求加入。」沙鼻一臉不悅。

「但他倒是不介意分享我們生鮮獵物堆裡的食物。」薄荷皮意有所指地說道。

紫羅蘭光的毛髮豎得筆直。「他當然可以吃生鮮獵物堆裡的東西，他是我們的一分子。」

「他怎麼會是一分子？」薄荷皮反問道，「他連戰士守則是什麼都不知道。」

「他又不是戰士。」紫羅蘭光反嗆道，「他是以斡旋貓的身分加入我們。」

「我倒是沒看見他有在調解或斡旋什麼。」薄荷皮反擊。

「那是因為沒有什麼事好調解啊。」紫羅蘭光怒瞪她。

斑願沿著溝邊走過來，一臉若有所思。「在部族裡有一隻行為不像戰士的貓，的確有點怪。不過他的職務很新，而且也還在適應中。我想葉星要他加入我們的這個決定是對的。樹有一種特質會讓貓兒在跟他相處時特別輕鬆自在。」

「如果他少花點時間躺在營地四周閒閒沒事幹，多花點時間幹點活兒，我也會輕鬆自在許多。」沙鼻咕噥道，「要是他不想出來巡邏，至少可以幫忙修窩穴啊。暴風雨過後，還有好多牆和屋頂等著修理。而且現在見習生這麼多，我們可以擴建見習生窩來容納他們。」

紫羅蘭光很是火大。她抬高下巴。「如果你對樹很有意見，為什麼不自己去跟他說，反而在背後抱怨？」

「你以為我沒有嗎？」沙鼻回答，「可是你又不是不知道樹，他總是一副很隨和的樣子，讓人很難當面批評他。反正不管怎麼質疑他，他都有理由堵你的嘴。他會說他不想妨礙我們，或者他還在邊看邊學，看起來又一副很誠懇的樣子，真的很難辯贏他。」

紫羅蘭光挺起胸膛。「他是很誠懇啊，而且他心腸很好，雖然他不是戰士，但這不代表他對部族來說不重要。斑願說得沒錯，他的確有一種特質。而且話術有時候是比爪子還管用的，至少它們不會造成太多的流血事件。」

薄荷皮很是興味地抽動著鬍鬚。「紫羅蘭光，聽起來妳蠻喜歡他的。」

紫羅蘭光頓時全身發燙。「就算喜歡，又怎麼樣？」她和樹之間的關係很曖昧。當初是她找到他的。在所有天族貓裡頭，她跟他走得最近。一想到此，她就竊喜到腳爪莫名地隱約刺癢。

「沙鼻，」躁片的語氣不安，貓兒們趕緊轉身，只見巫醫貓躍過溝渠，正在嗅聞另一頭的地面。「你過來聞聞看。」

沙鼻一躍而過，在躁片旁邊嗅聞地面。

「你有聞到影族的氣味嗎？」躁片問道。

「有。」沙鼻背上的毛全豎了起來。他快步向前，又嗅了地面一遍，然後來來回回地走，邊走邊聞。「影族貓來過這裡。」

薄荷皮快步過去找他。紫羅蘭光也緊張地跟在後面，胃不禁揪緊。影族的氣味瀰漫在空氣中。「他們越過邊界，進到我們的領地。」她小聲說道。

沙鼻已經循著氣味追到邊界那裡。他停在一叢灌木旁邊，貼平耳朵。「他們是從這裡過來的。」

「你聞得出是誰嗎？」薄荷皮問道。

他搖搖頭。「聞起來不像是那幾隻曾住在我們營地的影族貓。」

紫羅蘭光強壓下恐懼。「影族裡有幾隻貓是在領地以外的地方長大。」她低聲道，同時想起曾經聽過的八卦，聽說虎星和鴿翅曾離開湖邊，經歷過一場探險。「所以他們可能不知道自己跨過了氣味記號線。他們在這裡沒有住多久，所以可能還搞不清楚邊界在哪裡。」

薄荷皮哼了一聲。「就算沒住多久，也應該知道氣味記號線代表什麼意思。」

沙鼻的毛髮豎得筆直。「我們快回營地通知葉星這件事。」

✦✦✦

天族營地上方錯縱交織著松樹與赤楊木的枝葉，陽光從縫隙滲了進來。

「你確定那氣味是在我們邊界這邊嗎？」葉星瞇起琥珀色眼睛。

「影族貓不知道邊界在哪裡，我怎麼可能不知道。」沙鼻不客氣地說道。

葉星挪了挪她的後臀。天族族長方才在午睡，被打道回府的巡邏隊給吵醒。站在沙鼻旁邊的紫羅蘭光覺得自己的胃揪得很緊。剛剛在回營的路上，資深戰士沙鼻始終怒氣沖沖，薄荷皮也認定影族是故意越過天族邊界。斑願和躁片試著理性勸服他們可能只是意外闖入。但沙鼻就是鐵了心認定影族巡邏隊是故意在天族領地上留下氣味。

天族營地被一條小溪橫貫，正在溪裡清除雜草的鷹翅雖然沒有停下手邊工作，但還是豎起耳朵聽葉星打算怎麼回應。躺在陽光底下的樹，睡眼惺忪地抬起頭來看。馬蓋先、蕁水花和貝拉葉暫時停下長老窩的補洞工作，走過來看是怎麼一回事。本來正在生鮮獵物堆旁分食老鼠的花心和哈利溪抬起頭來張望。原本在空地上練習戰技的鴿掌和花蜜掌也停下動作朝這裡看。

「我不認為我們應該現在就擅下結論。」葉星最後說道。

梅子柳從戰士窩裡伸出頭來。「什麼結論？」

鴿掌眨眨眼睛看著她。「影族侵入我們的領地。」

「他們沒有侵入。」花蜜掌喵聲道。

「他們的氣味出現在我們的領地裡。」沙鼻不以為然地說道。

梅子柳從窩裡鑽出來，毛髮豎得筆直。「影族貓跑到我們的領地裡做什麼？」

葉星站起來。「這也是我們想要知道的事。」

「反正不會是什麼好事。」馬蓋先喵聲道，蕁水花和貝拉葉低聲附和。

「有可能是意外闖入。」花心丟下老鼠，走了過來。

哈利溪也站了起來。「搞不好只是笨拙的見習生搞錯了方向。」

「我也是這麼認為。」紫羅蘭光不想擴大事端。星族要他們在湖邊和平共處，不是嗎？「別忘了他們有一些新戰士不是在部族出生。」

「沒錯，」花心附和道，「可能有誰搞不清楚狀況就越線了。」

「胡說八道！」薄荷皮哼了一聲。「邊界標示得很清楚，不可能聞不到，哪怕不是在部族出生的貓也不可能聞不到。」

「安靜。」葉星用力甩動尾巴。「我們並不知道影族貓越界的原因何在。但在沒有任何證據的情況下，我不願指控他們意圖侵略。」

「妳要保護的應該是天族，而不是為影族辯解。」沙鼻咕噥道。

紫羅蘭光看見葉星的頸毛豎了起來。天族族長顯然被沙鼻的質疑激怒。「我會保護天族，我們會把邊界再標示得更清楚一點。」她朝鷹翅點頭示意。「從明天起派出三支巡邏隊，而不是兩支。」

「遵命。」鷹翅從溪裡拔掉雜草，將滴水的雜草丟到旁邊已堆成小山的雜草堆裡。他迎視葉星的目光。「今天日落之前，我會確保所有邊界都再重新標示一次。」

「很好。」葉星看起來很滿意。

沙鼻的毛髮不停抽動。「如果影族不尊重我們的邊界，再怎麼重新標示也沒用。」

葉星皺眉看著他。「影族正在重建。你們有沒有想過虎星可能還沒辦法完全掌控手下的戰士？搞不好他根本不知道他們已經越界。我不想把事情鬧大，害他在族裡的權威被削弱。我們應該給影族一點時間，等他們壯大了再說。」

馬蓋先的眼神一黯。「要是他們已經壯大了呢？那這就成了他們對我們構成威脅的第一個證據。難道妳要視而不見嗎？」

「他說得有道理。」鷹翅甩掉腳爪上的水，朝他們走近。他停在葉星前面。「我們對虎星的意圖完全不瞭解。自從他上次離開五大部族之後，誰知道他改變了多少？雖然他曾支持我們擁有這塊領地，但並不代表他到現在都還支持這件事。他現在是族長了，影族也比我們剛來湖邊的時候壯大許多。所以在我們決定不計較這件事情之前，比較合理的做法應該是先去瞭解他現在的想法究竟是什麼。」

葉星的目光掃過族貓。紫羅蘭光從她緊蹙的眉頭裡頭看得出來她正在思考。貝拉葉和馬蓋先互看一眼。哈利溪在花心耳邊低聲說了幾句。鷹翅則是盯著族長看，表情莫測高深。

「樹！」葉星的目光掃向黃色公貓。「你的工作是調解部族之間的紛爭。你有什麼看法？」

紫羅蘭光傾身向前，看著樹站了起來。他一定知道該怎麼做，他一向抓得住貓兒的心思。

樹朝天族族長走去，目光若有所思。他一來到她面前，就清清喉嚨。「我認為妳對這件事的謹慎是對的。」他喵聲道，「我相信虎星已經是個強勢的族長，但這並不一定意謂他就具有威脅性。只是如果這些氣味是影族即將入侵天族的第一個跡象，那麼他可能會希望妳反應過度，這樣才有藉口可以把這個事件升高為一場衝突。」

紫羅蘭光看著樹。**他實在太聰明了，**也許他老愛躺在太陽底下，也不真的就是無所事事。他的腦筋一直在思考，不是只會打瞌睡而已。

葉星瞇起眼睛。「所以你同意我們不應該反應過度。」

「我認為在妳行動之前，必須先有更多情報佐證。」他告訴她。

「你可以去影族找虎星談一下嗎？」葉星問道。

樹搖搖頭。「那太直接了，此刻最好別讓虎星知道妳在擔心。畢竟那個氣味也可能只是無心之過，所以沒有必要因為我們的隨意揣測而去激怒他。」

沙鼻不耐地嘟囔。「所以你的建議到底是什麼？」

「我可以在影族領地邊界那裡蹓躂一下，」樹提議道，「就在那附近轉，看能不能撞見影族戰士，然後再趁機跟對方聊一聊，透過一些無傷大雅的對話找出蛛絲馬跡。」

葉星眼睛一亮。「好主意。」她看了沙鼻一眼。

公貓點點頭。「聽起來應該可行。」

薄荷皮不悅地抽動耳朵。「我覺得我們應該派支巡邏隊過去。我們應該展現自己的實力，讓虎星知道我們沒那麼好對付。」

「必要時，我們會展現自己的實力。」葉星告訴她。「目前就先讓樹去看看能查出什麼。」她的目光掃向紫羅蘭光，後者頓時緊張了起來。「妳可以跟他一起去，」葉星告訴她，「妳在影族長大，比較能夠揣測得出來他們在想什麼。」

我能嗎？紫羅蘭光其實也不太確定，但她不打算爭辯。她很開心能跟樹一起出任務。調查影族的意圖。她垂首答應葉星。「我會盡全力。」

葉星伸個懶腰，示意討論結束。她橫過營地，停在溪邊，目光掃過溪岸。「鷹翅，做得好，雜草清得很乾淨。」

紫羅蘭光眨眨眼睛看著樹。黃色公貓正朝她走來，兩眼炯亮。「妳準備好了嗎？」

「準備好了。」紫羅蘭光喵嗚道。

「那好。」他們往營地外面走去，身子時而輕拂著她。她好奇他是不是故意的。她感覺得到他的毛髮輕柔地貼著她的腰腹，當她低身穿過入口地道時，竟欣喜到腳爪微微刺癢。

一到外面，樹就停下步伐，環顧林子。「影族的氣味記號標在哪裡？」

紫羅蘭光朝溝渠的方向點頭示意。樹轉過身，反方向前進。她快步跟在後面。「我們為什麼要走這個方向？」

「如果我們不想引起對方的懷疑，就最好別站在那個可疑的氣味附近跟影族貓對話。」

紫羅蘭光看著他。「對哦，我們不想要他們知道我們已經注意到影族氣味出現在我們的領地裡。」

他邊走邊用肩膀玩笑地頂她。「看不出來妳那麼聰明欸。」

「嘿，」她也頂回去，「我也跟你一樣聰明好不好？」

「就快跟我一樣了。」他用眼角餘光瞄她一眼，突然往前奔跑。

她追在樹後面，好開心能單獨跟他在林子裡。她追在後面，和煦的微風拂過毛髮。

他們穿梭林間，不時躍過被暴風雨吹倒在地的樹幹。他正往湖邊的邊界跑去。快跑到邊界時，她以為他會慢下來，卻沒想到他繼續往前跑，顯然像她一樣很享受野外清新的空氣。

「小心點！」她聞到前方的氣味記號。

他回頭瞥看，沒有慢下腳步。「小心什麼？」

「邊界！」她頓時驚慌了起來。要是他們衝進影族的領地，只會把事情搞得更複雜。「快停下來！」

樹在距氣味記號線一條尾巴距離的地方及時剎住腳步。他嗅聞空氣，驚詫到毛髮聳了起來。「我都不知道我們離邊界有這麼近了。」

「你沒聞到嗎？」

「現在才聞到。」樹揮動尾巴。「我還在學著分辨各部族的氣味。對我來說，所有部族貓的味道都一樣。」

「可是你知道邊界在這裡，對吧？」對她來說，她閉著眼睛也知道自己部族的邊界在哪裡。

「我現在知道了。」

「我猜那是因為你不常跟我們出來巡邏，所以才不熟。」她瞥了他一眼。「也許你應該盡量加入巡邏隊。」如果他加入，天族貓就會比較願意接受他。

他聳聳肩。「應該吧。不過感覺很麻煩，有點像是去自找麻煩一樣。我向來認為我們應該被動等待麻煩上門，而不是主動去找麻煩。」

「事先做好準備，也不是壞事啊。」樹有想過要在部族定居下來嗎？紫羅蘭光突然緊張，納悶他到底有沒有過這樣的打算？搞不好他是打算在前往別處前，先暫住天族。這想法像豪豬的刺一樣地扎得她全身難過。她該不該問他到底打算怎麼樣？她瞥了自己的腳一眼，只覺得熱燙。他可能會取笑她這麼在乎他留不留下來。

「嘿。」他音量突然壓低，她警覺抬頭，循著他的目光望過去。影族戰士苜蓿足正在邊界對面的荊棘叢間走動。灰色虎斑貓的目光在灌木間游移，像在期待什麼似地兩耳豎得筆直，顯然正在搜尋獵物。

樹把目光移向紫羅蘭光。「我以前就告訴過鷹翅，湖邊總是可以抓到最肥美的獵物。可是他說新葉季的時候，到處都抓得到很肥的獵物。」他大聲說道。紫羅蘭光猜他是故意要引起苜蓿足的注意。

「最肥的獵物當然要等到綠葉季才抓得到。」她配合他的語調，同時看了苜蓿足一眼。影族戰士已經聽到他們的聲音，正朝邊界走來。

「你們在嚷嚷什麼？」她在氣味記號線後面低吼。「我在狩獵，你們都把獵物嚇跑了。」

樹轉向她，一臉無辜地瞪大眼睛。「真不好意思，」他語氣愧疚，「我剛沒看到妳，要是有看到，一定會小聲一點。」

「是啊，真不好意思。」紫羅蘭光低聲咕噥。

樹一臉欽佩地看著影族戰士，好像根本沒注意到對方毛髮全豎了起來。「我在想……像妳這樣一位標準的戰士，抓獵物應該不費吹灰之力吧。我們還是不打擾妳了。剛剛吵到妳，真是不好意思。」他轉頭要走，突然又停下腳步。「影族那兒的獵物應該也很多。」他語調輕鬆地說道，「我們天族的生鮮獵物堆都多到滿出來了，所以見習生都被養得很壯。」

苜蓿足甩打尾巴。「我們的獵物也很多。」

「那就好。」樹對她眨眨眼睛。「對了，影族都還好嗎？能回到自己的家園，你們一定很開心。」

「是啊，」苜蓿足的毛髮平順了下來。「我們已經重建窩穴，也把圍牆做了補強。營地變得比以前更牢固了。」

樹目光熱切地看著苜蓿足，耳朵豎得筆直，活像對她說的每一句話都很感興趣，看得紫羅蘭光都有點妒忌了。「虎星似乎是個好族長。」樹喵嗚道。

苜蓿足挺起胸膛。「他是個偉大的族長。」

「比他父親強悍，對吧？」

「比花楸爪強悍多了，所有貓兒都很尊敬他。他保證讓大家都能吃飽，也把營地管理得井然有序，見習生都能接受到適當的訓練。他說影族會再壯大起來，我們以前就是個強大的部族，未來也會是。」

「在影族經歷了這麼多磨難之後，能聽見這番話，一定是士氣大振。」樹瞪大眼睛，一副很感動的模樣。

「苦盡甘來啊。」苜蓿足喵嗚道。

「鷹翅說你們向來把邊界標示得很清楚，」樹喵聲道，「他說邊界記號標示清楚，才會做彼此的好鄰居。」他的目光迎向紫羅蘭光，似乎在等她補充點什麼。

她猶豫了一下。他要她說什麼呢？「因為只要邊界標示得清楚，就不會搞錯地方。」她的語氣不太有把握。她這樣接話，可以嗎？

「應該吧。」苜蓿足偏著頭，似乎在好奇紫羅蘭光究竟想說什麼。

樹突然改變話題。「你們那幾隻從兩腳獸那裡來的貓兒適應得如何？這裡的生活對他們來說，應該很不一樣。」

「他們很喜歡戰士的生活，尤其是熾掌。他生來就是戰士。」苜蓿足在談到他的時候，眼睛都亮了起來。

「對他們來說，要習慣這麼多新的氣味，一定有點難。」紫羅蘭光打岔道。「比如說邊界的氣味，他們一定搞不太清楚各種氣味記號。」

苜蓿足的眼裡有疑色閃現。「他們似乎都分得出來。」

樹若無其事地抓抓耳朵。「我剛剛才跟紫羅蘭光說，我到現在都還有點搞不清楚邊界在哪裡。我剛沒有注意到這裡有邊界，差點跑過頭，還好被紫羅蘭光及時叫住。我知道部族貓對越過邊界這種事很在意。」他迎視苜蓿足的目光，「如果沒有必要，影族貓是不會越界進入別族領地，對吧？」

「當然不會。」苜蓿足瞪著他看，眼裡閃著疑色，邊說邊往後退。「我要回去狩獵了。我答應熾掌我會盡可能抓隻地鼠回去給他。」她轉身離開，消失在荊棘叢裡。

紫羅蘭光緊張地看著樹。「我們有沒有說得太過頭？」理論上他們不能讓影族知道他們已經曉得有影族貓越界。他們剛剛是不是說過頭了一點？

樹抬起尾巴。「我覺得我們有點到為止。」他回頭往營地走去，「我們知道虎星是個實力堅強的族長，他對影族自有一套計畫。我們必須讓他知道我們已經在自己的領地裡聞到影族的氣味，但並沒有直接指控他什麼。這樣一來，他應該會知道天族不是毫無防範的。」

紫羅蘭光快步跟在他後面。「你認為影族對我們來說是個威脅嗎？」

樹遲疑了一下。他的沉默令她有不祥的預感，腳爪不免微微刺癢。最後他回頭瞥看了她一眼。「我不知道。但是天族面對未來時，一定得睜亮眼睛。」

第三章

赤楊心在水塘光的臥鋪旁重重地坐了下來。自從棘星的救援隊伍把影族巫醫貓扛回雷族的巫醫窩之後，已經過了兩個日出，可是還是沒有起色。他皺起眉頭。水塘光病得不輕。儘管他已經小心地幫他清創，而且日夜塗抹金盞花泥，身上還是有多處傷口受到感染。這實在沒道理。

「我好像對這感染束手無策。」他喃喃說道。

水塘光僵硬地抬起頭來，眨眨眼睛，眼神痛苦。「換作是我，我也會像你這樣治療我的傷口。我自己也不懂為什麼到現在都好不了。」

「今天還在痛嗎？」

「你給我的罌粟籽有讓我比較舒服一點。」

赤楊心用鼻子觸碰水塘光的耳朵，那裡有熱氣陣陣傳來。「你發燒了。」

「一定是感染的緣故。」水塘光說道。

「也許你有罹患什麼疾病，才會害你這麼容易就受到感染。你的味道聞起來很怪。」

「在我被銀刺纏住之前，我身體完全無恙啊。」水塘光的眼神一黯。「我怎麼會這麼笨？我應該跟它保持距離的。」

「現在再怎麼懊惱也無濟於事。」赤楊心比較關心的是如何治好水塘光的傷，而不是檢討他為什麼受傷。「你有沒有其它症狀？比如喉嚨痛？還是肚子痛？」

「都沒有。」臥鋪裡的水塘光虛弱地蠕動著。「只有傷口在痛。」

赤楊心朝巫醫窩的入口處看了一眼。他覺得自己束手無策。他找不到病因，這是以前從沒有過的事。更令他不安的是，就連葉池和松鴉羽也被難倒。「盡你所能地治療他。」松鴉羽曾這樣告訴他，「你會想出辦法的。」盲眼巫醫貓現在正在育兒室裡檢查藤池的小貓，而葉池天一亮就出去採集藥草了。赤楊心朝水塘光轉身過去。「你有想到還有什麼其它的藥草可以用嗎？」

「斑願在上一次的月池集會裡有提到酢醬草，」水塘光告訴他。「最近才剛長出來。」

「我不知道雷族領地裡有沒有。」

「在影族邊界附近有一些，」水塘光皺眉蹙眼說道，「它是暗綠色的，而且有種酸味。」

「我會去摘一些回來試試看有沒有效。」

這時空地出現一些聲音。他豎起耳朵，聽起來像是影族貓。他的心頓時揪緊。虎星曾告訴嫩枝杈，他過幾天會派出一支隊伍把水塘光接回去。他們來了嗎？赤楊心蠕動著腳。他要怎麼跟他們解釋水塘光目前不適合長途跋涉？他注意到水塘光眼神不安地不時瞄著巫醫窩洞口。「你好好休息，」赤楊心喵聲道，「我去看看怎麼回事。」他快步離開窩穴。

褐皮和焦毛站在空地上，蕨毛和蕨歌守在兩邊。

「我們發現他們等在邊界那裡。」蕨歌正在向圍觀的雷族貓解釋，他們都正小心翼翼地觀察影族貓，棘星也從亂石堆下來。

這時赤楊心發現鴿翅就站在褐皮後面。曾經是雷族戰士的她緊張不安到淺灰色毛髮全都豎了起來。

赤楊心瞇起眼睛。她為什麼要來？鴿翅剛跟虎星回來時，曾經來過營地。當時雷族貓都很欣慰她平安歸來，所以幾乎沒在怪她為何最後決定拋下部族，帶著她的孩子跟他們的父親一起住在影族。但那已經是一個多月前的事了。他好奇雷族貓現在看見鴿翅竟然出現在他們的隊伍裡，會是什麼感受。

松鼠飛正要走過來招呼她，卻被焦毛的警告眼神止住。在生鮮獵物堆旁邊的獅燄皺起了眉頭。灰紋和蜜妮剛從長老窩裡出來，他們一看見鴿翅，就心照不宣地互看了一眼。櫻桃落和蜂紋則是怒目瞪著這位以前的族貓，明顯表露出敵意。這時棘星已經走到影族貓那裡。

「你們是為了水塘光來的嗎？」雷族族長問道。

褐皮冷冷地迎視對方的目光。「虎星已經跟你派來的兩位年輕戰士說過，我們兩天內就會來接他回去。他準備好了嗎？」

焦毛掃視營地，顯然正在找影族的巫醫貓。鴿翅的目光瞟向育兒室。

「到底好了沒？」褐皮看棘星沒回答，又再追問，但雷族族長正瞪著鴿翅看。

「我很驚訝你們竟然帶她來這裡。」他喵聲道，「她脫離雷族的決定讓我們大家好一陣子很不好過。」他不安地瞥了櫻桃落和蜂紋一眼。淺灰色公貓的頸毛全聳了起來。

「她現在是影族的一分子，」褐皮利索地回答，「不管是狩獵還是護送族貓回家，她都可以參與。」

棘星瞇起眼睛。「她現在不是應該在育兒室裡照顧她的小貓嗎？」

鴿翅走上前來。「是我主動要求來的，」她輕聲說道，「我希望能跟藤池見上一面。」

蜂紋甩打尾巴。「妳一個月前就來看過藤池和她的小貓了。我是說在妳去影族之前。當妳選擇離開自己的部族時，就也等於選擇離開妳的妹妹。我想妳應該明白這一點才對。」

「我自認我當時的決定對大家都好。」鴿翅告訴他。

赤楊心心裡不安到毛髮也微微刺癢。自從蜂紋上次見過鴿翅之後，就開始用冷漠來武裝自己的情緒，他望向育兒室。

藤池在入口的暗處躊躇不前，眼神猶豫。

小鬃從她母親旁邊擠過來，興奮地蓬起淺灰色毛髮。「是她嗎？」她問道，同時跳進空地，瞪著鴿翅看。

小翻和小竹擠在藤池的兩條前腿中間，頭顱抵著她的胸口，眼睛好奇地瞪得斗大。

「我們可以跟她說話嗎？」小竹問道。

「我們為什麼不可以跟她說話？」小鬃朝鴿翅靠近，無畏地瞪看對方。「藤池說妳以前來看過我們，可是我不記得了，那時我們的眼睛才剛睜開。妳看起來很像藤池，只是妳沒有白色斑點。」

鴿翅目光越過小貓，望向藤池，眼裡帶著殷殷盼望，但藤池沒有動作。

黛西從育兒室裡出來，從銀白色貓后旁邊擠過去。「我是不知道這是怎麼回事啦，不過姊妹終究是姊妹，哪怕分屬於不同部族。」

「部族比姊妹之間的血緣來得更重要。」櫻桃落緊挨著蜂紋。

獅燄彈動耳朵。「忠誠度比什麼都重要，」他吼道，「蜂紋說的沒錯，當妳選擇離開自己的部族時，也等於選擇離開妳的妹妹。」

赤楊心察覺到長老窩那裡傳來動靜。灰紋不安地蠕動著身子，試著假裝自己並沒有聽到他們在談什麼。早在赤楊心出生之前，灰紋也曾跟河族貓生下小貓，並為了跟小貓住在一起而短暫離開過雷族。雖然雷族後來歡迎他回來，但赤楊心聽說當時也不是所有族貓都願意摒棄成見地接納他。

松鴉羽從育兒室裡大步走出來，神情惱火，毛髮微微抽動。「只要戰士們別老愛錯對象，就能省掉很多麻煩。」他的藍色盲眼射向松鼠飛，彷彿可以看見她。

松鼠飛毛髮聳了起來。「你母親惹的禍，別怪到我頭上。」她不客氣地回嗆。「我只是在幫她忙。」

「還真是幫了很多忙。」他冷哼一聲，從赤楊心旁邊擠進去，消失在巫醫窩裡。

赤楊心很同情鴿翅。後者一臉盼望地望著藤池，看得他都於心不忍了，心想藤池怎麼還撐在那裡不過來。可是雷族貓后只是面無表情地瞪著她姊姊，眼裡滿是躊躇。

小翻走進空地，停在小鬃旁邊。他靦腆地看著鴿翅。「藤池說妳也有小貓。他們看起來像我們嗎？」

「小影有點像你們。」鴿翅的語調感性。「小光和小撲比較像他們的父親。」

灰紋朝鴿翅走來，琥珀色的目光很是溫暖，他一臉同情地輕聲說道：「他們一定長得很帥。」

「是啊。」鴿翅感激地眨眨眼睛，然後又望向藤池，尾巴垂了下來。「妳不過來跟我打個招呼嗎？我以為妳懂我的難處。我已經是盡可能做出最好的決定。」

藤池的眼裡閃著憐憫。兩姊妹對看了一會兒，最後藤池垂下尾巴，朝鴿翅快步過來，鼻口緊貼著對方面頰。「我當然懂妳的難處，」她低聲道，「只是一想到妳現在跟別族住在一起，就覺得很難過，因為我們的小貓以後長大了卻只能形同陌路。」她抽開身。「妳的小貓好嗎？」

「他們很好，」鴿翅喵嗚道，「我真希望妳能過來看看他們。」

焦毛彈動尾巴。「近期來說，這是不太可能的事。虎星不歡迎其他族的訪客。」

赤楊心不安地蠕動身子。難怪嫩枝杈和鰭躍從影族回來後說對方的接待異常冰冷。

焦毛怒目看著棘星。「水塘光在哪裡？」

赤楊心的胃部頓時揪緊。他上前一步。「他病還沒好，不適合回去。」

焦毛聳起毛髮。「你沒治療他的傷口嗎？」

「他當然有，」棘星平靜地看著影族戰士。「只是水塘光的傷口癒合速度沒有我們想像中快。」

「我已經幫他敷了金盞菊和馬尾草，可是還是出現了感染。」赤楊心試圖解釋，盡量不流露出焦慮的神情。「我不知道原因是什麼。我正在研究，但我還沒找到適合的解藥。」

褐皮眼神銳利。「你們有三位巫醫貓！」她不客氣地說道，「總該有一位的醫術高明到足以知道怎麼醫治這種傷吧？」她不等他們回答，便逕自朝巫醫貓的窩穴走去。她從赤楊心旁邊擠過去，進到巫醫窩，棘星緊跟在後。焦毛在空地上坐下來，一臉懷疑的樣子。鴿翅慈愛地看著藤池的小貓們喵喵叫地在她肚子底下鑽來鑽去，她的鬍鬚微微抖動，藤池表情得意地看著自己的小貓們。

赤楊心挺起身子，跟在褐皮和棘星後面走進窩穴。

褐皮已經在嗅聞水塘光，松鴉羽則在窩穴盡頭忙著把蕁麻浸在淺水池裡。褐皮開口問：「他的味道糟透了，你們都沒在照顧他嗎？」

正在發燒的水塘光瞇起那雙迷濛的眼睛看著她。「赤楊心已經把我照顧得無微不至了。」他喵聲道。

「這味道可能是傷口引起的。」赤楊心快步來到水塘光的臥鋪旁邊。「我從來沒見過這種感染。」

「感染就是感染，哪有什麼這種那種。」褐皮不客氣地嗆他。

水塘光一臉痛苦地蠕動身子。「赤楊心已經盡力了。」

正在工作的松鴉羽抬起頭來，「不是什麼傷都可以靠藥泥和祈求星族保佑就治得好，」他告訴褐皮，「更何況妳再怎麼生氣，也無濟於事。反正水塘光現在就是沒力氣回去啊。再說你們那兒有貓兒可以治他的病嗎？」

「赤楊心可以跟我們回去。」褐皮喵聲道。

「我不要赤楊心跟我回去，」水塘光語氣堅定，「我想再多住幾天，等赤楊心找到方法治好我的感染，我再回去。」

「那這段期間，誰來照顧影族貓？」褐皮質問道。

「有貓兒生病嗎？」水塘光問道，目光頓時緊張起來。

「沒有。」褐皮承認道。

棘星帶著影族戰士離開水塘光的臥鋪。「讓他多休息。」他輕聲說道，同時伸出尾巴擱在她的背上安慰她。他的安慰令褐皮稍微放鬆了一點。赤楊心心想自己怎麼老是忘記他父親在影族有一位親姊姊呢？「等他一好起來，我們就立刻送他回去。我們知道影族不能沒有他。不過這一陣子要是影族有誰生了病或受了傷，請立刻來通知我們，我一定會派赤楊心或葉池過去幫忙。」

褐皮皺起眉頭，最後冷冷地點頭。「好吧，」她回頭看了水塘光一眼，目光瞬間柔和。「好好保重，」她告訴他，「我們都很想念你。」

水塘光感激地眨眨眼睛。於是她走出窩外。

褐皮和棘星走了之後，松鴉羽便丟下浸在水池裡的蕁麻走過來。他來到水塘光的臥鋪旁邊。「我從沒見過這種感染，」他若有所思地喵聲道，「還有這味道也怪。」他皺起鼻子。

赤楊心也聞到了。他的感染問題愈來愈嚴重，而且現在還出現一種腐臭味。恐懼在他毛髮底下像小蟲一樣蠕動。「一定是化膿了。」他不安地說道。

松鴉羽嗅聞著水塘光。「他全身都是這味道，」他說道，「看來他體內也已經感染了，因為就連他的呼吸也聞得到那臭味。」

「我們必須找到可以由體內來對抗感染的藥草。」赤楊心推斷道。

松鴉羽瞇起眼睛。「你有試過金盞菊和秋麒麟草嗎？」

「我有敷它們的藥泥。」赤楊心告訴他。

「也可以讓他吞進肚子裡。」松鴉羽提議道。

「生吃不會中毒嗎？」赤楊心皺起眉頭。

「那馬尾草呢？」水塘光望向儲放藥草的岩縫。「它對感染也很有效。」

「可是我們只拿它來當外敷藥。」赤楊心提醒他。

水塘光的耳朵微微抽動。「松鴉羽或許說得沒錯。我可能得生吞這些藥草，讓它們在我體內發揮功效。光是敷在傷口上沒有用。」

「好吧，」松鴉羽朝儲藏室走去。「那我們先試試看金盞菊。我確定這東西吃下去不會有事。」

「水塘光提過一種藥草，我不是很熟悉，聽說它可以讓傷口乾得很快。它叫酢醬草。他告訴過我它的味道是什麼，我可以出去找找看。」赤楊心提議道。

「我來給他吃金盞菊，你去找酢醬草。」松鴉羽把腳伸進岩縫，拉出一坨曬乾的金盞菊。

赤楊心眨眨眼睛看著水塘光。「別擔心，」他告訴他，「我們會找出問題，還有治療的方法。」

水塘光虛弱地喵嗚出聲。

「我盡快回來。」赤楊心朝窩穴入口轉身。他會帶酢醬草回來，但除此之外，他還有另一個計畫。他想回到水塘光受困銀刺的那處地方，心想也許可以找到什麼線索，查出影族巫醫貓何以久傷不癒的原因。是有什麼奇怪的東西卡進水塘光的傷口裡嗎？如果他能找到水塘光的感染源，將有助於他找到治療的對策。

他動作迅速地穿過空地。鴿翅已經跟她的族貓離開了，但仍聞得到營地入口有很濃的影族貓氣味。藤池的小貓們正在興奮地東扯西聊。

「我們在影族有表親欸！」小鬃很得意地說道。

「我們會不會有一天也去影族住？」小翻問他母親。

「噓！」藤池警覺地豎起毛髮，神情慌張地環顧四周。「不要再說出這種話，戰士必須忠於他們的原生部族。」

「可是鴿翅就沒有啊。」小鬃喵聲道。

赤楊心低身鑽出營地，不免有點同情藤池。如果她要教育自己的小貓，要求他們必須對部族忠心不二，否則戰士守則將蕩然無存，但她又要如何解釋她姊姊的行為呢？他循著影族貓走過的小徑，朝邊界走去，然後在抵達林地的一處凹坑時離開小徑，直接穿過坑地，走進橡樹林深處，循著大片茂密的蕁麻繼續前進，頭頂上的樹冠層層疊疊，偶有縫隙。這條小路可以帶他直接通往銀刺那裡。屆時他就可以好好調查一番，然後在回程的路上去找酢醬草。

陽光從頭頂上的葉縫斑駁灑了下來。空氣裡瀰漫著清新的氣味。赤楊心好奇葉池是不是採集了很多藥草。如果能有新鮮的藥草可用，那就太好了。他穿過見習生專用的訓練場，散落在那裡的木頭都已經被清乾淨，堆到空地旁邊。他鑽進盡頭處的蕨葉叢，這裡聞得到邊界那兒飄過來的影族氣味，味道很新鮮濃烈。他躍過錯縱交纏的橡樹樹根，朝一處短坡跑上去，那裡可以通往氣味記號線。陽光穿過樹冠灑將而下，那坨銀刺正在陽光下閃閃發亮。赤楊心刻意跟它拉開幾條尾巴的距離，嗅聞空氣。這裡沒有奇怪的氣味，沒有任何東西足以解釋水塘光何以嚴重感染。他聞得到兔子的氣味。這附近八成有兔子洞。他嗅聞地面，朝銀刺緩步趨近，目光掃視前方，尋找可能線索。有一棵花楸樹底下長著一株死莓，離銀刺約有幾棵樹的距離。叢生在枝頭上的莓果熬過了禿葉季的摧殘。赤楊心皺眉。會不會是死莓的汁液造成水塘光的感染？他掃視曾困住巫醫貓的那塊地方。那裡沒有莓果的痕跡啊。他小心翼翼地伸出爪子，穿過銀刺，抹一抹那裡的地面，再拿起來聞。但什麼也沒聞到，只有森林的氣味和水塘光留下來的一點血腥味。

腳步聲在他後方響起，矮木叢晃動不已。他一轉身，火花皮、莓鼻和琥珀月的味道迎面撲來。三位雷族戰士在他前方的小路上停下腳步。他們今天早上離營去狩獵。莓鼻嘴裡叼著兩隻死地鼠的尾巴，琥珀月則叼著一隻松鼠。

「嘿，赤楊心！」火花皮喵嗚招呼，「你在這裡做什麼？」

「我在找線索，想知道是什麼原因害水塘光傷得這麼嚴重。」赤楊心告訴她。

琥珀月丟下嘴裡的松鼠。「他的傷勢惡化了嗎？」

「是啊，」赤楊心瞥了地上的銀刺一眼。「我在想他是不是在這裡感染到什麼，才會害他的傷口那麼難治癒。」

火花皮朝著銀刺憤怒地彈動尾巴。「天知道兩腳獸為什麼要製作出這種玩意兒。就算它有毒，我想我也不會感到意外。」

莓鼻把地鼠擱在地上。「我們本來還在想要不要用木條遮住它，但我想最好還是讓大家看得到它比較好，這樣貓兒才知道避開它。」

「它太大了，我們根本搬不動。」琥珀月眨眨眼睛看著那坨銀刺。「再說，我們能把它搬到哪裡去呢？不管搬到哪裡，它都一樣危險。」

赤楊心再次嗅聞它上面的藤狀物。「如果是兩腳獸的毒物害水塘光染病，光靠藥草恐怕也治不好他。」他擔心到肚子像針刺似的。

「你會找到方法的。」火花皮鼓勵他。

「但願如此。」他說道，同時眼角餘光瞥到動靜。就在離他們幾條尾巴外的地方，有一隻兔子在荊棘底下笨拙地跳動。難道牠沒聞到貓的氣味嗎？

火花皮已經看見那獵物，立刻蹲伏下來，準備獵殺，兩眼緊盯住正往空地跌跌撞撞走去的兔子。

「牠受傷了。」赤楊心低聲道，他看見牠有條後腿腫起來，上頭還有乾掉的血跡。

「這樣比較好抓。」火花皮興奮到尾巴不停抖動，莓鼻和琥珀月站在她後面，像石頭一樣不敢動。

「等一下！」赤楊心聞到兔子那裡傳來一股腐味……跟水塘光一樣。「牠不只受傷，牠也被感染了。」

火花皮一臉不解地看著他。「你確定？」

「你們沒聞到嗎？」

琥珀月的鼻子動了動。「他說得沒錯，我有聞到酸腐味。別抓牠，免得整個部族都跟著中毒。」

火花皮直起身子，眼神失望。「我想我們得到別地方試試了。」

莓鼻朝兔子的方向點頭示意，後者正跌跌撞撞地朝死莓灌木走去，眼神呆滯痛苦。「你看，牠病重到根本不知道我們就在這裡。」

「走吧，」火花皮朝斜坡扭頭。「我們去山毛櫸林子那裡，那兒應該有健康的兔子。」莓鼻拾起老鼠，琥珀月也叼起松鼠。「你可以嗎？」火花皮問赤楊心。

「沒問題啦。」他告訴她。「我等下就回營，回程的路上會有我想摘的藥草。」

火花皮向他點個頭便轉身離去。莓鼻和琥珀月跟在後面，也在經過他旁邊時點頭致意。

赤楊心回頭瞥看那隻兔子。牠為什麼要去聞那株死莓？他發現兔子停下腳步，用牙齒從枝椏上面咬下一顆莓果。**牠在做什麼？**赤楊心驚恐地看著那隻兔子把莓果捧在爪間，開始啃食果肉。**難道牠不知道死莓有毒嗎？**他以為林子裡的所有生物都知道要避開死莓。它的味道本來就苦，擺明自己是有毒的。**搞不好牠是因為知道自己快死了，所以想一了百了，免得多受苦。**牠一定很痛苦，才會選擇自我了斷。這是赤楊心生平第一次對獵物感到同情。也許他應該助牠一臂之力，宰了牠，讓牠當場斃命。但赤楊心不相信自己的獵殺技術。在他成為巫醫貓見習生之前，也曾受過戰士訓練。只是他從來不是那塊料。必要時，他是可以狩獵，只是他不確定自己的獵殺技巧夠不夠俐落，會不會讓獵物感到痛苦。不過一想到要去咬死一隻受到感染的獵物，也不免令他猶豫。

他轉身離開，要是這隻兔子想尋死，他就讓牠平靜地死去吧。再說，他答應過水塘光會盡快帶些酢醬草回去。

他轉身離開那坨銀刺，盡量不再去想那隻兔子所承受的痛苦。不管銀刺沾了什麼毒，顯然都很致命。他加快腳步，心想最好還是早點趕回去治療水塘光。他只希望有足夠的酢醬草能治療受傷的巫醫貓。

第四章

赤楊心夢見自己正走進一座陌生的林子裡，腳爪不時被地上散落的樹枝絆到。地表高低起伏，偶有縫隙，他必須繞過它們。樹木緊密叢生，枝椏交纏，樹瘤累累，有迷濛的光滲進林間，空氣顯得沉悶。赤楊心緊張到毛髮倒豎。他回頭瞥看，感覺後方有危險逼近。他趕緊加快腳步。

在他後方，隱隱約約的低吼漸成咆哮，像風一樣朝他撲過來。他嚇得趕緊奔逃。影子緊追在後，吞沒光線，幽暗爬上他的腳踝。他的恐懼快從胸口滿出來，他聞到可怕的氣味……**煙味！**刺鼻的煙霧撲了過來，他感覺到尾巴熱燙。他回頭看，發現火舌從煙霧裡竄出，追著他，就像狐狸追逐獵物一樣。赤楊心在林間橫衝直撞，躍過地上的裂縫和樹枝。恐懼宛若烈火燒烤他全身，充血的耳朵只聽得到火燄的怒吼聲。

他看見前方有岩石。林地上有陡崖聳起，粗糙的崖壁布滿突岩和裂縫。他可以爬上去。他心裡燃起一線希望，於是跳上一塊最低矮的突岩，開始往上爬，用爪子攀住任何可以踩踏的地方，不管三七二十一地攀上去，直到四周呼吸得到新鮮空氣。他死命撐起身子，費力攀上崖頂。下方樹林被大火肆虐，煙霧翻騰，火舌四起，但崖頂上很安全。赤楊心等著煙霧散去。這片林子會全燒成炭，這麼大的火勢，誰都不可能逃得過。

一陣風襲來，漸稀的黑煙被攪成了薄霧。就在它終於散去之際，赤楊心被眼前的一幅景象嚇到不停眨著眼睛。原本應該是焦黑殘株的地方，竟是一片充滿生機的草地。青蔥的綠草在陽光下生機勃勃地微微抖動，自在璀璨。清新的草腥味迎面撲來，濃烈到當場驚醒他。他眨眨眼睛，睜開眼皮，那夢仍栩栩如生地在他腦海裡。他躺在臥鋪上，瞪看著巫醫貓窩穴的幽暗。

曙光從入口灑進來，也從山澗滴進水池的縫隙處灑進來。葉池的臥鋪是空的，松鴉羽的也是。赤楊心抬起頭來，心裡隱約不安，感覺不太對勁。

「松鴉羽？」他在幽光中喊道，這時他看見盲眼貓正蹲在水塘光的臥鋪旁，葉池在他旁邊朝影族巫醫貓彎著腰。他從臥鋪裡爬起來，頓生惶恐。「他還好嗎？」

松鴉羽的藍色盲眼轉向他。「他在癲癇。」

原來葉池正按住水塘光，公貓就在她腳爪下劇烈扭動。

「把他後腿固定住。」松鴉羽下令道。

赤楊心趕緊將腳爪伸進水塘光的臥鋪，公貓的雙腿僵硬地抽動。他費力按住它們。松鴉羽則用兩隻前爪固定住那顆正在抽搐的頭顱。公貓已經失去意識了，他不停地痙攣，葉池只能壓住他的肩膀。

求求祢，星族，別讓他死掉！赤楊心昨天曾帶回酢醬草，嚼成泥後小心敷在每處傷口上。他一整個下午都在照顧半昏迷的巫醫貓，最後才回到自己的臥鋪，心想酢醬草或許可以止住他的感染，但顯然沒有效。

水塘光的癲癇慢慢減弱。他的腿在赤楊心的腳爪下終於癱軟。「他還活著嗎？」赤楊心看著松鴉羽，喉頭哽咽。

「還有呼吸。」松鴉羽把水塘光的頭輕輕放在臥鋪邊。

葉池用後腿坐了下來。「我們應該通知虎星。」

「不行！」赤楊心身子一僵。「我們一定要把水塘光救活，先給他野甘菊降溫，還有給他百里香穩定他的癲癇。我盡快回來。」

「你要去哪裡？」葉池眨眨眼睛看著他。

「我出去一下。」赤楊心離開窩穴，快步穿過營地。要知道怎麼救水塘光，答案一定就是那坨銀刺。赤楊心想再回去找找看。

曙光下的營地瀰漫著幽藍的光。松鼠飛正在高突岩底下伸懶腰，赤楊心猜她應該是在準備編派今天的隊伍。灰紋在長老窩外面梳洗自己；錢鼠鬚正在剩下的生鮮獵物堆裡挑挑撿撿；櫻桃落睡眼惺忪地在空地上打了個呵欠。

赤楊心朝他們點個頭，但什麼話也沒說。他腳步堅定地往前走，沒有貓兒問他去哪裡。他從入口出去，走進林子。他直覺自己應該去那裡，就像星族在帶路一樣。他想起那個夢。他剛剛被水塘光的癲癇嚇得差點忘了那個夢，但現在又想起來了。他到現在都還聞得到火場的煙味，看得到火災過後那片意外綠油油的草地。這是星族給的預兆嗎？祂們是在試圖為他解答嗎？

他甩甩毛髮。**別傻了！**森林火災跟水塘光的病有什麼關連？那只是一場夢罷了，不是每個夢都有神諭在裡頭。

他循著小徑，越過見習生的訓練場，再穿過林子，爬上可通往銀刺所在的那道坡地。等他抵達時，太陽已經從地平線上升起，被林子劃破的陽光成束地灑在林地上。

赤楊心停在銀刺旁邊，繞著它轉，舔聞空氣，嗅聞地面。如果銀刺上有兩腳獸的毒物，光靠嗅聞哪聞得出來。他沮喪地甩著尾巴。他必須想出辦法！

就在他來回踱步的時候，突然看見死莓灌木微微抖動，有隻兔子在牠底下跳來跳去。赤楊心驚訝地眨著眼睛……是昨天那隻還在受傷的兔子。牠仍然有點跛，但眼神已經恢復炯亮，感染的臭味不再那麼明顯。牠跳進陽光裡，警覺地豎起耳朵，驚恐地瞪著赤楊心看，轉身就逃。

赤楊心在後面瞪看著牠。昨天牠還幾乎不能跳。他心裡突然燃起一線希望。如果兔子的傷口在被感染後還能痊癒，水塘光當然也行。赤楊心突然想起來兔子昨天吃過死莓，**牠應該早就死掉了才對！**他走向那株灌木，小心不去踩到掉在地上的莓果，他不想腳爪沾到它的毒素。他在灌木底下窺看，發現兔子在下面的枯葉堆裡有個臨時的巢穴。他傾身去看，小心檢視。灌木底下有一小堆死莓的果核。

赤楊心低身爬了出來，思緒飛快地轉。是死莓治好了兔子嗎？搞不好只吃果肉，不吃果核，便有足夠的毒素可以殺死感染的病源，但又不會害死兔子。真是這樣嗎？

他做過的夢又在腦海閃現。那場火並沒有完全扼殺林子，仍有一片生生不息的綠油油草地。**這是神諭！**赤楊心愣在原地，暗地興奮！**如果我餵水塘光吃死莓，它們並不會害死他，反而可以救他一命！**

赤楊心馬上去找酸模。他在一棵橡樹底下找到一株正冒出頭的酸模，於是摘下最大片的葉子，拿到死莓灌木底下。他小心翼翼地用爪子摘了幾顆下來，放在葉子上，再把葉子包起來，小心折好，以防莓果掉出來。然後張嘴輕輕叼起這坨葉包，轉身回去營地。但他要怎麼說服松鴉羽和葉池這種以毒攻毒的療法會有效呢？他的心跳得厲害。他一定得試試看。這些致命的莓果會是水塘光唯一的活命機會。

第五章

嫩枝杈的身子輕搓著橡樹的樹幹，很是享受地用樹皮摩擦毛髮，頓時覺得放鬆許多。

「別再磨蹭了，」她前方的鰭躍正在林間開心地踱步。「我們是出來狩獵的，不是來抓癢的。」

「我來了！」嫩枝杈快步跟在他後面。

她黎明時曾帶飛掌出來練習找獵物，可是見習生睡眼惺忪到根本沒注意聽嫩枝杈的指示。本來應該學習嗅聞兔徑的她，老在打呵欠。嫩枝杈催她去下一處地方聞老鼠窩，她也是拖拖拉拉的。結果嫩枝杈責備她，她卻變本加厲地動作更慢，活像嫩枝杈的指責起不了任何作用，只是害她自尊心大損。

最後她只好派飛掌回營地去清理長老的窩穴。看來一大早起來訓練見習生只是在浪費時間，於是她去問鰭躍要不要陪她出去狩獵，所以他們現在正走進林子裡，溫煦的陽光斑駁灑在林間。她與鰭躍相偕爬上土堆，那兒的橡樹林夾雜長著幾株山毛櫸。嫩枝杈瞥了他一眼。「你當見習生的時候，會覺得早起受訓很痛苦嗎？」她問道。

「不會啊，」他眨眨眼機看著她，「我巴不得早點起床。」

「我也不會。」嫩枝杈一邊回憶，一邊開心地抖動尾巴。「有幾個早上，我甚至一早就在藤池的窩穴外面等她起床，巴不得快點當上戰士。」

鰭躍慢下腳步。「妳跟飛掌之間還是有問題？」

「她根本無心上課。」嫩枝杈一臉憂色，「又或者她很有心，只是我對她的期望太高了。」

「她才剛開始受訓，」鰭躍直言道，「給她一點時間找到自己的節奏。」

「我試著給她時間，可是我們好像天生合不來。」嫩枝杈焦慮到肚子微微刺痛。「每次我糾正或批評她的技巧，她就認為我是在針對她。」她沮喪到毛髮微微抖動。「我總覺得好像自己什麼話都不能說，就怕她不高興。我在她身邊只能小心翼翼地踮著腳走路，就像怕嚇到什麼獵物似的。有時候我都覺得究竟是自己在訓練她成為戰士，還是她在訓練我成為一隻老鼠。」

「妳會找到方法的，」他喵聲道，「默契是需要時間建立。」

「你跟拍掌相處得還好嗎？」

鰭躍喵嗚地說：「他很有趣，可能有點鈍，但他願意接受指教，而且很努力地學習。他會成為一個好戰士的。」

嫩枝杈強忍住心裡的妒嫉。為什麼鰭躍運氣這麼好，能教到一個這麼聽話的見習生？**還是只是因為我教得很糟。**難道她應該更努力地去適應她的見習生？還是乾脆更嚴格一點，對她有更高的要求？

鰭躍抖動尾巴。「我聞到松鼠的氣味。」

嫩枝杈馬上原地不動，鰭躍停下腳步，掃視林子。她看見有條灰色尾巴在離她一棵樹距離外的林地上抖動。「在那裡！」她立刻蹲伏下來，鰭躍也在她旁邊依樣畫葫蘆。他們兩個看著那隻松鼠停在一株山毛櫸的樹根處翻找枯葉堆裡，掏出山毛櫸的果實。

鰭躍緩步上前，在林地裡無聲地行動。嫩枝杈跟在他後面，肚皮離地面只有一根鬍鬚之距，以防碰到枯葉。他們靜悄悄地朝松鼠趨近，後者全神貫注在爪間的果實上，牠俐落地咬開外殼，拉出裡面的果肉，塞進嘴裡。嫩枝杈慢慢走近，同時看了鰭躍一眼，等他的暗號。他捕捉到她的目光，點頭示意她到另一邊。他們兵分兩路，壓低身子，打算包抄松鼠。

嫩枝杈停下腳步，等待鰭躍的暗號。興奮的他眼神炯亮地看著她，突然彈動尾巴。上！他們同時撲了上去，可是這隻松鼠的速度飛快，牠立刻往上竄，抓著山毛櫸的樹皮，飛快地跑進枝葉裡。嫩枝杈在下面瞪著牠，但鰭躍毫不遲疑地跳上樹幹，用爪子勾住，把身子撐上樹枝，追在松鼠後面。「上來！」他朝下面喊道。

嫩枝杈也跟著上去，後腿笨拙地往上撐，樹皮在她利爪下碎裂，從旁邊飛灑而下。雖然曾受過天族的訓練，但離開地面的感覺還是很怪。鰭躍正在追松鼠，活像天生就住在樹上。松鼠跳上一根樹枝，往前疾奔，鰭躍跟上去，毫不費力地穩住身子，把松鼠追到了樹枝末端。

嫩枝杈也跳了過來，氣喘吁吁，卻只能眼睜睜看著松鼠從樹枝末端跳到另一棵樹上，鰭躍竟也跟著跳過去，嚇得她心臟差點停了。他落在那棵樹上，試圖站穩，樹枝跟著搖晃不定，他的那根短尾巴來回彈動，想要站穩。嫩枝杈瞥了下方的林地一眼，**千萬別掉下去！**

鰭躍很快穩住，又拔腿去追。他趁牠正要跳上另一根樹枝時，撲上前去逮住，用爪子勾住牠，以防脫逃。

嫩枝杈為他感到驕傲。鰭躍的尾巴雖短，但還是能一邊維持身體的平衡，一邊狩獵。他會把他在天族學到的狩獵技巧傳授給他們在雷族生的小貓嗎？她愣了一下。**小貓！**她在想什麼？他們還太年輕，不可能成家。

她甩甩毛髮，往下滑到地面，然後快步走到鰭躍跳過去的那棵樹底下等他，他尾巴朝下地用後退的方式慢慢爬下來，嘴裡叼著死掉的松鼠。

他把牠丟到地上，「能夠再回到樹上狩獵，感覺好爽。」他開心地喵嗚。

嫩枝杈用鼻口輕搓他的面頰。「你好厲害！」

他喵嗚道，「我們把牠帶回營地吧。」他叼起松鼠往回走。

嫩枝杈跟在後面，很得意他的技術這麼高竿，也很開心他這麼雀躍。

他們回到營地時，鰭躍先走到生鮮獵物堆那裡把獵物放妥，嫩枝杈跟在後面，這時卻聽到巫醫窩裡有貓兒在拉著嗓門說話，她忍不住停下了腳步。有憤怒的聲音從入口傳來。

「你腦袋長蜜蜂了嗎？」松鴉羽嘶聲道。

「可是我真的看見它的功效啊！其它藥草都沒用。」赤楊心聽起來語氣絕望。

嫩枝杈立刻警覺地快步走向巫醫窩，低頭鑽進入口處的荊棘簾幕。他們沒注意到她進來了。赤楊心的爪間捧著一片酸模葉，上面有一小坨莓果，松鴉羽正在閃躲那東西，葉池則很是防備地護著水塘光躺臥的臥鋪，毛髮豎得筆直。影族貓的兩眼呆滯無神。

「你怎麼會把死莓帶進營地？」葉池瞪著莓果看，「要是被小貓找到怎麼辦？」

「我會藏起來，不會讓小貓找到。」赤楊心承諾道。

「可是如果你腳上沾到它的汁液，在營地裡走來走去呢？」松鴉羽爭辯道，「天知道有哪隻小貓可能會誤踩中毒。」

「不會發生這種事的！」赤楊心的頸毛聳了起來。「我知道這其中的危險性，我不會拿任何一隻貓兒的性命來冒險。」

「除了水塘光的？」松鴉羽甩著尾巴。

嫩枝杈瞪大眼睛。**赤楊心真的打算餵水塘光吃死莓？**

葉池抽動著耳朵。「你怎麼會有這種瘋狂的點子？」

「我已經告訴過你們了，我看見那隻兔子。」赤楊心急迫地解釋說道，「牠那天還跟水塘光一樣病懨懨的，身上帶著惡臭味，但第二天就康復了。我有看到牠把這種莓果吃下去。」

「你確定牠吃的是死莓？」葉池問道。

「牠吃的莓果和我拿來的莓果都是從同一株灌木上面拔下來的。」赤楊心告訴她。

松鴉羽的藍色盲眼射出怒火。「我不准你餵水塘光吃這種東西。」嫩枝杈被他的語氣嚇得不敢動。她知道松鴉羽脾氣很壞，可是她從沒見過他這麼生氣。

赤楊心毫無所懼地迎視松鴉羽的目光。「我必須試試看，如果我不試，他的命一定不保。」

嫩枝杈看著水塘光所在的臥鋪。他聽得到嗎？他知道他快死了嗎？影族巫醫貓蠕動了一下。她看見他的眼裡突然有了焦距，嘴裡發出呻吟，試圖抬起頭來。

「讓他試吧。」水塘光咕噥道。

松鴉羽朝病重的公貓轉頭。「那會害死你。」

「我已經快死了，」水塘光的眼神痛苦，「就算赤楊心搞錯了那隻兔子的事，至少也可以讓我死得痛快一點。但要是他對了，我就有機會活過來。」他呻吟一聲，又癱了下去。

赤楊心神情急迫地看著松鴉羽。「這是我們僅剩的選擇。」

松鴉羽齜牙咧嘴。「是你的選擇。如果你那麼堅持，你就做吧。」他低吼一聲，便從嫩枝杈旁邊頭也不回地離開，鑽出荊棘簾幕，走出洞外。

葉池很是不安地看了赤楊心一眼。「如果你認為這是最好的方法，你就放手去做。」她喵聲道，「可是千萬小心。萬一害到了水塘光，你一輩子都會良心不安的。」她緊張地皺起眉頭，跟在松鴉羽後面出去。

嫩枝杈看著赤楊心，「你真的要這麼做？」

「當然。」他蹲下來，開始小心地剝出果肉。

「要是他死了怎麼辦？」嫩枝杈小聲說道，緊張到一顆心快從喉嚨裡跳出來。

「但至少我知道我已經盡了最大的努力。」他就著窩穴裡的幽光瞇起眼睛，掏出果肉裡的果核，丟在酸模葉上。「要是我不試試看，讓他就這樣死了，我反而會更難過。」他沒有抬頭看，全神貫注地剝開另一顆死莓的果肉。

嫩枝杈穿過荊棘簾幕，停在空地邊緣。松鴉羽消失在長老窩裡，葉池蹲在生鮮獵物堆旁，不安地瞪看前方。**赤楊心相信自己的直覺。**

嫩枝杈突然懂了，頓時有了精神。**我應該也要這樣訓練飛掌。**她要讓那隻小母貓知道訓練有多重要，絕不能白白浪費掉這幾個月，她要學的東西很多。她這麼年輕，反應又快，學到的基本功將成為她未來各種專業技能的基石。沒有時間再讓她打混摸魚了。嫩枝杈知道她必須對她嚴厲。**要是我錯了怎麼辦？**但這值得冒險一試。她突然明白自己就像赤楊心一樣必須跟著自己的直覺走。

她快步走進長老窩，頭塞了進去。飛掌這時候應該在這裡面清理臥鋪，可是她只看到松鴉羽，後者正在嗅聞蜜妮的耳朵，灰紋一臉焦心地看著他們。巫醫貓抽開身子。

「妳聽得到早上的鳥叫聲嗎？」他問道。

「聽得到啊。」蜜妮回答。

「妳聽得到灰紋的打呼聲嗎？」松鴉羽問道。

「全世界都聽得到灰紋的打呼聲啊。」蜜妮喵嗚道。

灰紋嘴裡嘟囔，眼裡卻盡是笑意。

「如果是這樣，妳的聽力完全沒問題。」松鴉羽大聲宣布。「也許不像以前那麼敏銳，但對妳來說或許是件好事。妳說妳再也聽不到小貓在育兒室裡的喵喵叫聲，那就好好享受一下這種安靜的時光。」他朝嫩枝杈轉身，活像他看得到她似的。「妳是打算今天都到處跟著我晃嗎？」

她的耳朵立刻紅了起來。「我在找飛掌。」

「她不在這裡，」松鴉羽不客氣地回答她。「到別的地方找吧。」

「她今天早上有清理你們的臥鋪嗎？」嫩枝杈問灰紋。

「她清理了一半。」灰紋用腳爪戳了戳他臥鋪裡剩下一半的蕨葉。「後來就沒再看到她了。」

「她可能去收集新鮮的青苔了。」蜜妮猜測道。

嫩枝杈惱火到毛髮都豎了起來。「搞不好她是跑到林子裡去看飄在空中的蒲公英了，再假裝自己是睡覺族的族長。」她看見灰紋和蜜妮互看一眼，於是沒多作解釋，便低身鑽出窩外，兩眼掃視營地。飛掌連清理臥鋪這種事都做不好。她火大了起來，決定一定要找到自己的見習生，於是往營地入口走去。

「嫩枝杈！」站在戰士窩旁的鰭躍大聲喚她。玫瑰瓣和花落正在那裡分食老鼠。

嫩枝杈看了他一眼。「我現在沒空，」她喊道，「我有事要忙。」

鰭躍快步朝她走來。但嫩枝杈非常沮喪，她一定要找到飛掌。她們已經浪費了太多時間。她心不甘情不願地等鰭躍追上她。「到底什麼事？」她不客氣地問道。

他眨眨眼睛看著她，眼裡有受傷的神色。「很抱歉耽誤妳的時間，但有件事很重要。」

「對不起啦。」嫩枝杈試圖壓抑不耐的情緒，但內心還是不免煩躁。「究竟是什麼事？」

「蘆葦爪病了。玫瑰瓣剛剛告訴我的。她和花落巡邏的時候在邊界遇到梅子柳。只是綠咳症，可是她還是小貓的時候，曾經因為得到綠咳症而幾乎不能呼吸。我現在很擔心她。」

「很遺憾聽到這消息，」荊棘屏障突然抖動，嫩枝杈瞥了一眼，希望是飛掌回來了，結果看到錢鼠鬚走進營地，心不禁一涼。「你在林子裡有看到飛掌嗎？」她問他。

「沒有。」錢鼠鬚經過時告訴她。「她還好嗎？妳需要幫手去找她嗎？」

「不用，謝謝，我會自己去找。」嫩枝杈蠕動著腳，飛掌到底跑到多遠了？

「妳聽我說……」鰭躍仍看著她。

「你說什麼？」嫩枝杈拉回自己的注意力。

「蘆葦爪是我的妹妹。」鰭躍急迫地說道。

「我知道。」他想要她幫什麼忙？

「我必須去看她。」鰭躍搜尋她的目光。

嫩枝杈瞪著她看。「她在天族欸。」

「那又怎樣？」

「你現在是雷族戰士了，」她提醒他，「你不能想回天族，就回天族去看一下。」

「妳以前也曾去看過紫羅蘭光。」

「那時我們只是見習生，」她喵聲道，「我們很年輕，根本不在乎什麼守則。」

「可是蘆葦爪病了。」

「我知道，」這場對話太久了，飛掌現在可能已經跑到雷族領地的另一頭了。「我懂你很心急，可是天族有巫醫貓，斑願會照顧她的，她一定會好起來。」

「要是她沒好起來呢？」

「你必須學會不去擔心你在天族的親屬，」嫩枝杈告訴他，「你幫不了他們，你已經離開他們，加入雷族了。」

鰭躍的眼裡有怒火閃現。「我加入雷族是為了跟妳在一起。」

嫩枝杈的毛髮頓時倒豎。「你後悔了？」

「我沒有！」鰭躍的眼神有光一閃而逝，「只是我以為我們應該早結為伴侶貓了，我以為我們會有自己的家庭。」

嫩枝杈的胸口頓時揪緊。她努力穩住自己的呼吸。他是在逼她對他做出承諾嗎？她根本還沒準備好。「一定要這麼急嗎？」

「是不用急，」他意有所指地說道，「只是我一直以為這是妳想要的，所以我才離開天族。我以為這是我們兩個都想要的，不過我想妳可能需要更多時間確定自己的心意。」

他頭也不回地大步離去，她突然心虛了起來。**我應該追上去告訴他，我很確定自己不需要更多時間。**但她卻原地不動地站在那裡眼睜睜看著他離開，**我很確定，不是嗎？**

第六章

紫羅蘭光跟在樹後面越過樹橋，前往小島。嫩枝杈也會來參加大集會嗎？要是能再跟她姊姊分享舌頭，那就太好了。她腳下光滑的樹皮很是冰涼，月光在她下方的湖面上熒熒閃爍。前面的族貓已經鑽進長草堆，朝空地走去。她聞得到影族的氣味。虎星和他的戰士們都已經到了。雷族正在後面的岸邊踱步等候天族先過橋。她回頭看了一眼，瞄見她姊姊在月光下的灰白身影。嫩枝杈沒有看見她。她似乎有點分心，正皺著眉頭看著旁邊一隻年輕的虎斑貓。

「走快一點。」鼠尾草鼻緊跟在紫羅蘭光後面，她的見習生礫石掌正試圖擠過去。

「對不起！」紫羅蘭光沿著樹橋往前跑，趕緊跳上對岸。

她追上樹，這時的他正要鑽進長草堆裡，「你會緊張嗎？」

「我為什麼要緊張？」樹走在她旁邊。

「要是他們請你出面調解，那怎麼辦？」

他聳聳肩，「那我就調解啊，」他喵聲道，「這本來就是我的工作，不是嗎？」

她好奇他怎能如此冷靜地面對部族間的紛爭，他知道會有多少隻貓兒在這兒聚會嗎？

她從草堆裡出來時，她的族貓們已經在月光下的空地上三三兩兩地散開，這裡的影族氣味濃烈。紫羅蘭光一看見齊聚在樹木底下的影族貓，立刻警覺地豎起毛髮。月光斑駁灑在他們厚重的毛髮上，他們自信地走來走去，毛髮下的結實肌肉如波起伏。影族貓的數量好多！她記得上次在大集會上見到影族貓時，他們都低垂著頭，幾乎不開口，一逕閃躲其他部族的目光，但現在完全不一樣了。

紫羅蘭光無意間捕捉到褐皮的目光。龜殼色的母貓眼神冷漠地回瞪她，彷彿完全不記得她們一個月前還住在同一座營地裡。草心和爆發石冷眼旁觀其他部族的抵達，眼神莫測高深。紫羅蘭光緊張到微微發抖，忍不住挨近自己的族貓。

這時雷族貓走進空地，他們向影族和天族親切地點頭致意。但只有天族回禮。

「嗨。」鴿掌朝一位雷族見習生喊道。毛色黑黃相間的見習生興奮地眨眨眼睛。紫羅蘭光猜這一定是她第一次參加大集會。

葉池和松鴉羽快步走到巨橡樹那裡，不發一語地坐下來。斑願和躁片過來加入他們。雷族巫醫貓生硬地點個頭，連看都不看對方一眼。紫羅蘭光瞇起眼睛，他們似乎很焦慮。**難道雷族有疾病在肆虐？**

風族和河族紛紛走進空地。他們的見習生都快步過來跟雷族的見習生打招呼，互秀戰技。

礫石掌滿臉期待地看了鼠尾草鼻一眼。「我們可以加入他們嗎？」

「我不知道，」鼠尾草鼻看著花心。礫石掌和包括鴿掌、鶺鴒掌和陽光掌在內的見習生們都在她旁邊坐立不安。「他們可以去找其他見習生嗎？」

「當然可以。」花心彈動尾巴，見習生們立刻跳了出去。

戰士們在空地裡四處閒晃，不時停下來聊上幾句或者點頭招呼。鷹翅正在跟松鼠飛和莓鼻說話。梅子柳正跟沙鼻還有豆莢光聊得起勁，哈利溪則和燼足、燕麥爪在八卦。只有影族卻步不前，他們的見習生都待在導師旁邊，瞇起眼睛旁觀。紫羅蘭光不安地蠕動著腳。嫩枝杈待在獅燄旁邊，後者正在和蘆葦鬚和鯉尾談話。她姊姊的視線從河族貓身上移開目光，迎上紫羅蘭光。

紫羅蘭光對她眨眨眼睛，很高興姊妹間的默契仍在。她穿過空地，好奇她姊姊這次有什麼消息要告訴她。她和鰭躍已經結為伴侶了嗎？但就在她快走到的時候，貓群突然靜肅，空地頓時安靜。她環目四顧，虎星正朝巨橡樹走去。棘星跟在後面。兔星、霧星和葉星尾隨其後。虎星跳上最低矮的樹枝，褐皮、鷹翅、蘆葦鬚、松鼠飛和鴉羽也都在下方的樹根各就其位。

紫羅蘭光看著嫩枝杈。她的姊姊先是一臉歉意地垂下頭，然後就朝她的部族轉過身去。紫羅蘭光失望地回到天族貓旁邊，抬頭望向巨橡樹，這時棘星開始清清喉嚨。

「新葉季為雷族帶來了充沛的新鮮獵物。」他俯看各部族，「我們都被餵得很飽。回暖的天氣也讓我們有機會補強窩穴，和重新補充我們的藥草庫。」他朝虎星轉身，「赤楊心目前正在照料水塘光。影族的巫醫貓被兩腳獸的銀刺弄傷，目前正在雷族營地裡治療傷口感染的問題。」

「我相信他很快就能回來了吧。」虎星迎視棘星的目光。

「當然。」棘星毫不猶豫地回答，可是紫羅蘭光看到葉池緊張地看了松鴉羽一眼。

難道水塘光的傷勢比兩位族長透露的還要嚴重？

虎星抬起鼻口。「我們已經快要完成營地的重建。新加入的見習生也都在接受訓練，導師們都是經驗老到的影族戰士。相信他們很快就能取得戰士封號。」他朝一隻白黃相間的公貓點頭示意，他是跟著虎星從部族外面回來的其中一隻貓。「熾掌，」年輕的公貓立刻挺起胸膛，「肉桂掌和螞蟻掌。」紫羅蘭光覺得肉桂掌這名字聽起來很怪，**這一定是從兩腳獸那裡來的名字**。她循著虎星的目光望向他身邊另外兩隻貓，他們看起來年紀都大到不太適合當見習生，不過當影族族長介紹到他們的時候，他們的眼裡閃著自豪的光芒。

「我們還有另一個消息。」虎星開口道，這時紫羅蘭光看見刺柏爪從族貓那裡鑽出來，擠到貓群的最前面。褐皮則從巨橡樹的樹根上跳下來，刺柏爪取而代之她的位置。虎星一臉稱許地看著黑色公貓，然後才又對各部族說：「褐皮將卸任副族長一職，改由刺柏爪接任。」

驚訝的低語聲宛若漣漪在貓群之間散開。

「刺柏爪不是曾拋棄影族，追隨暗尾嗎？」蕨毛在雷族貓裡頭喊道。

馬蓋先抬頭瞪看虎星。「你為什麼要相信一隻曾經背叛影族的貓？」

「副族長必須忠心不二才對。」沙鼻喊道。

「他有一天可能當上你們的族長！」蕨毛不以為然地聳起毛髮。

虎星用力地揮動尾巴，要群眾安靜。「副族長是我選的，我要選誰跟你們無關，這是影族自己的事。」

爆發石抬高音量支持他的族長。「影族的決定由影族貓自己做。」

麻雀尾也插嘴說道：「外族對影族沒有指揮權。」

虎星的目光射向貓群。「影族再度重生了，過去犯的錯就此一筆勾銷。」

影族大聲吶喊附和。

紫羅蘭光毛髮底下的身子微微發抖。才短短一個月，影族就變得如此有自信？她注意到樹正看著虎星，琥珀色眼睛滿是興味。

「獵物很多……」

「多到有時候你們都得追進天族領地嗎？」沙鼻不客氣地打斷影族族長的話，頸毛豎得筆直。

虎星冷冷地迎視天族戰士的目光。「我們沒有越過邊界，」他語調很慢，「我的戰士跟我保證過他們沒有越界。」

葉星的尾巴惱火地抽動。「若果真如此，為什麼我的戰士會告訴我在天族領地裡聞到影族的氣味？」

「也許是因為他們不確定邊界線在哪裡。」虎星語氣平靜地回答。

「他們很清楚。」葉星低吼道。

虎星沒有回答，反而轉身對底下的貓群說道：「當初花楸爪是因為影族積弱不振，才放棄領地，送給天族。我父親有許多高尚的品格，不是每位領導者都會作出像他這樣的決定。他把我們的領地送給天族，只是為了要保護當時的影族，但他並沒有想到未來的影族會如此興盛。」

棘星驚訝地眨眨眼睛。「當初是你提議把影族領地送給天族的。」

虎星沒理他。「影族如今已經再度強大。我們需要更多領地來餵養一個正在壯大中的部族。」這語氣聽起來不太妙。紫羅蘭光不安地看著鷹翅，希望他能幫她打消疑慮，但她父親眼裡帶著陰鬱的憂色。紫羅蘭光毛髮不由得根根倒豎。虎星還沒說完：「如果天族願意讓我們的戰士在花楸爪釋出的領地上狩獵的話，我們就願意讓天族繼續保有那些領地。」

哈利溪低聲怒吼，鼠尾草鼻貼平耳朵，梅子柳和馬蓋先齜牙咧嘴。而在巨橡樹上，葉星一臉不可置信地瞪看著虎星。「你有決定你們要在我們領地裡的哪塊地方狩獵？」她諷刺地問道。

虎星眨眨眼睛看著她。「妳所有的領地。畢竟以前那裡都是我們的。」

「但現在是我們的了！」葉星毛髮豎得筆直，「我們不會跟你們共用。」

「影族現在很強大了。」

虎星又強調了一次，聽在紫羅蘭光的耳裡，不由得全身發抖。這話聽起來像在威嚇他們。

「強大！」葉星嘶聲道，「要不是你當初棄他們而去，他們怎麼可能積弱不振？」

「是星族帶領著我的腳步，」虎星一本正經地說道，「是祂們指引我一路走過來。」他面對葉星，厚實的肩膀不停抖動。

紫羅蘭光害怕到肚子揪得死緊。兩位族長會在大集會上打起來嗎？她看了夜空一眼，雲層正繞著明月浮動。

「這問題一定有解決的辦法。」樹在她旁邊喊道，紫羅蘭光被他嚇了一跳。她看見虎星沒理他，深琥珀色眼睛怒瞪著葉星，也跟著緊張到全身燥熱。虎星開口說：「你對星族的旨意有意見嗎？」

「我們怎麼知道這是星族的旨意？」葉星嘶聲反問他。

兔星在樹枝上不停蠕動。「這問題得好好解決。我們必須正視虎星的要求。花楸爪是在影族積弱不振的情況下才送出領地，可是影族已經重生了。」

葉星怒瞪風族族長。「你是說我們應該把領地還給影族？」

「我不是這意思，」兔星的目光在葉星和虎星之間游移，「湖邊一定要有五個部族，而部族需要領地，所以這爭端必須解決。」

虎星眼帶威脅地覷著葉星。「我很樂意在這裡直接解決。」

棘星從葉星旁邊擠過去，站在兩名族長中間。「這不是一個可以立刻或輕易解決的問題。」貓群不發一語地看著他，眼睛瞪得斗大。「星族指引天族回到湖邊，不是為了造成流血衝突。」

虎星讓身上的毛髮平順下來，眼神也不再挑釁。「星族指引了一個部族回來，卻只要求其中一個部族自我犧牲地送出領地，好讓他們留下來，這未免有怪吧？星族的意思應該是每個部族都分點領地出來，而不是只有影族。我們為什麼不能都為天族更動一下邊界呢？為什麼只有影族要白白送出獵物餵養另一個部族的貓？」

貓群竊竊私語。紫羅蘭光看著他們。莫非他們都同意虎星的說法？畢竟影族族長的論點聽起來也不無道理。

「就算河族要把領地給天族，他們也不會想要，你們更不會想要。」霧星的喵聲嚇了紫羅蘭光一跳，「除了我們河族之外，誰會想要沼澤地或河流當領地？你們都不喜歡碰水。」

「除了我們之外，有哪個部族懂得怎麼在高地上狩獵？」兔星打岔道，「天族能忍受得了禿葉季時高地上酷寒的冰雪季節嗎？」

「他們可以適應的，」虎星爭辯道，「他們不也學會在峽谷和松樹林裡生存嗎？為什麼就不能在沼澤地或高地上學會求生呢？」

葉星聳起毛髮。「你的說法活像我們是一群居無定所的獨行貓！」她的目光掃過其他族長。「我們本來就有權利待在這裡。是星族帶我們回來的。為什麼只要你們想到自己需要更多領地，我們就得乖乖聽話地搬家？」

霧星甩甩毛髮。「這是影族的問題，跟我們無關。他們要拿回領地，就讓他們自己去爭吧。」

「就讓影族和天族自己解決紛爭。」兔星喵聲道。

紫羅蘭光很是難過。這些部族完全不想放棄部分領地。她看到就連棘星也點頭附和，心都快涼了。

「我們不應該讓這場爭端造成部族間的衝突，」雷族族長看著樹。「我們曾經在星族的見證下同意讓你當我們的調解者，幫大家在有共識的情況下找出一個可以妥協的方法。也許在我們全被捲入這場領地之爭之前，你可以找虎星和葉星共同開個會，想出解決之道。我相信一定有方法可以讓兩方都接受。」

葉星嘴裡咕噥。「我倒是很懷疑會有什麼方法適合影族，」她低吼道，「先是惡棍貓，然後是花楸爪，現在又搞出這件事。看來影族還真是會給大家找麻煩。」

樹冷靜地眨眨眼睛。「讓我來試試看吧。」他擠到貓群前面，「天族族長和影族族長如果私下開個會，或許可以找到雙方都滿意的和解條件，這裡一定有足夠的領地可以平分，因為目前為止也沒看到哪一方的貓兒在挨餓啊。我會幫忙找出解決辦法的。」

棘星垂頭致意，「樹，謝謝你。這件事我們就拜託你了，」他看著霧星，「那就再繼續開我們的大集會。讓我們聽聽河族和風族的近況。」

霧星冷哼一聲，「我們待得愈久，就愈有可能被你們找到藉口分走我們的領地。」她尾巴一甩，從巨橡樹上跳下來，朝長草堆走去，她的族貓紛紛跟在後面。這時兔星也說話了。

「看來大集會是結束了。」他朝棘星、虎星和葉星點頭示意，也跟著跳進空地。

紫羅蘭光快步過去找她父親會合，不安到肚子微微刺癢。「沒想到虎星竟要求葉星答應影族貓可以在我們的領地上狩獵。」光是想到影族戰士可能與她共用林子，就令她不寒而慄。

「希望樹能想到解決辦法。」鷹翅看了黃色公貓一眼，表情存疑。她的胸口揪了起來。「你覺得我們以後會不會被迫離開湖邊？」要是虎星不肯讓地，他們能怎麼辦呢？

鷹翅用鼻子輕觸她的頭。「不會有事的，」他輕聲保證，「星族指引我們來到這裡，好讓妳、我、嫩枝杈能夠重逢。祂們不會要我們離開的。」

這時有嘶聲從空地邊緣傳來。馬蓋先和爆發石正在對峙，頸毛聳得筆直。兩隻貓兒都想走同一條路穿過草堆，互不相讓，喉間發出嘶吼。

「先讓他過吧，」葉星在空地盡頭喊道，「我們等一下沒關係。」

馬蓋先貼平耳朵，退後一步。爆發石從他旁邊衝過去，熾掌尾隨其後，影族貓一個接一個趾高氣昂地從天族貓旁邊走過去。鼠尾草鼻和蕁水花雖然齜牙咧嘴，但還是忍住性子，讓對方們先過。

影族消失在長草堆裡，這時的紫羅蘭光全身突然一陣冷顫。難道這就是他們現在的處境嗎？為了避免爭端，天族一定得處處忍讓影族嗎？她的腳步沉重。她相信是星族指引天族來到湖邊，讓他們終於回到了家。可是要是其他部族一再威脅取走他們的領地，這裡還會是他們的家嗎？

第七章

赤楊心看見雲尾和錢鼠鬚從營地跑出去，心裡隱約驚慌。他巴不得他們是去傳遞好消息的。

棘星在他旁邊挪動身子，「我們只能祈禱虎星在聽到消息時不會反應過度。」雷族族長的眼神黯了下來，然後點了點頭，轉身跳回高突岩。

赤楊心腳步沉重地鑽進巫醫窩，總覺得在進入幽暗的窩穴時，洞口的荊棘簾幕不停拉扯著他的背。

他一走進來，松鴉羽便抬頭張望。「怎麼樣？」他的奶藍色目光似乎看得見赤楊心。「棘星怎麼說？」

「你覺得他會怎麼說？」赤楊心頓時惱火，**為什麼我老是得為自己辯解？我只是在盡我最大的努力啊。**

「你有跟他說死莓的事嗎？」松鴉羽的目光仍盯在他身上。

「有。」赤楊心的肚子裡像吞了一塊大石頭一樣沉甸甸的。雖然他已經說服了松鴉羽和葉池，死莓是水塘光的唯一活命機會，可是水塘光服用之後，病情好像也沒有什麼改善。他還是在生病，意識時有時無，而且仍不時出現可能再度造成癲癇的高燒。

當他在告訴棘星他的以毒攻毒療法時，其實心裡也在懷疑這方法到底有沒有效。他的父親不敢相信地瞪大眼睛，赤楊心則是緊張地縮起身子。「你在餵他吃死莓之前，應該先找我商量一下。」棘星低吼道。

「我找葉池和松鴉羽商量過了。」赤楊心為自己辯解。

棘星的毛髮豎了起來。「他們不是你的族長。」

「但你又不是巫醫貓。」赤楊心不客氣地說道。

「可是昨晚是我告訴虎星，水塘光很快就會回去。」

「我一定要把他救回來啊。」赤楊心覺得無助。棘星怎麼會懂巫醫貓所面臨的那種生死抉擇？

「這可能會害死他。」

「他本來就命在旦夕了。」他可憐兮兮地迎視棘星的怒目。「這是唯一能讓他活命的機會。」

「你說有個夢告訴你一定要使用這種莓果，」棘星嘟囔道，「你確定是星族託的夢嗎？」

「我確定。而且我還看見那隻兔子吃了死莓之後就好轉了。這部分是真的，不是夢境。」

棘星不耐地抽動尾巴。「我們必須告訴影族。」

赤楊心只能眼睜睜看著雷族族長派錢鼠鬚和雲尾銜命前往影族營地，通知虎星水塘光病況危急，心裡很是驚慌。

水塘光的臥鋪出現嗚咽聲，赤楊心的思緒立刻被拉回現實。松鴉羽已經蹲在病貓旁邊，用鼻頭輕觸水塘光的頭。於是赤楊心快步走到那裡。他已經餵了影族巫醫貓一個晚上的死莓，每餵一口，都巴不得這一口就能把這隻公貓從瀕死的邊緣帶回來，可是他的燒到現在還沒退。**這莓果對兔子真的很有效啊**。疲累到身子已經有些微微發抖的赤楊心坐了下來。「我確定它應該有效。」他低聲道。

「但它也沒毒死他啊，」松鴉羽終於鬆口讓步，「所以只要還活著……」

「就有希望！我懂這道理，你一直都是這麼說。」

「死了就沒有希望了，他現在又還沒死。」松鴉羽語帶鼓勵。可是赤楊心從盲眼公貓聳立的毛髮感覺得出來，他還是不太相信死莓可以治癒水塘光。**不過他試著鼓勵和支持我**，赤楊心對他的前任導師多少有些感激。

松鴉羽站了起來。「葉池馬上會帶野甘菊回來。還好現在是新葉季，至少我們有新鮮的藥草可用。」松鴉羽的目光移向窩穴入口，赤楊心愣了一下。「我們好像有訪客。」語氣不祥。

赤楊心立刻緊張了起來。「是影族嗎？這麼快就來了？」錢鼠鬚和雲尾不是才離開沒多久嗎？

「你自己去看看吧。」松鴉羽朝垂生的荊棘簾幕點頭示意。

赤楊心快步過去，鑽出窩外，在刺眼的陽光下瞇起眼睛。他聞到影族的味道，等到他的眼睛適應了亮光之後，才看見空地上站著虎星，刺柏爪和麻雀尾陪同在旁。錢鼠鬚和雲尾則在兩邊警戒。

他的心頓時揪緊。

藤池在育兒室外面觀看，她的小貓都爬在她身上。白翅和樺落在戰士窩旁邊的陰影處瞇起眼睛看，其他戰士夥伴則在空地邊緣不安地走動。

「他們在氣味記號線那裡等。」錢鼠鬚朝棘星喊道。

高突岩上的雷族族長俯看空地，隨即跳了下來。「虎星。」他朝虎背熊腰的虎斑貓點頭致意。

赤楊心呼吸急促。虎星的毛髮在陽光下閃閃發亮，他很有禮貌地向棘星點頭回禮，寬闊的前額底下是一雙緊皺的眉頭。

雲尾迎視棘星的目光。「虎星想要私下跟你碰面。」

赤楊心看見營地四周的雷族貓顯得緊張不安。棘星朝雲尾眨眨眼睛，眼露疑色。赤楊心看見白色公貓蠕動著腳，藍色眼睛瞪著地上。「我們還沒告訴他。」他趕緊解釋。

錢鼠鬚點點頭。「我們一發現他們在邊界等候巡邏隊，就趕緊護送他們直接回來這裡。」

赤楊心的尾巴緊張地抽動，因為他明白這兩位戰士的意思是：**他們還沒告訴虎星水塘光病危的消息。**

他應該覺得如釋重負嗎？影族族長終究會發現的。

「我們到那裡談。」棘星領著虎星走到高突岩的陰影底下，將麻雀尾和刺柏爪留在空地。他眼神銳利地警告他的族貓們都回到自己的工作崗位上。戰士們於是各自走開。

虎星瞇起眼睛，一臉懷疑地看著赤楊心，目光像冰一樣射向赤楊心。「雷族巫醫貓一定得如影隨形地聽族長的談話嗎？」

赤楊心的腳微微抖動，他本來以為自己此刻應該知趣地回巫醫窩去，可是從棘星刻意無視虎星質疑的舉動來看，顯然他的族長認為他應該留下來。**他會需要巫醫貓來解釋一些事情……**

「你想要討論什麼？」棘星問虎星。

影族族長的目光冷冽。「我應該很快就會跟葉星碰面，解決領地方面的爭議。我想給她一些東西作為補償，但我不曉得我能給她什麼。」

「這跟我有什麼關係？」棘星很是防備地鼓起毛髮下的肌肉。

虎星惱火地彈動尾巴。「你真的以為影族和天族能獨自解決領地爭議嗎？我知道你相信那隻叫樹的貓可以提供協助，可是話說回來，獨行貓根本不懂部族邊界這種事。」

「他很懂貓兒的想法。」棘星回嗆。

虎星瞇起眼睛。「那他懂部族貓的想法嗎？」

棘星不耐地蠕動著腳爪問道。「虎星，你來找我的目的到底是什麼？我不會偏袒任何一方。」

「我來找你是因為我們有共同的邊界，也是因為你可以提供協助。要是讓天族和影族獨自去協商，只會有兩種結果：不是天族心平氣和地把領地還給我們……」虎星的暗色目光緊盯著棘星，「就是他們得全力奮戰保住疆土。」

棘星立場堅定，「我們花了好大功夫才把他們帶回來，你真的又要把他們從湖邊趕走嗎？」

「我們不會把他們從湖邊趕走，」虎星平靜地說道，「但是我們會把他們從影族的領地上趕走。」

「松樹林很大，」棘星跟他講道理，「怎麼會沒有足夠的領地分給兩個部族？」

虎星看著營地的圍牆，活像能看透圍牆，望見外面的大片林地。「是啊，你說得也許沒錯……要是其他部族也願意放棄部分領地，當然就夠分了。更動邊界的不應該只有天族，雷族要是也在邊界作更動，或許就綽綽有餘了……」

棘星打斷他，「我們在大集會上已經決定交由樹來調解你們和天族之間的糾紛，這件事跟其他部族無關。葉星要是知道你在背後議論她，一定會認為你不尊重她。」他眼神示警。

虎星皺起眉頭。赤楊心看見暗虎斑色公貓瞪著棘星看，突然有種不祥的預感。

「好，」虎星甩打著尾巴。「那就別在事後怪我沒有為和平努力過。」他環顧營地。「既然我都來了，那就順道帶我的巫醫貓回去吧。」

赤楊心當場僵住。「他還沒好，不能回去。」恐懼跟著上身。

「還沒好？」虎星目光移向赤楊心，一臉不可置信。

赤楊心看著地面，「我們還沒治好兩腳獸的荊棘所引起的感染問題。」

影族族長的眼裡閃著疑色。「我自己去看。」虎星從他旁邊擠過去，直接鑽進巫醫窩。

赤楊心快步追在後面。

洞裡的虎星止住腳步，驚愕地瞪看著水塘光的臥鋪。「他看起來半死不活。」

「你小聲一點！」松鴉羽火大地說道，「要是吼叫有幫助，我們早就治好他了。」

「他怎麼了？」虎星質問道。

「我不是說過了嗎，」赤楊心趕緊衝過去，擋在虎星和水塘光臥鋪的中間，「我們還沒治好他的感染問題。」

「為什麼治不好？」虎星毛髮聳了起來，「你們已經治了四分之一個月了。」

「我們的藥草全都發揮不了作用。」赤楊心一邊說一邊瞄了一下水塘光臥鋪旁酸模葉上的死莓一眼。這時虎星竟然也循著他的目光望過去，嚇得他頓時像結了冰一樣無法動彈。

虎星瞪著死莓。他緩緩穿過窩穴，嗅聞它。「這些是死莓嗎？」他看著赤楊心，一臉不可置信，「怎麼會出現在巫醫窩裡？」

赤楊心點點頭。心驚膽跳的他看見虎星的目光有怒火閃現。

「你是打算毒死他嗎？」他的怒氣宛若風暴掃遍窩穴。

棘星從入口鑽進來。「沒有誰打算毒死他。」他把赤楊心推到一旁，站在影族族長面前。「事實上，我剛剛就是派錢鼠鬚和雲尾去通知你們水塘光病重，但被你半路攔住。赤楊心、松鴉羽和葉池正在盡全力救治水塘光。赤楊心這幾天幾乎都沒睡。你看！」他朝水塘光的臥鋪點頭示意，「水塘光被梳洗得很乾淨，臥鋪也換了新的。我們一直把他照顧得無微不至，只是我們無力對抗兩腳獸的毒物。」

虎星的目光仍緊盯著赤楊心不放。「所以你們決定幫他脫離痛苦！」他的吼聲帶著怒氣。

赤楊心當場僵住，四條腿忍不住發抖。莫非他的治療法會引發雷族和影族開戰？

松鴉羽抬起鼻口。「水塘光本來快死了，」他冷靜說道，「是赤楊心看見一隻同樣遭到感染的兔子吃了死莓的果肉就痊癒了，所以想在水塘光身上試試看。我們已經試遍所有方法，這是唯一可以救他活命的機會。」

虎星怒瞪松鴉羽。「看來效果不怎麼樣。」他瞇起眼睛，表情憤憤不平。「不過我早就知道你也不太在乎影族貓的性命。」

松鴉羽似乎被這句話嚇到了。

赤楊心皺起眉頭。「你這話什麼意思？松鴉羽對每條命都很重視。」

「那我弟弟焰尾的命呢？」虎星齜牙咧嘴。

棘星甩打尾巴，「大家都不相信是松鴉羽害死你弟弟，只有褐皮，但她根本是傷心過度，失心瘋了。」

虎星的目光緊盯松鴉羽。「但你還是沒能把他救活，不是嗎？」

松鴉羽的藍色盲眼有歉意一閃而逝。「我不能不放他走。」他低聲道。

「所以你現在也打算放水塘光走。」虎星吼道。

「沒有！」赤楊心突然火大，直接與影族族長對峙。「我們不會讓他走。我們會盡全力治療他，直到他好了為止。星族讓我看見大火過後，花草又長了出來，祂們是在告訴我死莓可以治好水塘光，它們會讓他身體好起來。我知道一定可以。」他突然有了信心，比一開始試用時還要有信心。他迎視虎星的目光，但影族族長的怒目回瞪還是嚇得他四腳發抖。

「水塘光也同意做這種療法，」松鴉羽低聲道，「我們都知道它的危險性，可是別的療法都沒有，水塘光也願意試試看。」

虎星轉頭過去。「水塘光同意？」

松鴉羽點點頭，「他知道我們想餵他吃死莓，也理解原因何在。他要赤楊心放膽一試。」

虎星看著水塘光癱軟的身子好一會兒，最後瞇起眼睛，「這療法有效嗎？」

「他也沒被毒死啊。」松鴉羽低吼道。

「但也可能被毒死？」虎星眼神不安。

「是有可能。」松鴉羽承認道。

虎星頓了一下，緩緩搖動身後的尾巴。「我要帶他回去，」他最後說道，「就算他會死，也應該死在自己的部族裡。」

「可是他病到無法走動。」松鴉羽直言道。

「刺柏爪和麻雀尾可以扛他回去。」虎星回嗆。

赤楊心驚慌到腳爪微微刺癢。「可是他回去之後，誰來照顧他？」

虎星瞪大眼睛，故作無辜狀。「你不是會跟我們回去照顧你的病患嗎？」

赤楊心遲疑了。要是水塘光死了怎麼辦？**到時就只有我孤伶伶地待在敵營營地裡。**他緊張到胃部開始翻攪。

「赤楊心不會跟你們回去。」棘星反駁道。

「可是赤楊心不是說過水塘光需要治療嗎？」虎星平靜地說道。

「所以水塘光也必須留下來。」棘星低吼道。

兩個族長對峙互看，誰也不讓。赤楊心看得出來他們的毛髮下肌肉賁張。棘星的毛全聳了起來。他們會打起來嗎？**是我決定使用死莓的，**赤楊心吞吞口水，**我不能讓我的決定引發兩族戰爭，**「我去好了！」他低聲道，心裡湧起不祥的預感。

「很高興你對自己的療法有信心，」虎星喵聲道，「只要水塘光好了，一切都會沒事的。」

棘星雙耳抽動，「要是他沒好呢？」

虎星迎視雷族族長的目光，「如果是這樣，自然就有爭議，大家會懷疑是不是赤楊心毒死了他。有貓兒被毒死，加害者當然得受懲罰。」

「別兔子腦袋了，」松鴉羽不客氣地說道，「赤楊心是想救他。」

「若是想救他，那麼他應該會很樂意到影族去照顧他。」虎星一臉挑釁地看著松鴉羽。

「你想把他當人質扣住。」棘星吼道。

「我不想再討論下去，」虎星彈動尾巴，「我們要把水塘光帶回家，赤楊心跟我們一起回去。除非你對你的巫醫貓沒有信心，那就另當別論了。因為你知道這個療法根本沒效，所以你想把赤楊心留在這裡，才好保護他。」

赤楊心怒火中燒。「誰說沒效。服用死莓是他僅有的活命機會，我跟你們回去，我會證明給你們看。」

「赤楊心，你確定嗎？」棘星眼帶愁雲地瞪著他看。

「我確定。」赤楊心抬起下巴。「是我決定要用死莓的。我做的決定我自己負責，成敗與否都跟別的貓兒無關。」

虎星走到窩穴入口，喚他的手下過來。「刺柏爪！麻雀尾！進來這裡。」他朝棘星點頭示意。「水塘光好了，我自然會讓赤楊心毫髮無傷地回來。」

赤楊心的胸口頓時揪緊。**要是水塘光沒好呢？**

「鼻口壓低，」嫩枝杈把飛掌往地面壓，暗中祈禱這隻年輕的貓兒會保持安靜。她們前面有一根木頭擋住，才沒讓那隻肥美的燕雀看見她們。燕雀正在腐葉堆裡找蟲吃。「鳥是最難抓的，」她低聲道，臉上的鬍鬚輕輕刷過潮溼的青苔。「牠們對任何動靜都很警覺，一有聲響，就會飛走，所以你動作要很快。」

「既然那麼難抓，為什麼不改抓老鼠和松鼠呢？」飛掌低聲回答。

嫩枝杈眨眨眼睛看著她，「因為戰士也得學會抓鳥。」

「為什麼？」

嫩枝杈強壓下心中的沮喪。「因為我們是戰士！」飛掌老毛病又犯了，老是沒搞懂重點。嫩枝杈聽見燕雀正啄著枯葉，她等得有點不耐，抬起鼻子朝那裡查看，飛掌也把頭從木頭後面探出來。循著嫩枝杈的目光往那兒看。嫩枝杈繼續交代一些注意事項：「妳在追蹤鳥的時候，一定要有耐心，妳得等到牠分神在別的事情上時才能撲上去，一定要先確定……」

但飛掌沒聽下文，她亢奮地喵嗚一聲，就突然從木頭後面爬出來，撲了上去。嫩枝杈詫異瞪看，燕雀的翅膀一陣撲打，往上竄飛。飛掌騰空一扭，想逮住牠，卻砰地一聲跌在地上。

「我是怎麼跟妳說的？」怒火中燒的嫩枝杈從木頭後面跳出來，衝向飛掌，後者甩甩凌亂的毛髮。

飛掌眨眨眼睛看著她：「妳不是說我動作要快嗎？」

「我也說妳要有耐心啊！」為什麼飛掌總是不把話聽完？

「可是妳有說我動作要快啊。」她抬起一隻腳爪，爪間還沾著羽毛，「妳看，我差點就抓到了。」

「差點這兩個字是餵不飽部族的！要是妳能等到燕雀全神貫注地在抓蟲子，對林子周遭的動靜不是那麼警覺，搞不好妳現在已經抓到牠了。」嫩枝杈氣到背上的毛髮不停波動。她本來聽從直覺，決定從此要嚴格訓練飛掌，可是年輕的虎斑貓還是經常出岔。**可是搞不好問題是出在我身上，**嫩枝杈很是疑慮。**我的確告訴過她，動作要快。**她有點生自己的氣，**我幹嘛要說這麼多狩獵技巧上的細節？**飛掌像隻垂頭喪氣的小貓一樣瞪看著她，這讓嫩枝杈更心煩了。「為什麼妳就是搞不懂事情的輕重緩急？要是妳專心一點，就不會犯下這麼多錯了。」

「我想跟著直覺走。」飛掌沮喪地說道。

「光靠直覺是不夠的！」嫩枝杈怒瞪著她。「如果夠的話，寵物貓和獨行貓早就統治森林了。妳需要的是貓兒們世代傳承下來的訣竅和技巧。妳的第一步是靠直覺開始，但要成為真正的戰士，得靠全套的訓練。」

「可是要學的東西好多。」飛掌的尾巴垂了下來。

「妳只需要認真地學一次就夠了！」這樣的要求很過分嗎？「這幾個月的訓練會讓

妳一次學會戰士所必備的一切技能。一旦妳學會所有必備技術，以後妳愛怎麼樣都可以。可是就目前來說，我希望妳多付出一點努力。因為我並不想看見為我的見習生沒通過評鑑，害我成為這幾個月以來第一個教學失敗的導師。」

飛掌瞪大眼睛。「妳認為我可能會過不了評鑑？」

「如果妳繼續這樣下去，是有可能。」嫩枝杈惱火地轉身背對她的見習生，朝營地走去。

「我們不再追蹤鳥了嗎？」飛掌追在後面喊道。

「不追蹤了。」嫩枝杈今天不想再看見飛掌。「我們回去吧。下午妳可以在空地上繼續練習妳的狩獵技巧，順便好好想想自己到底想成為什麼樣的戰士，明天上課才會更專心一點。」

嫩枝杈氣呼呼地走在林間，胃揪在一起。她聽見飛掌跟在後面，離她只有幾步之距，但嫩枝杈沒有回頭看。在這一片靜肅中，她可以感覺得到飛掌心裡很是受傷。她的怒火慢慢褪去，開始有點內疚。飛掌的資質其實不差，只是常搞不清楚事情的輕重緩急。**也許我應該更有耐心一點，光靠嚴厲的教學態度或許還不夠。**她抵達營地，鑽進入口，腳步很是沉重。

飛掌從她旁邊鑽過去，吸引她的注意。「我很抱歉沒抓到那隻燕雀，」她喃喃說道，「我明天一定會更努力。」說完沒等嫩枝杈答腔就快步離開，穿過空地，跑去找她母親煤心，後者正在補強長老窩，忙著用忍冬花藤蔓編織牆面。煤心擱下藤蔓，驚詫地眨眨眼睛看著飛掌偎進她懷裡，眼神不安望向空地另一頭，捕捉到嫩枝杈的目光，然後用尾巴環住飛掌的背。嫩枝杈見狀，兩隻耳朵當場紅了起來。

嫩枝杈轉身離開。**有媽媽可以安慰，那種感覺一定很棒**。她忍住心裡的酸楚。小時候她剛被帶來雷族時，是百合心撫養她長大。百合心是對她很好，只是嫩枝杈很清楚自己不是百合心親生的。要是卵石光還在，她的生活會有什麼變化呢？要是當初她是被親生母親撫養長大的，可能就會很清楚自己的歸屬何在，根本不會在雷族和天族之間擺盪不定。而且有了她母親堅定不移且不失溫柔的愛，搞不好她也會更清楚該如何當一名好導師。

「要是水塘光死了，妳覺得虎星會殺了赤楊心嗎？」黛西的喵聲嚇了嫩枝杈一跳，思緒立刻被拉了回來。貓后正坐在銀白色母貓藤池的旁邊，後者正在舔洗小鬃的頭。

小鬃的頭被她母親的舌頭舔得越垂越低。「灰紋說老虎星殺了火星。搞不好所有叫虎星的貓都是凶手。」

「別傻了，」藤池把小貓拉近，繼續舔洗她。「虎星和火星是戰死在同一場戰役，就只是這樣而已，」她邊舔邊說，「這個虎星跟以前那個虎星不一樣。」

「妳怎麼知道？妳從來沒見過老虎星。」小鬃抬頭，眨眨眼睛看著她，「灰紋是從小就認識他了。」

「灰紋老愛在自己的故事裡加料。」藤池不屑地說道，同時不安地看了黛西一眼。虎星會殺了誰？嫩枝杈快步朝育兒室走去，對著兩位貓后眨眨眼睛。「妳們在說什麼？」

藤池哄小鬃離開。「去找小竹和小翻玩。」小貓蹦蹦跳跳地離開。藤池一本正經地迎視嫩枝杈。「妳剛剛不在的時候，虎星帶了手下過來，把水塘光帶回影族，還叫赤楊心跟他們一起回去。」

嫩枝杈早就知道水塘光早晚會回影族去，所以她覺得赤楊心跟過去照顧他，也是理所當然，畢竟水塘光仍在生病，他去那裡暫代職務也是應該的。「赤楊心不想去嗎？」

黛西瞪大眼睛，面帶憂色說道。「棘星說他是自願去的，可是看得出來赤楊心很害怕。」

「如果棘星認定他去那裡有危險，就絕對不會讓他去。」藤池合理分析。

「但是聽起來他好像沒有選擇。」黛西喵聲道，「錢鼠鬚說他有聽到整個談話內容。赤楊心一直在餵水塘光吃死莓。」

藤池的尾巴緊張地抽動。「結果被虎星發現，於是指控赤楊心想毒死水塘光，然後強迫他跟他們回影族，才能證明這種療法是有效的。」

嫩枝杈望向營地入口，她一想到赤楊心獨自待在影族，不免也緊張了起來。「所以你們認為要是水塘光死了，虎星就會殺了他？」

「他的意思差不多是這樣。」黛西小聲說道。

「他說如果水塘光死了，赤楊心就會受到處罰。」藤池糾正道，「可是他不可能真的相信赤楊心存心殺害水塘光。他只是說話的方式像狐狸一樣賤，目的是要逼棘星答應赤楊心跟他回影族營地。畢竟他們那裡也需要巫醫貓，但因為虎星是隻影族貓，他不可能跟你說什麼客氣話。影族貓就是喜歡讓對方覺得一切都是他說了算。他們認為只有兔腦袋的貓才講究禮貌。」

育兒室後方傳來難過的喵聲。小翻正在抱怨。「這次我想當狩獵者，我上次當過獵物了。」

藤池站了起來。

「我來就好了。」嫩枝杈彈動尾巴，示意貓后待在原地。「妳休息一下，我可以教他們一點狩獵技巧。」

藤池感激地眨眨眼睛。「別讓他們把妳搞得太累。」

「不會啦。」嫩枝杈繞著育兒室走。她有點擔心赤楊心，不過飛掌的事更令她傷腦筋。也許教教小貓如何潛行追蹤，可以轉換心情。搞不好她會發現自己其實不是一個那麼糟的導師。

✦✦✦

月光滲進荊棘縫隙，圈住嫩枝杈的臥鋪。她陪小貓玩得太瘋，腳爪現在痠痛不已。她本來要教他們狩獵技巧，沒想到越玩越激烈，整個下午都在營地裡追著他們跑，不然就是假裝自己是獾，當他們的座騎，繞著空地走。年紀小一點的貓可能都比較容易分心吧。**但也有可能只是我不太會教。**她甩開這念頭，要是鰭躍在就好了。她瞥了他的空臥鋪一眼。上完課後，他沒有跟拍掌一起回來。拍掌告訴她，說鰭躍回營之前得先去忙點事情。後來暮色降臨，族貓們齊聚一堂分享舌頭時，她還在等他，甚至從生鮮獵物堆那裡特地幫他留了隻地鼠。她坐在那裡一邊吃自己的老鼠，一邊眼巴巴地看著入口，以為他隨時都會回來。可是他一直沒有出現。她獨自吃完了老鼠，最後把地鼠放回生鮮獵物堆。現在他的臥鋪還是空的，其他戰士都已經在她四周呼呼大睡。她納悶他究竟去了哪裡。她擔心到腳爪微微刺癢。也許他去狩獵了，所以沒能回來。她應該向松鼠飛和棘星報告他不見了嗎？她的胸口揪緊。他會不會是故意不回來？也許他想嘗試夜間狩獵？也可能他自己偷偷跑去監視影族？鰭躍對雷族來說還是個新成員，她不想害他惹禍上身。

但如果他是去狩獵或監視，為什麼不告訴我呢？鰭躍不管去哪裡都會找嫩枝杈一起去，這次竟然沒找她，感覺有點怪。他們向來同進同出的。**他很快就會回來了，**她告訴自己，**星族會保佑他的。**

她把鼻子塞在兩隻腳爪中間，閉上眼睛。疲憊感漸漸吞蝕她的焦慮，她沉沉睡去。

黎明時，她被鳥叫聲吵醒。

「鰭躍？」她還沒睜開眼睛便輕呼他名字。她的夢裡都是他……她夢到他回來了，也夢到他獨自待在林子裡，每株灌木背後都埋伏著危機。她抬起頭來，這時窩穴入口亮起淺白色的光。她轉頭查看他的臥鋪，發現還是空的，頓時緊張了起來。她很快地嗅聞一下，**冷冰冰的！**他一直沒有回來。她開始驚慌。他從來沒有徹夜不歸過。

他去哪裡了?

第九章

紫羅蘭光停在草地邊緣，呼吸著冷冽新鮮的空氣。太陽滑進陰暗的高地後方，黑影跟著漫上草地。這裡的地勢較高，朝山區緩升，她可以從這裡看見湖面，林子也在這兒一分為二，留下一處寬闊的草原供兩腳獸在綠葉季的時候蓋毛皮窩。現在這裡雖然還沒有毛皮窩，但聞得到很新鮮的兩腳獸氣味，她猜就算牠們沒有蓋毛皮窩，還是會過來這兒。只是她不懂為什麼牠們要來。難道牠們也像部族貓一樣得巡邏邊界？還是這裡有牠們想抓的獵物？她感覺得到夜裡的寒氣即將來臨。她的腳爪被露珠沾溼。樹怎麼會把談判的地點安排得這麼遠呢？

黃色公貓在草地上踱步，葉星則是一逕待在林蔭處。天族族長的眼神閃爍不定，裡頭有不安也有挑釁。跟虎星碰面會讓她很緊張嗎？還是她在擔心這場會面可能會有的結果？

「我們為什麼不能在離營地近一點的地方碰面？」葉星試探性地問道。

樹停下腳步，看著她。「這是中立地帶，影族和天族都不曾宣稱這裡是他們的地盤。」

「我們應該約在湖邊的。」葉星蓬起毛髮抵禦寒氣，嘴裡嘟囔。

紫羅蘭光甩掉身上的露珠。「我覺得這裡蠻隱密的。」她知道樹費了多大的勁兒在兩邊營地跑來跑去，就是為了安排天族族長和影族族長碰面的地點。「這裡不會有別族的貓兒跑來插手。」

葉星哼了一聲。「他們幹嘛跑來？他們不是已經說得很明白了嗎？3他們不想跟這個糾紛有任何瓜葛，他們要我們自己去跟影族交涉。」

「至少他們沒有選邊站。」樹凝視著森林，顯然正在搜找虎星隊伍的蹤影。紫羅蘭光好奇影族族長會帶多少戰士前來。她很自豪葉星指定她加入這場談判的護衛隊伍，隊伍成員還包含貝拉葉、沙鼻、哈利溪和鼠尾草鼻。資深戰士都聚在山坡上面一點的地方，彷彿不太確定自己該做什麼。畢竟他們受過的格鬥訓練，目的是為了上場殺敵，保護部族，而不是為了談判妥協。葉星不耐地看著他們。「你們可不可以散開一點？全擠在一起，看起來就像是第一次參加大集會的見習生一樣。」

貝拉葉和沙鼻互看一眼，然後不好意思地跟哈利溪和鼠尾草鼻拉開距離。

「你有看到他嗎？」葉星問樹。

「還沒看到。」樹抽動著尾巴。

「他遲到了，」葉星坐下來，眼神冰冷地掃視草地，「我真不懂我們有什麼好討論的。反正我是不會讓出天族的領地，我們有權在這片領地上狩獵。」

「如果我們可以釐清兩方的各自需求，或許就能找到一個彼此妥協的方法。」樹語氣和緩地說道。

「我是絕不可能讓影族戰士自由進出我們的邊界。」葉星怒瞪著他。

「要是我能讓影族理解雙方若是都不讓步，很可能會啟動一場戰爭，也許虎星就會妥協了，」樹推理道，「畢竟天族也是星族帶回來的，虎星再怎麼樣也不敢違逆星族的旨意。」

山上襲來一陣強風，提醒了紫羅蘭光新葉季僅止於山谷底部而已。她強忍住發抖的衝動，不想讓自己看起來很緊張。

哈利溪豎起耳朵。貝拉葉的目光掃向幽暗的林子。

林間荊棘一陣抖動，葉星神情期待地轉身過去。

虎星嗎？紫羅蘭光瞪大眼睛，卻看見一隻暗色公貓從林子裡鑽出來。

「刺柏爪！」葉星一臉不解。她的目光從影族副族長身上移到他後方，那裡空盪盪的。「虎星呢？」

刺柏爪沒回答，反而盯著哈利溪、貝拉葉和鼠尾草鼻。「這算什麼？是在埋伏嗎？」他低吼道。

樹趕緊過來，「當然不是。」

刺柏爪齜牙咧嘴。「但這分明是在炫耀武力。」他責難地瞥了葉星一眼。「妳是想要威脅影族同意你們的要求嗎？」

「提出要求的不是我們。」葉星回嗆。

樹走到他們兩個中間。「虎星在哪裡？」他很有禮貌地問道。

「虎星有其他的事要忙，不克前來。」

葉星聳起毛髮。「有什麼事比這件事還重要？」

「我是他的副族長，」刺柏爪抬高鼻口，「可以代表虎星處理部族裡的事。」

「我不是來這裡跟一個副族長談判的。」葉星不屑地瞪著他。

「在妳眼裡，我分量不夠嗎？」刺柏爪低吼。

紫羅蘭光不安地蠕動著腳。**談判還沒開始就要結束了嗎？**她一臉期盼地看著樹。

黃色公貓繞著葉星和刺柏爪轉，尾巴抬高，毛髮貼平。「每隻貓兒都很重要。」他語氣平靜地說道，「既然我們都來了，那就談一下那件令雙方傷腦筋的事好了，以免浪費了這次碰面的機會。」

刺柏爪瞇起眼睛看著葉星。葉星不停縮張著爪子。

「談一下也無妨啊。」樹加把勁兒。

「有什麼好談的？」葉星不客氣地說道，「只除了要提醒他們別越界到別族領地，不過這是有違戰士守則的。」她怒瞪著刺柏爪，「你可以把我說的話轉告給虎星知道，不過話說回來，這件事他其實早就知道了，但有可能是因為他曾經離棄過自己的部族，所以忘了守則的重要。」

樹瞪大眼睛。「我相信他還是很清楚知道戰士守則……」

刺柏爪打斷他，回嗆葉星。「我早就知道妳不講道理。」

「想要保有正當取得的土地，這叫做不講道理？」

「正當？」刺柏爪抽動耳朵，「影族是因為曾被侵略和遭逢叛變的關係，才積弱了好一陣子，妳怎麼不說妳是趁火打劫地壯大自己？」

「天族並不想……」樹試圖反駁。

葉星沒理他。「當初是虎星親口提議送領地給我們，」她不客氣地回嗆刺柏爪，「他那時根本不是你們的族長，卻獨排眾議地說服影族貓，說這樣做才是對的。現在卻又想要回去？」

「影族的貓口增加了。」刺柏爪堅守立場，「我們需要更多領地。」

「天族的貓口也增加了。」

樹張開嘴巴，但這次吐不出任何一個字。**完了，他不知道自己該怎麼做了！**紫羅蘭光屏住呼吸，暗地希望樹說點什麼來沖淡劍拔弩張的氛圍。黃色公貓捕捉到她的目光，眼神露出驚慌，顯然被葉星和刺柏爪的激烈爭吵搞得措手不及。他跟紫羅蘭光對視了好一會兒，然後終於定神下來，挺起胸膛，轉頭對葉星和刺柏爪說：「顯然兩個部族都比以前壯大。既然雙方都需要領地，松樹林的面積也或許大到足夠供所有貓兒使用，那麼為什麼不重畫邊界呢？」

葉星小心翼翼地覷看刺柏爪，好像想先看他的反應是什麼，再做回應。

「重畫邊界？」刺柏爪甩打尾巴。「影族已經比任何部族都退讓了，甚至在我們知道有天族這個部族之前的那幾個月，便曾讓出了曾經屬於影族的領地。而現在為了要讓天族留在湖邊，為什麼又是只有我們影族得犧牲領地呢？」

「那為什麼我們天族就活該被逐出新的家園？」葉星對著影族副族長嘶聲說道，但這時有亢奮的叫聲從草坡頂端傳來。

一隻狗正在山頂奔跑。紫羅蘭光看見牠後面追著三頭小兩腳獸，牠們的眼睛就像那條狗的眼睛一樣炯亮。她一看到，嚇得毛髮全豎了起來。

鼠尾草鼻貼平耳朵。「我們必須趕在牠聞到我們的氣味之前先離開此地。」貝拉葉和沙鼻轉身面對那隻正衝下山坡的狗。他們聳起頸毛，嚴陣以待。

葉星瞇起眼睛瞪看刺柏爪良久，然後甩打尾巴。「我們回營地去。」她點頭示意族貓們，說完便昂首闊步地從刺柏爪旁邊經過。「在這裡只是浪費時間而已。」

紫羅蘭光快步追在她後面，直到鑽進林子暗處，才鬆了口氣。在她後方，狗吠聲傳遍整片野地。鼠尾草鼻、貝拉葉和沙鼻加快腳步，葉星從荊棘叢旁邊擠了進去，最後消失在矮木叢裡。紫羅蘭光跟上去之前，眼角餘光覷到刺柏爪。那隻黑色公貓像黑影一般在山腳下移動，循著他來時的路穿梭在松樹林間。等到她再也看不到他，才又感覺到樹的毛髮正刷過她的腰腹。

他緩步走在她旁邊，目光沉重。「我不敢相信事情會演變到這麼糟。」

「這工作本來就不輕鬆。」紫羅蘭光很是同情他，心跟著隱隱刺痛。

「我根本很難插話。」樹皺起眉頭，「我本來想要他們試著去理解對方的想法，沒想到兩方的分歧卻愈來愈大。」

「我想他們來談判之前就已經決定在氣勢上不可以輸給對方。」紫羅蘭光安慰道，「你幫不上忙的。」

「我應該要讓他們平心靜氣下來好好聽我說。」

「他們兩方互不相讓，那根本辦不到。」紫羅蘭光挨近黃色公貓，希望她可以讓他感覺溫暖，可是他似乎若有所思。

前方土堆出現聲響，原來葉星和其他戰士已經停下腳步，正在那裡熱絡討論。紫羅蘭光趕緊過去找他們。

「談判結束。」葉星在貝拉葉和沙鼻面前走來走去，哈利溪和鼠尾草鼻擔任警戒。戰士們的表情都極為憤慨。

「這麼重要的會議竟然派副族長來參加！」鼠尾草鼻低吼道。

哈利溪的頸毛聳了起來。「他根本沒打算和解。」

葉星縮張著她的爪子。「不用再跟他們談下去了。我要加派巡邏隊，以後只要看到影族貓越過邊界，就立刻反擊。」

樹停在紫羅蘭光旁邊，瞪看著戰士們。「給我一點時間，我相信我們可以不用靠爪子來解決此事。」他喵聲道。

葉星狠瞪他一眼。「我們沒有時間了，影族貓每越過我們的邊界一次，就越是證明我們的好欺負。」

樹沮喪地彈動耳朵。「是妳指名要我擔任各部族間的斡旋貓，」他不客氣地提醒她。「要是妳不讓我調解斡旋，幹嘛給我這份職務？」

「我高估了其他部族的智商。」葉星低吼，「他們太習慣靠武力來解決，早忘了如何溝通。虎星顯然想大幹一場。我們剛到湖邊時，我就聽過別族的貓在說影族的壞話，當時還覺得他們很不應該……但現在我徹底懂了，影族貓的確跟狐狸一樣狡猾。我終於明白為什麼花楸爪要放棄他們，為什麼有些影族戰士會選擇追隨暗尾。他們根本是天生的麻煩製造者。既然他們想開戰，我們就奉陪到底。」

「開戰不能解決問題。」樹堅持立場。

葉星搖搖頭。「樹，你難道還看不出來嗎？武力是這裡的唯一法則。不光是影族而已……湖邊其它部族在想法上也都跟我們不一樣。他們訓練戰士的目的是為了上場開戰，不是為了和談。如果我們想要保有自己的領地，就得學他們一樣。要是我們不為自己的信念而戰，其他部族以後就不會尊重我們。到時欺負我們的就不只是影族而已，你懂嗎？」

紫羅蘭光感覺得到她身旁的樹很是洩氣。「虎星在大集會上提議的那個計畫怎麼樣？」她很快說道，「就是讓每個部族都讓出一小塊領地，而不是只有影族讓地。」她眼巴巴地看著葉星。

葉星哼了一聲，「你難道沒注意到其他部族對這提議的反應嗎？他們都巴不得趕快離開那座小島。」

沙鼻眨眨眼睛，一臉同情地看著紫羅蘭光。「我們必須接受其他部族不願幫助我們的這件事實。」

貝拉葉一屁股坐了下來。「我們得靠自己，就跟以前一樣。」

樹憤怒地彈動尾巴。「那我幹嘛還在這裡浪費時間？」黃色公貓抽動著耳朵，昂首闊步地轉身離開。

紫羅蘭光看得出來他很受傷。他背對著天族貓，在一棵松樹的樹根旁邊趴下來，氣到肩上毛髮上下起伏。**他是在思索自己哪裡做錯了嗎？搞不好他心裡在想自己當初根本不應該留下來。**這念頭像警報一樣在紫羅蘭光心裡響起。樹是為了幫助他們，才放棄他原本自由自在的獨居生活，沒想到卻英雄無用武之地。樹雖然不是一隻傲慢的貓，但五大部族貓對他的否定一定很令他傷心。**他會不會從此決定回去當獨行貓？**

葉星彈動尾巴，向紫羅蘭光示意。「妳讓他靜一靜。」天族族長一定是注意到她正在看著黃色公貓。「看來他需要一點空間。他很快就會明白我們沒有別的選擇。」

紫羅蘭光眨眨眼睛看著天族族長。她為樹感到心疼。他不會輕易放棄他的信念的。可是哪怕她為樹感到難過，但還是可以理解葉星的觀點。虎星是鐵了心要羞辱天族，其他部族也都坐視不管。看來天族在這裡就跟在峽谷一樣孤立。所以要是他們想保住湖邊的領地，勢必得上場作戰，自己去爭取。

「走吧，」葉星往山下走去，「我們回去吧。」

✦
✦
✦

紫羅蘭光跟著哈利溪和貝拉葉走進營地。太陽已經西沉，營地圍牆下方的陰影因暮色降臨而更顯幽暗。天族貓們正在空地四周分享舌頭。她突然隱約聞到雷族的氣味。她豎起耳朵，想到嫩枝杈。是她姊姊找了個藉口來訪嗎？

葉星顯然也聞到了。鼠尾草鼻和沙鼻往生鮮獵物堆走去，天族族長停下腳步，環顧營地，鼻子不停抽動。

鷹翅從生鮮獵物堆那裡過來找她，「談得怎麼樣？」他的音量很低。葉星沒有告訴別的族貓她是出去談判。

葉星彈動尾巴。「虎星沒來。」

「他派刺柏爪來。」貝拉葉停在族長旁邊。

哈利溪甩打尾巴。「刺柏爪根本不想談判，他只是重覆虎星在大集會上說過的話。」

鷹翅皺起眉頭：「虎星是存心讓我們的日子不好過。」

「他不尊重我們，我的星族老天，虧我們先前對影族這麼好，讓他們吃我們的，住我們的！」葉星氣到毛髮上下起伏。她的鼻子又在抽動，她朝巫醫貓的窩穴望過去。

「有雷族貓在這？」

紫羅蘭光也循著她的目光看。那裡確實有很濃的雷族氣味。她的心跳開始加速，抱著一線希望。但她一舔聞空氣，便立刻知道這氣味不是嫩枝杈的。

「鰭躍回來了。」鷹翅告訴她。

紫羅蘭光瞪大眼睛，「回來？」意思是他永遠離開雷族了嗎？

「他是回來看蘆葦爪的，」鷹翅解釋道，「他聽說她病了。」

就在他說話的同時，巫醫貓窩穴微微動了一下，鰭躍鑽了出來。他一看到紫羅蘭光，眼睛立刻一亮。「嗨！」

葉星怒目瞪著正快步過來找他們的年輕公貓，「蘆葦爪怎麼了？」她怒氣沖沖地問道。

鰭躍似乎被她尖銳的語氣給嚇到，他停下腳步，耳朵不停抽動。「她快要好了。」他告訴她。

「棘星有說你可以來？」葉星的毛髮聳了起來。

他垂下目光。「他不知道我在這裡。」

「你沒有告訴你的族長就偷偷跑來，擅自穿越別族的領地？」葉星的語氣憤怒。

紫羅蘭光挨近鰭躍。「他只是來看他妹妹。」

「他離開了天族，就等於選擇離開他妹妹。」葉星不客氣地說道。

哈利溪和貝拉葉互看一眼，紫羅蘭光忍不住義憤填膺。「就算他住在別部族，也是會擔心他們啊！」難道葉星以為她和鷹翅從此不會再理睬嫩枝杈了嗎？她眨眨眼睛望向鷹翅，希望他能幫她說話。

鷹翅一臉同情地看著她。「他當然還是會關心他們，可是他現在住在別的部族，就必須尊重他的族長和我們的邊界。」

鰭躍的眼神受傷。「我很尊重棘星，」他眨眨眼睛看著葉星。「我也尊重妳，可是我放心不下蘆葦爪。以前她生病的時候，我都寸步不離的。」

葉星似乎對他的說法無動於衷。「擔心這兩個字不是用來打破戰士守則的藉口。」

鰭躍肩膀垮了下來。「那我回去好了。」

「現在不行，」葉星語氣堅定地說道，「你可以待到明天早上，到時我再派護衛隊送你回雷族，並跟他們解釋原委。」

紫羅蘭光的胃頓時揪成一團。葉星為什麼要小題大作？要是讓護衛隊送他回去，向棘星舉報他違反戰士守則，一定會破壞鰭躍和雷族貓之間的關係。「我現在就可以帶他穿過邊界，」她小聲提議，「讓他偷溜回去，這樣就不會有貓兒發現了。」

葉星怒瞪她，「妳是想要連雷族都矇騙嗎？要是妳被他們的巡邏隊抓到怎麼辦？妳有沒有想過我們跟影族之間的問題已經夠讓我頭大了，難道還要連雷族也得罪嗎？」她果斷地揮動尾巴。「鰭躍今晚就住在這兒，紫羅蘭光，妳跟他就睡在見習生窩裡，妳幫我看著他。要是他夜裡溜走了，我就唯妳是問。」

鰭躍一臉歉意地看著紫羅蘭光。他顯然不想害她惹禍上身。「對不起。」他低聲道。

可是紫羅蘭光不打算放棄，「如果他徹夜不歸，他的族貓會擔心的。」

「他在來這裡之前，就該先想清楚後果了。」葉星轉身離開，背上的毛髮全豎了起來，然後低吼一聲，昂首闊步地走向生鮮獵物堆。

貝拉葉親切地對鰭躍眨眨眼睛，跟在天族族長後面離開。

「很高興見到你。」哈利溪在離開時，也低聲說道。

鷹翅搖搖頭。「你運氣不好，葉星心情欠佳，你來得不是時候。」他告訴鰭躍。

「不過她說得沒錯，你不能想來就來。下一次一定要先告訴棘星，運氣好的話，他會派護衛隊送你過來我們這裡，請求我們允許讓你進入營地。」

鰭躍垂下頭。「我知道。」他咕噥回答。

鷹翅轉身離開，紫羅蘭光用肩膀頂他，「至少我們可以像以前一樣同睡一個窩穴，」她喵聲道，「我們可以好好聊聊。」她眨眨眼睛看著鰭躍，希望這番話能讓他好過一點，可是他的眼裡露出憂色。

「嫩枝杈不知道我去哪裡了。」

「她明天就知道了。」鰭躍和她姊姊是伴侶貓了嗎？她緩步帶他穿過空地，「你餓了嗎？生鮮獵物堆上還有獵物。」

鰭躍搖搖頭，「不，謝了。」他低聲道。

礫石掌和流蘇掌正在見習生窩旁邊練習戰技。灰白掌和鴿掌正在他們旁邊分食老鼠，陽光掌在旁邊看著流蘇掌玩笑攻擊礫石掌。

「瞄準他的前爪，不是後爪！」陽光掌看見礫石掌輕易地擊退流蘇掌，於是急得大叫。

花心正在溪邊和薄荷皮分食地鼠。她朝見習生們大聲喊道：「吃飽後，應該先休息一下，不是上場就打。你們等一下會肚子痛的。」

「戰士才會肚子痛，見習生不會。」鴿掌喊回來。

「別說我沒警告過你們。」花心的鬍鬚微微抽動，又回頭去吃地鼠。

灰白掌在鰭躍和紫羅蘭光經過時，抬頭看了他們一眼。「你今晚就要回雷族了嗎？」她問鰭躍。

紫羅蘭光代他回答：「他明天早上才走。」

「當雷族戰士的感覺是什麼？」正要蹲下去的礫石掌止住動作，對鰭躍眨眨眼睛。

「還好啦，」鰭躍告訴他，「我想就跟當天族戰士一樣吧。」

礫石掌若有所思地歪著頭。「要是我們跟雷族打起來……」他問道，「我們可以跟你對打嗎？」

紫羅蘭光用力地彈動尾巴。「我們不會跟雷族打起來。因為現在我們有樹在幫忙維繫部族間的和平。」她突然止住，**他真的可以嗎？**哪怕樹肯繼續留在部族裡，她也不敢確定他有辦法維繫部族和平。她想到他還獨自留在林子裡，不知道是不是在回來的路上了？她有點愧疚不該留他在那裡。也許她當時應該留下來陪他才對。要是他再也不回來了，那怎麼辦？除了她之外，還有誰會在乎他會不會再回來？

她憂心不已，可是她現在又不能離開營地，她必須盯住鰭躍才行。紫羅蘭光趕在見習生們提出更多難解問題之前，先把鰭躍推進荊棘窩穴裡。「我們今天在這裡睡，」然後跟在他後面鑽進去前，先警告見習生們，「今晚別像知更鳥一樣吱吱喳喳地吵我們睡覺。」

鰭躍跟著她走進去，窩穴中間有一株灌木，他看看圍在灌木四周的臥鋪。「我睡哪裡？」

紫羅蘭光嗅聞臥鋪，最後找到兩張味道比較陳舊的臥鋪。「這兩張已經很久沒使用了。」但她猛然想起其中一張是嫩枝杈睡過的舊臥鋪，不免思念起自己的姊姊，她本來以為自己不會再這麼想念她。「嫩枝杈在雷族過得開心嗎？」她一邊問一邊爬進臥鋪。

「很開心啊，」鰭躍跳進她旁邊的臥鋪，坐下來。「就像回到了自己的家。」

「那你呢？」

「我還在適應，」鰭躍喵聲道，「可是我喜歡陪在嫩枝杈身邊。」他頓了一下，夜色吞沒窩穴，他的目光莫測高深。「不過我覺得我弄錯了，她要的跟我想的不一樣。」

「你這話什麼意思？」紫羅蘭光眨眨眼睛看著他。「你們已經不要好了？」

「我們還是很要好。」鰭躍的語氣悲傷。

紫羅蘭光一臉不解。「我以為你們已經是伴侶貓了。」

「我也以為。」鰭躍在臥鋪裡挪動著身子。黑暗中，紫羅蘭光看不太清楚他的表情。「嫩枝杈只想專心做好導師這份工作，不想有伴侶貓。」他終於躺下來，臥鋪上的蕨葉跟著嘎吱作響。「我可能太自私了，也許我也應該把重心放在授課上。」

「嫩枝杈對自己的要求很高，她一直想要當個稱職的戰士。」紫羅蘭光故意保持語調的樂觀，「我相信她是愛你的。」

「是哦。」

等到她的眼睛適應了黑暗，才看得到他耳朵的輪廓。「蘆葦爪很高興見到你嗎？」

「是啊，」他的語氣輕快多了，「她快好了，馬上就能離開巫醫窩了。」

「其實葉星看到你並不是不開心。」

「哈利溪和貝拉葉好像情緒也不是很好，不過我想不是因為我的關係。鷹翅說我來得不是時候，這句話是什麼意思？」

紫羅蘭光想起那場談判結果有多糟，不免又擔憂了起來。他們現在跟影族是幾近戰爭邊緣。樹覺得自己不受重視。要是他離開了怎麼辦？她一想到這件事，就覺得自己承受不住。

「紫羅蘭光？」鰭躍的喵聲把她從思緒裡拉了回來。「天族出了什麼事嗎？」

「沒有，」她很快地回答。跟一個雷族戰士透露天族所面臨到的問題，感覺上是一種不忠的行為，哪怕對方是鰭躍。「一切都很好。」眼前黑漆漆的，她眨眨眼睛，不安到腳爪微微刺痛。

她多希望她說的是真的。

第十章

赤楊心的毛髮聳得筆直。他在影族營地裡始終不自在。哪怕是跟水塘光單獨待在巫醫窩裡也一樣，他就是擺脫不了那種被監視的感覺。他想把一坨死莓的果肉塞進水塘光的嘴裡，但失去意識的公貓動也不動，他只好輕輕扳開他的牙齒，將暗色果肉塞進齒縫裡。水塘光甚至連抽搐都沒有。當他把他的頭顱放回臥鋪邊緣時，他感覺到它像屍體一樣沉甸甸的。

太陽已經下山，暮色很快轉成夜色。黑暗正在向巫醫貓窩的邊緣逼近。自從刺柏爪和麻雀尾那天早上把水塘光扛回影族營地之後，他就沒再醒來過。他的呼吸愈來愈淺，毛髮潮溼，體溫高到令赤楊心膽顫心驚。**水塘光熬得過今晚嗎？**要是影族的巫醫貓死了，虎星會怎麼樣？

赤楊心眨眨眼睛，不敢再想下去。死莓一定要管用才行。那個夢境告訴他這一定會管用。火災過後，綠意乍現。星族不會誤導他的。應該不會吧？他甩開這念頭。他不能質疑星族。他相信祂們始終與他同在，哪怕早在祂們還沒給他第一個異象之前……也就是指引他去尋找天族的那個異象。

可是他在埋死莓的果核時，還是憂心忡忡到肚子裡像被塞了一顆石頭似地沉甸甸的。當他埋好果核後，他會到窩穴另一頭用爪子去鏟土，然後把枯葉刮出來，再將爪子伸進鬆脆的土裡抹乾淨，再把枯葉蓋回去。最後他用酸模把莓果包起來，塞進水塘光的臥鋪底下。

這些莓果是他夾帶在一大坨艾菊和金盞菊底下帶進影族的。虎星沒有明言禁止赤楊心的療法，但也沒明言允許。赤楊心更是不敢問，他怕虎星會說不行。死莓是他唯一的希望。雖然還是看不出療效，他也只能等待，並向星族祈求有效。

他沮喪到毛髮都微微刺癢。他有種無力感，虎星的威脅只是雪上加霜而已。難道他不懂任何一隻貓兒的死亡對巫醫貓來說就是一種折磨和懲罰嗎？戰士的腦袋太像兔子了。他們只會爭權奪地，完全不懂這世上真正重要的是什麼。他聽見守在入口的苜蓿足和焦毛在外頭竊竊私語。虎星命令他們不准離開崗位，一定要日夜站崗。**活像我會丟下病貓，逃之夭夭似的。**

赤楊心氣到對自己低聲咆哮，最後緩步走到窩穴裡的荊棘牆縫處，這裡是水塘光的藥草庫。他想找點事做，心想順道整理一下水塘光的藥草好了。於是他伸出腳爪，挖了幾捆乾藥草出來，先把葉子分開，再分門別類。有些藥草在他爪間直接碎裂，也有的太乾或太硬。看來水塘光最近一次收集藥草已經是很久以前的事了，一定是在他感染之前。赤楊心小心地挑出枯的藥草、不再有療效的藥草……擱到一旁。

「你在做什麼？」苜蓿足把頭塞進窩穴，鼻子不停抽動。「你需要用到那些藥草嗎？」她眼裡有怒色，因為她看見它們被丟在赤楊心的腳下。

他平靜地迎視她的目光。「我在清掉沒用的藥草。」

「我怎麼知道你不是在破壞水塘光的藥草庫？」她不客氣地說道。

「我為什麼要破壞它？」赤楊心怒瞪她，「我是巫醫貓，不是戰士，我不想傷害任何一隻貓。」

苜蓿足的目光移向水塘光。「那他呢？你餵他吃死莓欸。」

「那是為了治療他，」赤楊心冷哼道，「妳真的以為我想殺害你們的巫醫貓嗎？」

她瞇起眼睛，「如果我們失去他，全影族都會受害。」

「所以我才要設法救他啊，」赤楊心斷聲道，「更何況他也是我朋友，不過妳不是巫醫貓，妳不會懂我們之間的情誼。」

她不發一語地盯著他好一會兒，最後鑽進窩裡。「也許我不懂，」她喵聲道，「可是我要在這裡盯著你整理那些藥草，免得你毀了它們。」

焦毛隔著入口窺看。「裡面還好嗎？」

「沒事，」苜蓿足告訴他，「我只是在裡面監看赤楊心整理藥草。」

焦毛退了出去，苜蓿足在窩裡的邊緣坐下來瞪著他看，赤楊心強逼自己讓毛髮服貼下來，然後慢條斯理地繼續整理。「你們需要更多的百里香，」他告訴苜蓿足，但懶得抬頭看她。「這些藥草都太乾了，簡直沒有什麼藥效了。」

「我怎麼知道百里香長什麼樣子。」苜蓿足試探地問道。

「看起來就像這樣。」他把一根葉柄拿到她面前。「聞聞看，味道很明顯。」然後回到其他的葉堆處。「新鮮的水薄荷快要發芽了，妳也要順道採集一些回來。還有琉苣和蕁麻……」他迎視她的目光。「我想妳應該知道蕁麻長什麼樣子吧？」

「我當然知道，」她不客氣地回答，「但我是戰士！我不採集藥草的。」

「那等水塘光退燒後，妳能護送我去林子裡，讓我幫你們採集一些藥草嗎？」赤楊心把一片酸模葉打開，嗅聞裡頭已然陳腐的罌粟籽。「因為就算水塘光的病好了，他也會有一陣子身體很虛弱。」

就在他說話的時候，窩穴入口一陣窸窣，石翅一跛一跛地走進陰暗的窩裡。「焦毛說我可以進來。」他的目光緊張地移向水塘光。「他還好嗎？」

「你覺得他看起來還好嗎？」赤楊心不客氣地問道。

石翅很不自在地眨眨眼睛看著他，然後抬起前爪。「我的腳墊扎到刺。」

苜蓿足對著白色公貓低吼：「你不會自己拔出來嗎？」

「扎得很深。」石翅全身發抖。

赤楊心走過來，嗅聞傷口。那根刺很頑固地插進石翅的腳墊裡。「我得用點藥草來預防感染。」他用舌頭輕觸那根刺的末端，舔嘗旁邊滲出的血。「我可以把它拔出來，」他告訴石翅，「可是會有點痛。」

石翅的鬍鬚微微抖動。

「拔出來之後，就會舒服多了。」赤楊心捕捉到苜蓿足的目光。她看起來一臉存疑。「如果你肯讓我拔的話，我可以把它拔出來。」

苜蓿足還在猶豫。

「我不想走路一跛一跛的，」石翅告訴她，「反正這腳爪是我的，我要讓他拔。」

苜蓿足聳聳肩。「好吧，」她同意道，「我只希望你不要落得跟水塘光一樣的下場。」

赤楊心沒理她。他小心翼翼地用牙齒摸找到那根刺，然後咬住它，拉出來。一開始動作很輕，但等到他感覺到那根刺有在移動時，便用力一拉，從腳墊裡抽出來，鮮血跟著滲出。

赤楊心把刺丟在地上。「你先舔洗一下腳墊，我去找些金盞菊。」他告訴白色公貓。

石翅用力舔洗，他的疼痛緩解，毛髮不再聳起。

赤楊心把幾坨金盞菊的葉子舔進嘴裡，嚼成泥，再回到石翅那裡，將藥泥敷在傷口上。「先敷上一天，保持傷口的乾淨。」

石翅點點頭，暗藍色的目光滿是感謝之意。

苜蓿足在窩穴邊緣挪動了一下身子。「我想你應該是可以暫代水塘光的職務了。」她趁石翅一跛一跛地走出去時這樣說道。

赤楊心沒有回答，反而走過去檢查水塘光的病況。巫醫貓還是動也不動。赤楊心舔了舔他頸子四周潮溼的毛髮。**求求你快點好起來**。死莓一定要發揮藥效。他不能失去水塘光。一想到水塘光可能會死掉，這念頭就令他不寒而慄，哪怕沒有虎星之前對他的威脅。畢竟他跟苜蓿足說的是實情：影族巫醫貓是他的朋友。但發著高燒的水塘光到底還能撐多久？

「苜蓿足？」焦毛的聲音從入口傳來。「莓心帶著小穴站在外面，她說小穴在咳嗽，我可以讓他們進去嗎？」

苜蓿足眨眨眼睛看著赤楊心：「這裡對小貓來說安全嗎？」

赤楊心全身毛髮豎了起來。「你認為我會傷害一隻小貓嗎？」

苜蓿足朝水塘光點頭示意。「我的意思是他沒有傳染性吧？」

「當然沒有。」赤楊心吸吸鼻子，「他們可以進來。」

苜蓿足挪出位置，讓莓心帶小穴進窩來。

黑白相間的貓后滿臉盼望地眨眨眼睛看著赤楊心，小穴在她身邊咳個不停。「他已經病了好幾天了。」她喵聲道。

黑色小貓的咳嗽聲聽起來很乾。「你的喉嚨會痛嗎？」赤楊心輕聲問道。

「只有在吞嚥的時候才會痛。」小穴挨近他母親，看了水塘光一眼。「他快死了嗎？蓍草葉說你想毒死他。」

赤楊心眨眨眼睛看著小貓。「巫醫貓絕對不會害任何一隻貓。」他轉身用牙齒咬了一根艾菊的莖，丟在莓心腳下。「這會緩解疼痛。」他告訴她，「他睡覺前先拿給他嚼，起床後再拿給他嚼一次。」他嗅聞小貓的頭，沒有發燙。「他有發燒嗎？」

「沒有，」莓心把艾菊拉過來。「只有咳嗽。」

「那就好。」赤楊心仔細盯看小穴的眼睛，感覺他兩眼清澈。「只是禿葉季的時候被冷到了，才會咳嗽。再過一兩天應該就好了。把他跟其他小貓隔開，但如果其他小貓到現在為止都沒被傳染到，應該就什麼關係了。」

「小尖和小太陽最近都跟著草葉的小貓們睡。」莓心告訴他。

赤楊心稱許地點點頭。

莓心垂下頭。「謝謝你的艾菊。」她拾起它，帶著小穴離開窩穴。她在經過苜蓿足旁邊時，赤楊心看見兩隻貓兒互看了一眼。然後苜蓿足的目光移向他，這是他首度看見她眼裡對他的敬意。

他對她點個頭，就又回去處理藥草堆。

✦✦✦

「赤楊心！」

驚叫聲嚇醒了睡夢中的他。他睜開眼睛，只見一片黑暗，過了一會兒才想起自己身處何處。水塘光身上散發出來的酸味提醒了他目前身在影族的巫醫窩裡。他不應該睡著的！他趕緊看了水塘光一眼，還好對方還在呼吸，不過呼吸還是很短淺。他本來是要徹夜守著他的。

苜蓿足早就睡了，此刻也被驚醒，眨著眼睛問道：「怎麼了？」

她爬了起來，蓍草葉從入口衝進來。「快帶赤楊心過來！」薑黃色母貓的眼睛緊張地瞪得斗大。

焦毛跟在她後面蹣跚爬進來，睡眼惺忪。「怎麼了？」

「是小影……」她一臉絕望地看著赤楊心。

「我馬上去。」他從她旁邊衝出去，跑進空地，營地上黑影幢幢。虎星在育兒室外面，害怕到毛髮全聳了起來。「他來了。」

赤楊心從他旁邊跑過去，衝進荊棘窩穴裡。月光從窩穴頂滲進來，尚夠他分辨得出鴿翅的臥鋪在哪裡。淺灰色母貓蹲伏臥鋪上，一臉驚恐地瞪看著她身子底下一個小小的身影。小撲和小光跟其他小貓全嚇得躲在窩穴角落。赤楊心在鴿翅臥鋪旁彎身查看，莓心趕緊把小貓們全哄出窩外。

小影正在臥鋪裡面抽搐，全身痙攣，頭顱前後抖動。

「這樣子多久了？」赤楊心問鴿翅。

「沒多久。他一發作，我就叫著葉草去找你。」

「我們得先固定他，直到痙攣停止為止。」他趕緊探身進臥鋪，抓住小貓的腿。「穩住他的頭，別讓它動。」他告訴鴿翅。

虎星擠在他旁邊。暗色虎斑貓毛髮聳得筆直，挨著赤楊心，後者感覺得到影族族長正在發抖。

「你抓住他肩膀。」他告訴虎星。

於是虎星也把身子探進臥鋪。赤楊心瞥見苜蓿足正鑽進育兒室窺看，頓時鬆了口氣，「妳記得我跟妳說過的百里香嗎？」他對她喊道。

她點點頭，眼睛瞪大。

「去幫我拿一些過來，」他下令道，「挑最新鮮的。」然後轉頭對鴿翅說，「他有生病嗎？發燒？還是咳嗽？」到底是什麼原因引發痙攣？

鴿翅搖搖頭。

「他以前也發作過幾次。」虎星低吼道。

小影在赤楊心爪下劇烈抽動。

「我們以前也見過他痙攣。」鴿翅的目光沒敢離開她的小貓。「當初在我們回湖邊的路上，他曾見到異象，只是每次都伴隨著痙攣。我們還以為最近比較好了。」她的聲音變成了不安的低語聲，「不過看來是愈來愈糟了……」

在他們的壓制下，小影的痙攣漸漸緩和。赤楊心把鼻口伸過去，慶幸小貓仍有呼吸，但體溫有點高。「等他停止抽搐，先幫他舔一舔身體，讓他降溫。」赤楊心感覺到小影的腿不再抽動，這才用後腿坐下來。「我不知道要如何預防痙攣，但百里香可以幫忙他安神。」

入口一陣窸窣抖動，苜蓿足鑽了進來。她在赤楊心腳邊扔下兩根百里香。赤楊心彎腰把葉子咬下來，嚼成泥，好方便小影吞嚥。

「等一下。」虎星把他推開，嗅聞葉子。

鴿翅一臉不可置信地瞪看著虎星。「你不相信他？」

苜蓿足上前來。「你可以相信他，」她輕聲說道，「他先前有治療過石翅和小穴。他知道自己在做什麼。我當時也在旁邊看，他是真的想幫忙。」

虎星一臉疑色地瞇起眼睛。

赤楊心沒理他。「百里香可以安神，」他告訴鴿翅，「等他醒來後，再讓他嚼點葉子……」

「然後讓他吞下去，」鴿翅喃喃說道，「我記得水塘光以前也給過百里香。」

赤楊心點點頭。「如果他以後又痙攣，就先抓住他，不要讓他傷到自己，再盡可能地讓他冷靜下來。」

小影最後又抽搐了一次，然後就癱軟在臥鋪裡，像一片熬過風暴的葉子終於落地。鴿翅彎腰舔洗他，虎星甩甩身子，舔舔身上凌亂的毛髮。但赤楊心仍聞得到棕色虎斑貓身上的恐懼氣味。赤楊心覺得沮喪，**除非我知道造成小貓痙攣的原因是什麼，否則我只能治療他的症狀而已。**

臥鋪裡傳來很小的喵嗚聲。「鴿翅？」小影緩緩睜開眼睛，凝視著他母親。她把鼻子埋進他耳後的軟毛裡。「你還好嗎？」她問道，聲音像是快哭出來，「你嚇到我們了。」

「我沒事。」小影翻過身來，撐起身子，虛弱地眨眨眼睛看著虎星。「我又看見異象了。」

鴿翅叼起百里香，開始咀嚼葉子。「把這吃下去。」她的鼻口挨近小影。他低頭躲開她。「等我說完異象後再吃。」

鴿翅和虎星不安地互看一眼。

「妳去看看那些小貓，」虎星告訴苜蓿足。他彈動尾巴，苜蓿足垂頭銜命離去。赤楊心感到好奇。星族是透過小影在傳遞旨意嗎？但虎星看著他：「你最好也離開。」

赤楊心爪子鑿進滿是松葉的地上。「我是巫醫貓，理當有權聽異象的內容是什麼。」

虎星低吼：「可是你是雷族的巫醫貓……」

小影打斷他：「他可以留下來嗎？他是巫醫貓……也許他知道這異象的意思是什麼。」

鴿翅點點頭。「就讓他留下來吧。」她附和道。

虎星蠕動著腳爪。「好吧，」他的暗色目光緊盯住小影。「你看見了什麼？」

「河族領地正在下雨，」小貓喵聲虛弱。鴿翅緊挨著他，讓他偎在自己的腰腹上，等他繼續說下去。「我在那裡的沼澤地裡，雨越下越大，天空黑漆漆的都是烏雲，我在雨中幾乎看不到樹木。後來情況愈來愈糟，我感覺得到我的毛浸在水裡，水跑進我的耳朵，灌進我的鼻子，」小貓不停發抖，眼裡盡是恐懼。「我的嘴裡都是水，我不能呼吸，然後……」他停頓下來，鴿翅用尾巴圈住他，嗚咽啜泣……「眼前就黑掉了。」

恐懼像冰水漫上赤楊心的背脊。他瞪看著小貓，嘴巴發乾。

「這是什麼意思？」小影眨眨眼睛看著他。

「我不太確定，」赤楊心不安地蠕動著腳。「可能只是痙攣帶來的惡夢而已。」

「當然是惡夢，」鴿翅故作爽朗地說道，然後坐進臥鋪，出於保護地將小影拉近身邊，讓他偎在她的肚子上。「那只是一個愚蠢的惡夢。」

「我不覺得它像惡夢。」小影嗚咽道。

「先把百里香吃掉，」赤楊心告訴他，「然後跟鴿翅躺著休息一下。到了早上就會好多了。」

「我的頭好痛。」小影眼神一黯。

「我去拿一點罌粟籽，它可以止痛。」赤楊心蹣跚走出窩外，頭昏眼花，四條腿不停發抖，彷彿撐不住自己。小影的這個異象只讓他想到一種可能，而這個可能令他感到害怕。

這隻小貓會死掉。

「這只是惡夢嗎？」虎星的喵聲嚇了他一跳。影族族長跟著他走出來，在月光下瞪著他看。

赤楊心全身緊繃，「我希望是惡夢。」

虎星眯起眼睛。「但你其實認為它還有別的意思。」

赤楊心垂下目光。**你要怎麼告訴一個父親，他的小貓預見了自己的死亡？**「我……不知道。」他咕噥道。

「他會像焰尾一樣淹死嗎？」影族族長的眼裡盡是憂傷，頸毛全聳了起來。赤楊心知道虎星一直無法釋懷他弟弟的死，他弟弟是掉進結冰的湖裡，困在裡面被淹死的。

「我無法預知未來。」赤楊心的肚子揪了起來。「不過他的確看到了一些幽暗的東西，一些必須被避開的事情。」

「他的死亡？」

赤楊心趕緊別開目光，不敢看眼前這位倍受煎熬的族長。他不忍卒睹這麼強悍的貓竟然瞬間變得如此驚慌害怕。「我不知道。」他要怎麼告訴虎星他也許說中了？要是小影的異象成真了怎麼辦？虎星已經施壓天族，威脅要更動所有部族的邊界。他一想到一個悲痛的父親會在森林裡展開何等可怕的復仇計畫，便嚇得不寒而慄。

第十一章

嫩枝杈不安地環顧林子，希望瞥見鰭躍的身影。頭頂上的陽光在枝葉間閃爍不停。她嗅到森林裡的霉味，微風徐徐地捲起她腳邊的枯葉。

「妳有看見鰭躍嗎？」飛掌目光熱切地看著她。

「他一早就出去了。」嫩枝杈不安地抽動著耳朵。早上都已經過了一半，鰭躍還是沒有回來。飛掌似乎不太在乎這件事，她的目光在林間游移，一下子盯著晨風裡一片飄落的葉子，一下子又去看枝頭上一隻跳來跳去的小鳥。

「拍掌說他今天早上應該要跟鰭躍上戰技課，可是鰭躍不在臥鋪裡。」飛掌突然往前衝，腳爪撲上一根正在微微抖動的蕨葉莖。

「他黎明前就走了。」嫩枝杈不喜歡撒謊，但是她想保護鰭躍，直到她能夠確定他去了哪裡。今天早上她帶著飛掌沿著山毛櫸林間的小徑走，因為這裡仍聞得到鰭躍的氣味。他昨天消失前，一定曾經過這裡。她擔心到腳爪微微刺癢。她應該舉報他的失蹤嗎？搞不好他需要幫忙。**要是我們不能在日正當中之前找到他，我就要跟棘星說他失蹤了。**

她嗅聞空氣。鰭躍的氣味仍滯留此處，可是已經走味。陽光斜射進林子，她瞇起眼睛，隔著陽光窺看，掃視林地。她巴不得快見到他那棕色的身影。**他在哪裡？**

「嫩枝杈？」抓住那片蕨葉的飛掌抬頭看她。

「什麼事？」嫩枝杈把注意力轉回到見習生身上。

「我們要練習狩獵技巧嗎？」

「當然要練。」嫩枝杈先前答應過她。「我們去山毛櫸林子，那兒可能有老鼠。」或者鰭躍剛留下來的氣味。

「妳為什麼一直掃視林子？妳在找什麼？」

嫩枝杈猶豫了一下。飛掌比她想像得敏感多了。「我只是在找松鼠。」她故作漫不經心。

飛掌直起身子，凝視林間。「那裡有一隻。」她喵聲道，朝林間空地盡頭一棵很高的橡樹點頭示意。

嫩枝杈看見一個灰色身影在高高的枝椏間跳來跳去。「太高了，很難爬。」

「可是妳以前是天族貓……」飛掌愈說愈小聲，原來又有別的東西害她分神。灰色母貓興奮地豎起耳朵。「妳看！是邊界巡邏隊欸！有好多貓哦，聞起來像天族貓。」

嫩枝杈循著飛掌的目光望過去。蕨毛、獅燄和櫻桃落正朝他們走去。那支隊伍正護送著一隊天族貓穿過雷族領地。樹影幢幢下，很難看得出來隊伍裡頭有誰。她瞥見鼠尾草鼻和馬蓋先，這時她突然亢奮，腳爪微微刺癢，因為她聞到了紫羅蘭光的氣味。隨著他們的趨近，她終於看清楚她妹妹也在隊伍裡。鷹翅走在她旁邊，她父親也來了！她趕緊衝上前去找他們，這時她看見鰭躍也跟在後面，頓時開心得不得了。**他平安無事！**她試圖迎上他的目光，他卻躲開。她突然感到不安。她想跟他打招呼，問他去哪裡了，但她不確定雷族貓是不是已經發現他曾經失蹤。

「嗨，」她輕快地招呼獅燄。她心想鰭躍有可能是直接加入巡邏隊，沒跟他們提到自己徹夜沒回營。「怎麼回事？為什麼天族貓在這裡？」

「我們在邊界遇見他們，」他告訴她，「鰭躍跟他們在一起。」他瞇起眼睛看她，一臉存疑。「可是他們不告訴我們理由何在，只說要直接找棘星談。」

她的一顆心頓時揪緊。鰭躍跟天族有什麼關係？「一切都還好吧？」她捕捉到她父親的目光，但裡頭沒有答案，她感到失望。

「我們會當面跟棘星解釋。」他喵聲道。

他的冰冷劃痛了嫩枝杈的心。**我們不再是父女了嗎？對他來說，我只是另一個戰士嗎？紫羅蘭光也是這樣看待我嗎？**她滿懷希望地望著她妹妹。紫羅蘭光眨眨眼睛看著她，她這才安下心來，這時飛掌追了過來。

「天族要做什麼？」年輕虎斑貓問獅燄。

「我想鰭躍應該比我更清楚吧。」他意有所指地說道。

飛掌眨眨眼睛看著鰭躍。「你在這裡！拍掌一直在找你。」

鷹翅惱火地彈動尾巴。「我們可以走快點嗎？」

「正合我意。」有點火大的獅燄帶隊穿梭林間。

嫩枝杈快步走向鰭躍。「你還好嗎？」

「我沒事。」他別開目光。她看見他表情羞愧。

他是要回去解釋他徹夜不歸的原因嗎？「你去了哪裡？」

「我們回營地再說。」他嘟囔道，然後笨拙地從她身邊擠過，跟著隊伍往前走了。飛掌蹦蹦跳跳地追在後面，尾巴快樂地彈動，活像自己抓到一隻肥美的老鼠，正準備回營似的。

紫羅蘭光慢下腳步，走在嫩枝杈旁邊。「嗨。」她用鼻口搓揉嫩枝杈的下巴。嫩枝杈浸淫在她妹妹的味道裡，忍不住喵嗚出聲。她剛怎麼會以為紫羅蘭光不再愛她？哪怕這念頭只是一閃而逝而已。雖然她們這輩子大半時間都是相隔兩地，但姊妹之間的情誼就像任何手足關係一樣緊密。在心情上終於如釋重負的她開始向她妹妹拋出一堆問題。「這到底怎麼回事？為什麼鰭躍在你們的隊伍裡？」

紫羅蘭光看見戰士們消失在蕨葉叢裡。「我被下令在鷹翅找棘星談話之前，不准透露任何一點消息。不過別擔心，不是什麼太嚴重的事。戰士們總是喜歡張牙舞爪的。」

張牙舞爪？嫩枝杈愣住了，「我們要打仗了嗎？」

紫羅蘭光的眼神一黯。「不是跟雷族啦。」但嫩枝杈還來不及再多問什麼，紫羅蘭光已經追上她的族貓後面。嫩枝杈也緊跟其後。到底發生了什麼事？她追上紫羅蘭光，心裡始終揪緊，難以安心。但她妹妹一直盯著前面的隊伍看，顯然不想再討論天族此行的目的何在。

「妳還好嗎？」嫩枝杈試圖問道。

「我很好啊。」紫羅蘭光瞥了她一眼。

「那鷹翅呢？」嫩枝杈躍過橫在路上的一根木棍。「他看我的樣子好像不認識我一樣。」

「別擔心，」紫羅蘭光告訴她。「自從我們離營之後，他也沒跟我說過話啊。他在執行任務。一旦他把話帶到棘星那裡，我相信他就恢復正常了。」

嫩枝杈看了前方的營地圍籬一眼。巡邏隊已經快要抵達。到底是什麼事重要到鷹翅幾乎不願意正眼看她？還有紫羅蘭光說不會跟雷族打起來，這是什麼意思？

雷族戰士護送天族隊伍鑽進營地通道，荊棘微微抖動。嫩枝杈也跟在後面鑽進來。紫羅蘭光尾隨其後。

「妳想他會說什麼？」飛掌興奮地從她旁邊經過，這時營地四周的雷族戰士都紛紛站了起來。

「我不知道。」嫩枝杈把飛掌往見習生窩推。拍掌和點掌都在族貓後面伸長脖子往前探看。「去找妳的哥哥姊姊。」然後她鑽到紫羅蘭光旁邊。

棘星已經從亂石堆爬下來。腳下的小碎石像下雨一樣灑落空地。獅燄停在他面前，朝天族隊伍點頭示意。「我們在邊界遇見他們。」

雷族族長跟鷹翅點頭招呼，這時松鴉羽也從巫醫窩裡出來，滿是期盼地抽動鼻子。他以為可以聽到赤楊心的消息嗎？嫩枝杈知道他一直很擔心他。松鴉羽的藍色盲眼停留在天族隊伍的身上一會兒，就又轉身回窩穴去。

在戰士窩外面，罌粟霜的目光從蜂紋和錢鼠鬚後面探過來。

煤心瞇起眼睛。「為什麼鰭躍跟他們在一起？我還以為他今天去幫拍掌上課了。」

灰紋從長老窩裡伸出頭。

「是誰啊？」蜜妮在裡面問道。

「天族派了支隊伍過來。」灰紋朝窩裡喊道。

「什麼？」蜜妮語氣惱怒。「我聽不到你說什麼。」

灰紋翻翻白眼，轉頭進窩裡去。

鷹翅冷靜地迎視棘星的目光。「你有位戰士在未經許可的情況下，出現在我們的營地。」

棘星的頸毛豎了起來。「是誰？」

鷹翅朝鰭躍點頭示意。鼠尾草鼻很不客氣地伸出鼻口，把犯錯的戰士推到前面。鰭躍可憐兮兮地穿過空地走了過來，這時鷹翅繼續說道，「是你派他來當奸細嗎？」

鰭躍立刻抬頭爭辯。「我不是奸細……」

「問題是你惹出來的，」鷹翅憤怒地瞪他一眼，「你難道想把簍子再捅大一點嗎？」

嫩枝杈看見鰭躍身子縮了回去，心跟著揪緊。為什麼鷹翅要對他那麼兇？他是從小看他長大的，他們也曾是同一部族的族貓啊。他怎麼會認定鰭躍是跑去刺探天族呢？她看了鼠尾草鼻和馬蓋先一眼，他們也都站得筆直，目光森冷，表情防備，活像面對的是一群戰鬥隊伍，而不是一個跟他們和平共處的部族。天族發生了什麼事，怎麼全變得這麼緊張兮兮？她偷偷地看了紫羅蘭光一眼，她妹妹也像石頭一樣動也不動地站著，目光緊盯著鷹翅。

棘星抬高下巴。「如果鰭躍去了天族，也是在沒知會我或沒獲得我允許的情況下去的。我不可能派奸細去你們營地刺探，更不可能派鰭躍去。他個性這麼正直，絕不可能背叛任何貓兒，更何況他還是你們以前的族貓。」

鰭躍瞪大眼睛，彷彿很驚訝棘星對他的稱許。鷹翅點點頭，聳起的毛髮終於貼平。**他知道棘星說的是實話，**嫩枝杈如釋重負，**不管天族現在究竟在緊張什麼，但他很清楚鰭躍的剛正不阿。**

棘星眼神嚴厲地看著鰭躍。「你什麼時候離營的？」

「昨天晚上。」鰭躍看著自己的腳爪。

「昨天晚上？」棘星眼帶責難地瞥了嫩枝杈一眼，她嚇得縮起身子。他一定是猜到了她早就知道他失蹤。

「我本來馬上就要回來的，可是葉星不讓我走。」鰭躍嘟囔道。

「不要把自己犯的錯推給葉星，」棘星不客氣地說道，「你根本不應該在沒獲得允許的情況下越過邊界，更別提還闖入別族的營地。」

「對不起。」鰭躍肩膀垮了下來。

棘星皺起眉頭。「我很驚訝竟然沒有貓兒向我報告你的失蹤。」

嫩枝杈愧疚地垂下目光。

「都是我的錯。」鰭躍很快說道，「我必須去看蘆葦爪，我聽說她生病了，我很擔心她。我真的很抱歉。」

棘星不為所動，目光依然嚴厲。「你想念你妹妹是情有可原，但這不能拿來當成你背著我們偷偷跑走的理由。我們必須要能信賴你，也會擔心你出事。接下來這個月，就由你來負責打掃長老窩，嫩枝杈得幫你，因為她早該在一查覺到你失蹤，就立刻向上呈報才對。你很有可能在外面出事啊。」

嫩枝杈耳朵都紅了，因為所有族貓都在看她。

「妳知道他離營？」紫羅蘭光問道。

「我知道他想去看蘆葦爪，」嫩枝杈低聲回答，「可是我沒想到他會在不告知任何貓兒的情況下就自己跑過去。我是應該在發現他不見了就向上舉報，但我又怕害他被處罰。」

紫羅蘭光用鼻子推推嫩枝杈的肩膀。「妳一定很愛他。」

嫩枝杈難為情地蠕動著腳。「我想是吧。」

「那妳為什麼不跟他一起來？妳可以過來看我和鷹翅啊。」

嫩枝杈頓時覺得愧疚。「我不想破壞規定，我現在有見習生了。我不能再像隻小貓一樣任性，我有職責在身。」她看著自己的腳爪。「再說，他也沒問我。」她難過地說道，同時看了鰭躍一眼，如果他問的話，她會跟他去嗎？

紫羅蘭光的毛髮輕輕刷著她。「我們很想妳。」

「我也想你們。」嫩枝杈挨近她。

「紫羅蘭光！」鷹翅在空地另一頭喊道。「我們要走了。」

嫩枝杈一臉期盼地望著她父親，他會過來跟她說話嗎？他眨眨眼睛看著她，眼裡溢出慈愛的光，但他旁邊的鼠尾草鼻和馬蓋先卻是不耐地蠕動著腳。他微微頷首，隨即轉身離去。

紫羅蘭光用尾巴輕撫她的背脊。「也許我們下次大集會就可以見面了。」她喵聲道，「到時再聊囉。」

「好。」嫩枝杈看著紫羅蘭光快步跟在鷹翅和鼠尾草鼻後面離開營地，難過到心揪在一起，她都快忘了有父親、妹妹為伴是什麼感覺了。

棘星回到高突岩上，其他族貓也都回到各自的工作崗位。

鰭躍捕捉到她的目光。他一臉歉意地朝她走來。「對不起，」他喵聲，這是自他們上次爭吵以來，第一次開口說話。「妳一定很擔心我。」

「對啊，不過沒關係啦，回來就好，」她快步過去找他，鼻口抵住他的。「我應該要懂你的心情，知道你有多擔心蘆葦爪，」紫羅蘭光的氣味仍在她鼻腔內滯留。「雖然住在不同部族，但血緣這種東西是無法切斷的。」

鰭躍卻抽開身子。「可是我害妳連帶被罵。」

「沒關係，」嫩枝杈注視著他。他能回來就好。「再說，能跟你一起清理長老窩，也挺好玩的。」

「應該吧。」他看著她，表情猶豫。

她皺起眉頭。他不喜歡回來嗎？「你有想我嗎？」

「當然有。」

「我也好想你。我不知道你跑哪兒去了，一直好擔心。」

「我告訴過妳啦。」他反駁道。

「你是有跟我說你很擔心蘆葦爪，但是你沒說你晚上要偷溜回去看她。」

「我本來沒計畫回去……」他突然止住，深吸一口氣。「我們別再吵了。我見到以前的族貓和我妹妹之後，心裡有了一些感觸。」

「感觸？」嫩枝杈看見鰭躍的表情突然嚴肅，不免緊張地挪動一下身子。

「在雷族，跟我最親的只有妳，」他解釋道，「但以前在天族，我身邊都是我自小就認識的貓兒，我有想念那時的生活。」

她的心不禁狂跳。他是要告訴她，他要離開了嗎？「你就快適應雷族了，再過幾個月，你就會覺得自己像在雷族住了一輩子一樣。你剛也聽到棘星對你的誇獎了，不是嗎？」**你不能離開**。嫩枝杈不敢直接大聲說出來。鰭躍不愛她了嗎？

「我是喜歡這裡，但我沒有歸屬感。」鰭躍看著自己的腳爪。「這也是為什麼我想成家。我是說在雷族成家，那樣我才會覺得自己是這個部族的一分子，也才會覺得這裡有些東西是真正屬於我的。所以我想要有小貓。」

「小貓？」嫩枝杈嘴巴發乾，她幾乎說不出話來。

鰭躍看著她，目光充滿期待。

「可是你知道我對生小貓的想法是什麼，」嫩枝杈脫口而出，「我還沒準備好，我想先全神貫注在導師這份工作上，我已經告訴過你了。」

「我知道妳說過。」鰭躍注視著她，「但我需要妳再想清楚。我必須讓自己在這裡有歸屬感……意思是妳真心想跟我在一起。但如果妳不想跟我有小貓，我就不確定自己能不能在雷族找到歸屬感了。」

第十二章

紫羅蘭光的腳爪在發抖。她腳下松樹枝的樹皮很光滑。她盡量不去看下面的林地，只能拖著腳慢慢趨近鷹翅。要是她算錯跳下去的時間，那怎麼辦？要是她沒跳好，反而扭到了腳呢？暗尾的事件過後，這是她首度回到戰場。她已經準備好再上戰場了嗎？「鷹翅？」她低聲道，「我們還要等多久？」等待只會令她更焦慮。

他回頭看她一眼，要她安心，「等妳看到影族的隊伍時，先做好準備，但別跳下去，等聽到葉星的指令再跳。」

天族族長埋伏在隔壁的樹上，跟馬蓋先藏在同一根樹枝裡。她那身帶斑的棕乳色毛髮在斑駁的枝葉間是最好的偽裝。貝拉葉和哈利溪則蹲伏在小路對面的一棵松樹底下。再過不久，就要日正當中。影族的隊伍應該很快就會過來了？自從大集會後，影族每天都越界進入天族領地，而且每一次都是經由這條小路愈來愈深入天族的領地。

葉星的怒氣日益高漲。影族每侵入一次，她的火氣就越大。「我們必須阻止他們，」她昨晚告訴族貓們。「在峽谷的時候，只有我們一個部族，從來不必為了保衛邊界而戰。但這裡不一樣，我們必須自己捍衛邊界。」天族貓一致認同。自從差不多四分之一個月以前跟刺柏爪碰面以來，影族的入侵動作就愈來愈囂張，甚至還留下氣味記號，表明曾到此一遊。「我們一定要好好教訓他們一次，讓他們知道天族領地不是入侵者該來的地方，以後他們才不敢再越雷池一步。」

紫羅蘭光覺得自己的心跳好快，她很自豪葉星挑選她加入這場埋伏行動，但她又很害怕她會令族貓們失望。她緊張地掃視小路。一隻鳥在枯葉堆上跳來跳去，突然在原地愣了一下，隨即撲撲拍翅地飛走，遁入樹頂。

影族的氣味穿過松樹林，飄了上來，鷹翅全身繃緊。紫羅蘭光豎起耳朵，聽見樹葉的窸窣聲，然後是腳步聲。他們來了。

她望向小路，幾乎大氣不敢喘，蛇牙的身影映入眼簾。爆發石也來了，熾掌快步走在他旁邊，草心跟在後面，淺色虎斑尾巴像條蛇一樣在她後方不停彈動。

紫羅蘭光突然感到為難。小時候她住在影族，草心是那時育兒室裡的貓后之一，對她很好……雖不是像慈母一樣，但畢竟比她的養母松鼻來得和善多了。沒想到她們現在竟成了敵人。可是只要影族一再試圖竊取天族的領地，也只能把對方當敵人了。她必須捍衛自己的部族。影族貓看起來很自在愜意，活像在巡邏自家的領地。他們憑什麼？她望向葉星，等她發號施令。

葉星瞪著影族貓看，身上頸毛隨著他們的趨近跟著聳起。她像一條毒蛇一樣定格不動，等待最佳的攻擊時機。她緊緊盯住他們，直到影族貓走到正下方，她才嘶聲大喊：「上！」

紫羅蘭光的心一個揪緊，鷹翅已經跳了下去，撲上影族貓。哈利溪、馬蓋先、貝拉葉和葉星也都瞄準目標，一躍而下。下方驚叫聲四起，劃破空氣。紫羅蘭光伸出爪子，嘶聲尖喊，也跳了下去，剛好落在爆發石的背上。公貓被她壓倒在地，紫羅蘭光趁對方在地上翻滾時，戳進自己的利爪，緊抓住他。

爆發石滾了好幾圈，紫羅蘭光咕噥出聲，死不放手。她記得自己受過的訓練……**絕對不露出肚皮**。她拚死抓緊，巴在他身上，爆發石腳步蹣跚地想要爬起來，她趁機張嘴將尖牙戳進他頸背，再用後腿踹他後背。在她下方的他放聲尖叫，弓背猛跳，試圖藉此甩開她。

在他們旁邊的熾掌突然放聲哭號，因為哈利溪正使出連環拳法不停痛擊年輕公貓的鼻子。貝拉葉則以利爪勾住蛇牙的肩膀，硬是把影族母貓來個過肩摔，狠跌在地上。葉星對著草心嘶聲大吼：「你們以為可以隨你們高興進出我們的領地嗎？」說完，天族族長猛擊草心的鼻子。被紫羅蘭光騎在下面的爆發石突然撐起後腿，踉蹌後退，她的爪子更是緊抓不放。**別想擺脫！**她一陣得意。

但她的背突然撞上堅硬的木頭，頓時眼冒金星，原來爆發石扛著她去撞樹，她呻吟一聲，痛得放手，從他身上滑了下來。爆發石立刻朝她轉身，眼帶凶光。她驚恐地看著影族公貓舉起前爪，齜牙咧嘴地正要往她鼻口狠擊過來，這時她眼角餘光閃現一個暗灰色身影。鷹翅朝影族公貓急速衝來，趕在他腳爪揮下來之前將他撞開，爆發石的鮮血飛灑林地。

驚魂未定的紫羅蘭光聞得到他們身上的恐懼氣味與鮮血的刺鼻味。影族貓寡不敵眾，被打得落花流水，只求保命。

「撤退！」草心被葉星壓制在地，她大聲喊叫，眼神驚恐狂亂。

葉星的眼裡射出怒火。「這是送給虎星的禮物！」說完伸爪狠狠扯下草心腰腹上的毛髮，用力一劃，留下可怕的血爪痕。

草心一陣亂扒，好不容易脫身，逃之夭夭。熾掌低身躲過哈利溪的攻擊，奔進林間。爆發石一把抓起蛇牙，相偕衝向蕨葉叢，撞了進去，消失在裡面。

「要把他們追到邊界嗎？」鷹翅看著葉星。

「讓他們逃吧，」天族族長吼道，「我想他們已經得到教訓了。」

氣喘吁吁的紫羅蘭光好不容易撐起身子，站了起來，瞪看著那條被影族戰士弄得血跡斑斑的小路。

「妳還好嗎？」葉星看了她一眼。

「只是有點喘。」她挺起胸膛。

葉星看著其他貓兒。「有誰受傷？」

「只有擦傷而已。」哈利溪彈動尾巴。

「我想只有影族貓受傷吧。」貝拉葉低吼道。

鷹翅很是驕傲地對紫羅蘭光眨眨眼睛。「妳這一仗打得漂亮。」

她有點難為情地垂下目光。「我應該再撐久一點。」

「爆發石反抗的力道很大，」鷹翅用鼻口輕觸她的頭。「沒有戰士能撐得比妳更久。」

紫羅蘭光無比的自豪，這時葉星朝營地轉身。「我想我們應該會有一陣子看不到影族了。」天族族長喵聲道。

✦✦✦

睡夢中的紫羅蘭光總算放鬆了心情，嘴裡輕輕喵嗚，因為她感覺得到樹就躺在她旁邊……他還在天族，沒有因為調解失敗就沮喪到永遠離開。他就在這裡，只是睡得不太安穩。自從和刺柏爪不歡而散之後，他似乎每晚都睡得不好。但這時他突然動了一下……動作之大，不像是睡不安穩，她被他驚醒。「怎麼了？」她警覺不對勁，看見他在臥鋪上坐起來，全身繃緊，兩眼瞪看著幽暗的窩穴。她撐起身子正要站起來時，突然有憤怒的吼聲劃破冷冽的夜空。戰士窩好像不知道被什麼東西拖著似的，竟開始搖晃。窩穴外面的空地傳來雜沓的腳步聲。

「是影族！」鷹翅在黑暗中發出警告的怒吼，隨即衝向窩穴入口。

紫羅蘭光緊張到胃揪得死緊。她早料到影族會復仇，只是沒想到他們會趁深夜攻擊營地。雀皮、貝拉葉和梅子柳都從臥鋪裡衝出來。花心和蕁水花已經鑽到窩外。心跳加速的紫羅蘭光也跟在後面。「你要一起來嗎？」她回頭看樹。

樹當場愣住。「如果我選邊站，就不能幫部族調解糾紛了。」

紫羅蘭光很快地點點頭。他說得對，未來若是得靠他來謀求和平的契機，他就絕對不能代表天族出戰。

她跑進月光底下，影族的臭味迎面撲來。窩穴全都一片狼藉，天族貓蜂擁進入空地。兩隻影族貓呼嘯奔過營地。她認出雪鳥亮白色的身影。沙鼻和蕁水花撲了上去，但雪鳥技巧閃開，朝營地入口衝去。櫻桃尾和薄荷皮試圖逮住焦毛，但後者在中間衝撞，鑽進馬蓋先肚子底下，鷹翅正要撲上來，他又一溜煙跑開。

他們溜之大吉，因為破壞大功告成，窩穴的牆面全被扯破，莖梗散落在地上。

「別讓他們跑了。」鷹翅一看見雪鳥和焦毛從營地入口衝出去，立刻下令追擊。馬蓋先率領貝拉葉、蕁水花，以及其他族貓追在後面。紫羅蘭光掃視空地。營裡還有其他影族貓嗎？其他貓兒都追進了林子裡，但生鮮獵物堆旁突然出現動靜，引起紫羅蘭光的注意。

刺柏爪！影族副族長正從獵物堆裡拖出一隻田鼠。他在偷天族的獵物！紫羅蘭光大吼一聲，奔過空地。「不准碰！」她在他面前急剎腳步，怒火中燒。刺柏爪愣在原地，瞇起眼睛，不懷好意地瞪著她看。她撲了上去，伸爪抓住他腰腹，後者大吼一聲，甩開她，逃進空地的邊緣暗處。她追在後面，但他速度很快，像鳥一樣飛掠地面，最後竄出營地，消失在離入口約一隻狐狸身長之近的荊棘叢裡。

紫羅蘭光急忙停下腳步，上氣不接下氣。林子裡有足夠多的天族貓了，她應該留在營地，確保窩穴附近沒有其他影族貓逗留。她回頭低身鑽進營地。

葉星站在空地上，鷹翅和沙鼻守在旁邊，天族族長環顧四周，琥珀色眼睛瞪得斗大。地上到處是葉子，窩穴牆的莖梗全被影族貓扯落。「這就是他們夜襲的原因嗎？」

她眨眨眼睛，看著眼前損壞的情況，滿臉疑色。「只為了破壞我們的窩穴？」

鷹翅皺起眉頭。「這有什麼意義？窩穴可以重建啊？」

沙鼻甩打尾巴。「也許他們是用這方法在警告我們。」

紫羅蘭光緩步走到鷹翅旁邊，並強迫自己的毛髮平貼下來。一想到影族竟會趁他們睡覺的時候入侵營地，她便不寒而慄。「也許我們應該在夜裡設置守衛。」她看著葉星，試探性提出意見。

天族族長似乎沒聽見她在說什麼。她正盯著入口。

蕁水花低身鑽進營地，剛從林子追逐戰回來的他全身毛髮凌亂不堪。花心和雀皮也快步跟在他後面進來。「我們追丟了，」蕁水花氣呼呼地說道，「他們朝邊界跑了。馬蓋先帶隊去追蹤他們的氣味，確保他們不會再回來。」

花心瞪看著一片狼藉的營地。「這裡搞得亂七八糟的。」

葉星的毛髮微微抖動。「營地的事明天早上再處理吧。」她朝雀皮點頭示意。「幫我看守入口，其他貓兒都回去睡覺。」

鷹翅彈動尾巴。「我也來擔任守衛。」他把紫羅蘭光先推向戰士窩，然後才走開。

樹站在戰士窩入口。他瞪大眼睛，一臉失望。紫羅蘭光停在黃色公貓旁邊，渾身發抖，「我不敢相信他們竟然入侵我們的營地。」她喃喃說道，「這跟惡棍貓有什麼兩樣？」

樹在黑暗中眨眨眼睛看著她，「我本來以為我可以幫忙兩族和平共處，」他語氣沮喪，「可是他們好像鐵了心要付諸一戰。我根本使不上力。我無法袖手旁觀，眼睜睜看著影族毀了你們，但又不確定自己有沒有那能耐阻止他們。」

我無法袖手旁觀，眼睜睜看著影族毀了你們。紫羅蘭光聽見這番話，心陡地一沉。他說的是你們，不是我們。這說法聽起來活像他不屬於天族。她緊靠著他。「你還是有機會讓他們明白道理。」她的話聽起來有些空洞。影族已經多次越過邊界，現在更直接衝著天族營地而來。她看不出來天族和影族之間還有任何和平的希望可言。但是她必須讓樹相信他在天族還是有一席之地。

樹沒有回答，反而把鼻口塞進她頸毛裡，溫暖的鼻息撫慰了她的心，但是她知道他很氣餒。她感覺得到偎在身邊的他心情十分沉重。他的垂頭喪氣是因為他調停不了部族之間的不合嗎？她為他感到難過。要是他無法為這地方帶來和平，他會離開嗎？他是以斡旋貓的身分加入天族。如果他無法為貓兒們斡旋調解，他還有什麼理由要留在此地？

✦✦✦

紫羅蘭光一醒來，就感覺到窩穴裡滲入了新葉季的溫暖陽光。她睜開眼睛。窩穴異常明亮，陽光從破掉的牆面直射而入。她一看到樹的臥鋪是空的，立刻緊張起來，他在哪裡？

她從臥鋪裡跳出來，快步走出窩穴，站在外面掃視狼藉的營地，還好她看見了樹，這才鬆了口氣。他正在見習生窩旁幫哈利溪收拾荊棘。要是他打算離開，大可不必在此刻費心幫忙天族，對吧？灰白掌和鴿掌在他們四周跑來跑去，搶著撿拾斷掉的莖梗。陽光掌和花蜜掌則把鬆脫的藤蔓縫回窩穴的牆上。

戰士們在空地上走來走去，顯得不安。鷹翅正在沙鼻的耳邊低語。雀皮在生鮮獵物堆旁狼吞虎嚥一隻田鼠。葉星昂首闊步地繞著空地邊緣轉，眼神陰鬱地嗅聞著半毀的窩穴。她有新的反擊計畫要宣布嗎？就算反擊，影族也是咎由自取。天族族長停在巫醫窩旁邊，斑願和躁片正站在那裡皺著眉頭查看邊緣一道裂開的縫。「你們的藥草有被偷嗎？」

「沒有，還好星族保佑。」斑願告訴她。

鷹翅抬起鼻口，掃視他的戰士們，後者全轉頭望著他，滿臉期待。

「貝拉葉，」他朝橘色母貓點頭示意。「挑出三名戰士協助妳修補長老窩。」同時朝鹿蕨睡的那處蕨葉叢彈動尾巴。耳背的長老就坐在一坨被折斷的莖梗中間，臥鋪完全曝露在外。鷹翅繼續說道：「莓水花，帶幾個見習生進林子裡，盡可能收集莖梗回來，蕨葉也行。如果可以帶荊棘回營地就更好了，但小心不要刺傷腳爪。」

莓水花向陽光掌和花蜜掌示意。這時本來在破敗的巫醫窩旁查看損壞情況的葉星突然抬起頭來。「鷹翅，這只是在浪費時間。」她低吼道。

鷹翅看著她。「妳這話什麼意思？」

「何必重建呢？」葉星沉重地坐下來。「不管我們重建了什麼，影族都會來破壞。

其他部族也不願插足幫我們。」

紫羅蘭光愣在原地。葉星打算說什麼？他們不能被影族擊垮！

貝拉葉瞪著天族族長。「我們不能放棄。」

「我們一定要反擊他們。」哈利溪縮張著爪子。

鷹翅冷靜地看著葉星。「我們必須重建營地，讓他們明白我們就是要待在這裡，絕不退卻。」

「這有什麼意義？」葉星冷冷地說道，「我們當初為什麼要來這裡？這些部族顯然不歡迎我們。我們的家在峽谷裡，現在暗尾死了，我們可以回去峽谷，重建家園。幹嘛一定要賴在湖邊？這裡根本沒有貓兒跟我們站在同一陣線上。如果我們勢必得孤軍奮戰，那還不如回到一個沒有邊界、沒有其他部族覬覦的地方去為自己奮鬥。」

蕁水花眨眨眼睛看著她，棕色毛髮微微抖動。鼠尾草鼻和薄荷皮不安地互看一眼。

「峽谷很遠嗎？」灰白掌低聲問鴿掌。

斑願甩打著尾巴。「妳只是太沮喪了。」她告訴天族族長，「妳可能只是太累了。先睡一下，等妳睡飽了再來思考這件事。」

但她話還沒說完，雀皮竟開始乾嘔。紫羅蘭光趕緊扭頭去看，只見雀皮站在生鮮獵物堆旁一條尾巴外的地方，正弓起身子，腰腹痙攣地劇烈起伏，痛苦地瞪大眼睛，沒一會兒竟往地上嘔出一坨黏滑的田鼠肉。斑願趕緊跑過去，嗅聞田鼠，這時雀皮又吐了一堆東西，隨即倒地不起，不停呻吟，斑願緊張到毛髮都聳了起來。葉星朝他衝過去。

「別靠近。」斑願抽動鼻子，示意她後退。「我還不知道是什麼原因引起的。」

「是田鼠肉壞掉了嗎？」鷹翅在空地另一頭喊道。

斑願搖搖頭。

雀皮發出低沉顫抖的哀號聲，聽得紫羅蘭光全身起雞皮疙瘩。他一定很痛苦。到底是什麼原因造成？這時她突然想起一件事，不禁倒抽口氣。雀皮吃的是昨晚刺柏爪碰過的那隻田鼠。這有點怪。也許影族公貓不是想偷天族的獵物，難道他是有更惡毒的計畫？刺柏爪在田鼠身上動了什麼手腳？她胸口突然揪緊。破壞窩穴恐怕只是為了轉移注意，雪鳥和焦毛是故意把天族攪得天翻地覆，好讓刺柏爪有機會在獵物裡下毒？影族真的這麼惡毒嗎？

第十三章

赤楊心把死莓籽埋進巫醫窩牆角底下先前埋過的地方。他滿懷希望地看了入口一眼。今晚的半月正在成形，虎星會讓他去嗎？他很想參加，他有重要的消息要宣布。

水塘光正在康復中，如今正在臥鋪裡酣睡。影族巫醫貓晚上已經退燒。赤楊心終於如釋重負。他的療法真的有效！他今天早上給水塘光吃的果肉會是最後一次。

他在巫醫窩旁邊鬆軟的泥巴裡搓洗腳爪，再小心地拿枯葉蓋住掩埋處。他回頭看了小影一眼。「要記住，千萬不要靠近這裡哦。」

灰色小貓一本正經地點點頭。小影自從癲癇過後，便一直在巫醫窩裡幫忙赤楊心。赤楊心每次轉身，都差點被他絆倒。他以前在巫醫窩裡幫松鴉羽的時候，也是這麼礙手礙腳嗎？他不禁莞爾。他找了一些工作給小貓做。所以現在小影負責的是清理臥鋪，跑腿拿藥，把蜘蛛從窩穴裡趕出去……而且通常都不用赤楊心特別交代，**他似乎很清楚自己該做什麼。**

赤楊心暗地裡高興虎星願意讓他的小貓待在這裡。影族族長沒有再派貓兒站崗，顯然已經開始相信他。

窩穴入口傳來腳步聲，小光和小撲擠在那裡，眼睛炯亮，興奮莫名。

「小影！」小撲一副幾乎坐立不安的樣子。「爆發石和熾掌答應要讓我們當獵騎，繞著空地轉。」

「我們騎在上面的時候，他們還會比賽誰跑得快哦！」小光興奮地吱吱叫，「很好玩欸。」

「你一定要來！」小撲一臉央求地看著小影。「自從你來這裡幫忙赤楊心之後，就錯過了好多好玩的事情。」

「我覺得這裡也很好玩啊。」小影告訴她。

小光一臉不可置信。「照顧病貓哪可能比騎獾來得好玩？」

「我有很多東西要學，」小影告訴他，「有一天我要當巫醫貓。」

赤楊心的胸口揪了起來。他恐怕活不了那麼久。他想起這隻小貓看見的異象，**我感覺得到我的毛浸在水裡，水跑進我的耳朵，灌進我的鼻子……我的嘴裡都是水……**而小影卻還一無所知地在幫自己規畫未來。他並不畏懼他所看到的異象。如果小影註定要當巫醫貓，那麼也許他看到的異象並非是預言，而是一種預警。

赤楊心甩甩毛髮，在心裡告訴自己，反正還有時間來解決這個問題。他希望他是對的。「你今天要是不去玩的話，再過一陣子就會發現自己已經大到不能再騎獾了。」他告訴小影。

「我不在乎。」灰色小公貓挺起胸膛。「我想待在這裡幫你忙。」

小撲翻翻白眼，把小光推出窩外。「我們只是在浪費時間，走吧，我們自己去玩。」

「你確定你不跟他們去玩？」赤楊心追問道，「你可以玩完之後再過來幫我。」

「我想留在這裡。」小影語氣堅定地說道。

顯然再跟小貓爭論下去也無益。「如果是這樣，那你去幫我拿點苜蓿足昨天摘回來的金盞菊。」他告訴他，「草心的傷口得重新換藥了。」

「就是聞起來很像酸掉的蕁麻，顏色亮綠的那個藥草嗎？」

「沒錯。」

小影快步朝藥草庫跑過去。赤楊心看著草心。她就睡在巫醫窩附近的臥鋪裡，晨光正從那裡洩進窩穴。她昨天腰腹帶傷地回來，赤楊心便開始治療她。熾掌、爆發石和蛇牙也一併接受治療。他們身上都有傷，唯獨草心的傷口特別深，所以他要求她留在巫醫窩裡。這支巡邏隊說是天族偷襲他們。但赤楊心覺得很奇怪，心想天族為什麼會大膽地偷襲他們？兩族之間的關係已經夠緊張了，這麼做一點幫助也沒有。

「是這個嗎？」小影在藥草庫前面嗅聞著一坨新鮮的綠色莖梗。

「沒錯。」赤楊心一臉稱許地眨眨眼睛。「拿兩根到草心的臥鋪這裡來，我先去看一下水塘光。」這時水塘光醒了，昏昏欲睡地把頭探出臥鋪邊緣，朝他眨眨眼睛。巫醫貓的眼睛還很混濁，身上也需要好好地梳洗，不過能看到他又醒了，實在太好了。「你可以吃點東西嗎？」赤楊心走過來，把一口鼠肉朝他鼻口推近。

水塘光一臉狐疑地伸舌舔了舔。「我的胃口可能還需要一點時間才恢復得過來。」

「你需要有體力才行。」赤楊心告訴他。

「至少我有足夠的體力讓自己醒過來了。」水塘光低聲道。

赤楊心又檢查了一次他身上的多處傷口。酸腐味已經變淡，傷口也開始癒合，這是這麼多天以來，赤楊心第一次真正放寬心。他用後腿坐下來，嘴裡喵嗚出聲，小影嘴裡叼著一坨金盞菊，快步從他旁邊經過，朝草心的臥鋪走去。

水塘光眨眨眼睛看著那坨新鮮的藥草，鼻子不停抽動。「那太新鮮了吧，應該不是來自我的藥草庫，你後來去摘的嗎？」

「苜蓿足幫我去摘的。」赤楊心告訴他。

水塘光瞪大眼睛。「這不像苜蓿足的作風，她從來不幫巫醫貓做事。虎星命令她幫忙的嗎？」

「她自願的。」

水塘光發出沙啞的喵嗚聲。「你在這裡很受歡迎哦。」他揶揄道。

「等我告訴虎星你已經在康復中，我就會更受歡迎了。」赤楊心還沒找到機會告訴影族族長這個好消息。

草心在窩穴的另一頭發出呻吟。

「她醒了！」小影興奮地喊道。

「我想你最好快去幫忙你的見習生。」水塘光喵嗚道。

「他很快就會成為你的見習生了。」赤楊心穿過窩穴。

「要我幫忙嚼爛金盞菊嗎？」小影用牙齒拾起一根莖梗。

「你年紀太小，不適合把藥草放進嘴裡嚼，」赤楊心把它接過來，「金盞菊的藥效太強，可能會害你噁心想吐。」

「那我可以幫忙把藥膏塗在她的傷口上嗎？」

赤楊心沒有回答。草心抬起頭，一臉疲憊地看著他，眼神痛苦。「我的腰好痛。」

赤楊心檢查傷口，「沒有感染，」他告訴她，「等我敷上一些金盞菊，妳就會舒服多了。」

小影蓬起毛髮。「我也會幫忙。」他很是自豪地告訴虎斑貓。

赤楊心的鬍鬚微微抽動，覺得有趣。「你有更重要的事情得做。」

「什麼事？」小影瞪看著他。

「草心和水塘光都需要喝水，我要你拿那坨青苔……」他扭頭示意窩穴入口旁邊的一坨青苔，「去長老窩旁邊的水池，把它浸在水裡，讓它吸飽水，然後趕在水滴乾之前快點送過來。」

「我知道了。」小影朝那坨青苔跑去，張嘴叼住，鑽出窩外。

赤楊心很快地嚼爛金盞菊的莖梗，再將藥泥輕輕敷在草心的傷口上。她閉上眼睛，好像又快睡著了。一想到他正在幫別族的貓兒治療戰場上帶回來的傷，就覺得有點怪。要是被天族知道有雷族貓在幫忙治療他們的對手，不知道他們會作何感想？他們會認為他是叛徒嗎？**這場仗根本不關我的事**。再說，巫醫貓本來就不能選邊站。救治性命和減輕病痛是他們的天職所在。如果戰士們想上場作戰，那就去吧，但赤楊心絕不會拒絕醫治任何一名傷患或病患。

入口的窸窣聲把他的思緒拉了回來。小影那麼快就回來了嗎？他轉身，竟看見虎星走進窩穴。

「我剛看到小影去水池那裡浸溼青苔。痙攣發作後，還能看到他這麼開心，實在太好了……」影族族長頓了一下，因為他突然看見水塘光就坐在自己的臥鋪裡。他眼睛一亮。「你怎麼沒告訴我？」

「我想等到他能吃東西了，再告訴你。」赤楊心緩步走到水塘光的臥鋪那裡。「如果他能吃，就表示他一定能復元。」他注意到第二坨鼠肉也不見了，自覺滿意極了。

水塘光舔舔嘴唇，對虎星眨眨眼睛。「真抱歉，害你們擔心了。我實在很鼠腦袋，怎麼會被纏進兩腳獸的網子裡。但我就是忍不住想去摘它底下的琉璃苣。」

「沒關係，只要你康復就行了。」虎星抬起尾巴。「你看？」他的尾巴朝赤楊心的方向甩了甩。「我就說他回到自己的窩穴養傷，一定會好起來的。」

赤楊心瞥了水塘光臥鋪下面的縫隙一眼，死莓就被他藏在那裡。他應該告訴虎星他有帶死莓來給水塘光吃嗎？他有點遲疑，緊張到毛髮微微刺癢。但如果這是他所發現的一種新療法，理當公開分享才對。也許有一天別的巫醫貓也可能用到它，於是他誠實地看著虎星的眼睛。「我有從雷族帶死莓過來。自從我來到這裡之後，一直在餵水塘光吃死莓的果肉。」

影族族長眼裡閃過驚訝。赤楊心僵在原地，等待對方怒氣爆發。但虎星只是偏著頭，一臉若有所思。「你像戰士一樣勇敢，」他最後說道，「不過萬一死莓害死了水塘光，你要怎麼辦？」

「這是我必須承擔的風險，」赤楊心告訴他，「因為如果我不給他吃死莓，他必死無疑。」

水塘光伸出頭，對他說：「我欠你一條命。」

虎星瞇起眼睛。「赤楊心，我們一定要好好謝謝你。影族敬佩你的勇氣。」

赤楊心垂下頭，很高興虎星稱許他。「我是巫醫貓，」他低聲道，「我責無旁貸。」

「我要怎麼報答你呢？你想回家了嗎？」

「一等水塘光康復到可以重回自己的工作崗位，我就回去。」赤楊心告訴他。「在這之前，就算我沒回去，雷族也還罩得住自己。」虎星點點頭，他又繼續說道，「可是我今晚想去月池跟星族會面。」

「已經是半月了。」虎星語氣聽起來好像自己忘了這回事。他垂下頭。「我不能阻止巫醫貓去跟星族會面，你也可以順便告訴別的貓兒，水塘光已經好了。影族又再次完整了。」

我也不再是你的囚犯了。赤楊心對影族族長眨眨眼睛，很有禮貌地說道：「謝謝你。」

這時小影奔進窩穴，先把滴水的青苔丟到草心臥鋪旁邊，便趕緊跑到他父親旁邊。

「為什麼赤楊心要謝謝你？」

「我告訴他今晚可以去月池。」

小影身上的軟毛全興奮地蓬了起來。「我可以跟他去嗎？」

赤楊心搖搖頭。「恐怕不行，」他溫柔地告訴小貓，「這是巫醫貓的會議，我們是要去跟星族分享消息的。」

「我也可以分享。」小影抬高鼻口。「我也有看到異象。」

赤楊心看見虎星眼神一黯，表情擔心。他又想到了小影的那個夢嗎？

「你必須留在營地裡，」虎星告訴小影，「總得有人在赤楊心不在的時候幫忙照顧水塘光和草心吧。」

小影豎起耳朵，「巫醫窩就交給我吧。」

「是啊，」虎星疼愛地說道，「如果你很睏想睡覺，褐皮可以幫你。」

「我不會想睡覺，」小影保證道。他表情熱切地對赤楊心眨眨眼睛。「我保證你不在的時候，水塘光和草心都會得到最好的照顧。」

✦✦✦

半顆明月懸在頭頂上方。月池四周，高崖環繞，池面反照月光，花崗岩的石英切面在月光下閃閃發亮。

赤楊心循著自古以來無數個貓腳印所踏出來的小徑，步下坑底。斑願跟柳光坐在水邊。赤楊心走上前去，垂頭致意。天族貓站起來。赤楊心有些愧疚地豎起耳朵。不久前，他還在幫那幾隻被斑願的族貓打傷的貓兒療傷。這也算是一種背叛嗎？如果算，那是背叛了誰呢？他連忙把這想法推開，**這場仗根本不關我的事。**

葉池快步過來招呼他，松鴉羽則是朝他眨眨眼睛，滿臉期待。

「你沒事吧？」松鴉羽聽起來很焦慮。

「我們都擔心你可能來不了。」葉池的鼻口緊挨著他的面頰。

「我沒事。」赤楊心向他們保證道。

「水塘光怎麼樣了？」松鴉羽的毛髮不停抽動。

「他正在康復中。昨晚退燒了。」

「感謝星族老天！」葉池抬眼望向星空。

松鴉羽緩步走近。「死莓有效？」

「我早就告訴過你們有效。」赤楊心彈動尾巴，慶幸終於可以很有把握地回答這個問題。

「你這是在冒險。」松鴉羽咕噥道。

「如果是你，你也會冒這個險。」赤楊心揶揄道。

「也許吧。」松鴉羽在水邊坐下來。微風徐徐吹動水面，興起漣漪，池水輕舔著盲眼貓的腳爪。

「恭喜你，赤楊心！」葉池很是欣慰，雙眼炯炯發亮。「你什麼時候回來？」

「我答應虎星待到水塘光回到工作崗位為止。」影族需要他。

「嗨。」隼翔氣喘吁吁地抵達池邊，向其他貓兒點頭致意。他最後一段路一定是用跑的，因為赤楊心剛剛在小路上沒看到他。

「風族一切都好嗎？」葉池問道。

「很好，謝謝你。」隼翔在水邊坐下來。

「雷族呢？」柳光問道，「有沒有什麼大問題？」

「只是很平常的咳嗽和肚子痛而已。」葉池告訴她。

「河族也無恙。」柳光報告。「溫柔掌被捲入強勁的急流裡，還好斑紋掌及時救她上岸，不過她倒是吞了不少水。」

「她病了嗎？」葉池問道。

「現在好多了。」柳光語氣如釋重負。「蛾翅在營地看著她。」她看了斑願一眼，這隻天族貓一直沒有說話。「躁片呢？」

斑願凝視水面。「他留在營地裡。」她輕聲說道。

赤楊心和葉池互看一眼。天族巫醫貓異常安靜。赤楊心納悶自己是不是該關心一下。可是斑願轉身面向月池，蹲伏在池邊。

「我們跟星族交流吧。」她喵聲道。

赤楊心朝水池走去，在水邊坐下來。其他貓兒也都環著池邊就定位。他閉上眼睛，垂下頭。

他一碰觸到水池，四周就開始出現異象。風呼嘯打在他身上，他感覺自己被風暴舉起，如飄零的葉子被拋飛空中。雨水打在他臉上，他費力地想要看清楚，四條腿在颶風中胡亂拍打，突然間，他從風雨裡掉下來，落在潮溼的草地上。他趕緊蹲低身子，風暴仍在他頭頂上方肆虐。但就在那烏雲密布的天空下，有五棵小樹像五根長在地上的尖銳爪子。在它們四周，強風大作，橫掃沼澤地，樹根四周水紋如波。小樹頂著強風嘎吱作響，枝椏彼此交纏，迎風不屈。赤楊心瞇起眼睛。他看見這些小樹無畏風雨地挺立原地，心裡燃起一線希望。

這時突起一陣強風，他嚇了一跳，隨即喀嚓一聲，其中一棵小樹被風吹倒，連根拔起，被風捲走，像樹枝一樣在溼地上不停翻滾。雨愈下愈大，風愈來愈強。枝椏不再交纏，其他小樹也一棵接一棵地被強風連根拔起，掃向別處。沒過多久，赤楊心就發現眼前只剩空蕩蕩的溼地，地平線上什麼也不留，只有無止盡的翻飛草浪。

他睜開眼睛，鼻子從池水裡抽開，甩掉鼻頭上的水，坐了起來。其他巫醫貓也都直起身子，瞪看彼此，不停眨著眼睛。「五大部族缺一不可。」他脫口而出。

「我看見小樹了。」柳光倒抽口氣。

「只要有一棵被連根拔起，其他的也會被強風吹走。」隼翔打斷道。

赤楊心背上的毛豎得筆直。**我們都看到同樣的異象。**

松鴉羽坐了起來，盲眼掃過水面。「看來我們都看見一樣的畫面。若果真如此，那麼星族就是在告訴我們，一個部族都不能少，只要少了一個，全體岌岌可危。」

「究竟是哪一個部族會出事呢？」隼翔一臉不解。「雷族和風族都跟以前一樣強大，影族現在有了新族長，也回到了自己的家園。就連河族也歸隊了。」

斑願頸毛豎了起來。「你們都一樣，全都自大到看不清楚癥結所在。」她的淺綠色眼睛射出怒火。「影族要把天族趕出湖邊！你們難道沒聽到虎星在上次的大集會裡說過的話嗎？」

「我們有聽到啊，」葉池告訴她，「但那只是領地方面的糾紛，不是嗎？部族之間難免會有領地糾紛。我們都以為你們會和影族把這件事解決掉。」

「怎麼解決？」斑願瞪著他們看，「你們覺得葉星能憑空變出新領地嗎？還是虎星可以被說服，叫他適可而止，不要那麼貪？」

「樹說他會幫你們忙。」隼翔喵聲道。

斑願甩打尾巴。「你們真的認為一個外來者有能耐解決部族的糾紛，帶來和平嗎？」她沒等他們答腔，繼續說道，「你們的態度活像這根本不關你們的事。可是星族已經降下異象，告訴你們此事事關重大。如果五大部族不合力面對這個難關，天族將被逐出湖區。」

赤楊心瞪看著天族巫醫貓。她說得對，是他們刻意視而不見天族與影族之間的糾紛。就連我也總是告訴自己，**這根本不關我的事**。他好生慚愧。他表現得活像只要不理會這問題，它就會自動消失。但現在星族已經明確告訴他們，它不會消失。

葉池冷靜看著斑願。「情況真的那麼糟？」

「影族昨夜攻擊我們的營地。」她告訴他們。

赤楊心當場愣住。這是他第一次聽聞影族對天族展開攻擊。他並不意外虎星沒告訴他。可是他整晚沒睡地在照顧水塘光，怎麼沒聽見有戰鬥隊伍回來的聲響？怎麼沒有貓兒受傷？

「他們趁我們睡著的時候攪毀我們的窩穴，」斑願說道，「更糟的是，葉星不打算重建，她想離開這裡，回峽谷去。」

「離開湖區？」隼翔緊張到毛髮抖個不停。「你們不能走，我們好不容易才把你們帶回來。」

「為什麼不能？」斑願質問道，「你們坐視不管，分明是逼我們走。」

赤楊心不安地蠕動著腳。天族是有可能回峽谷去。雖然暗尾曾經把他們趕出來，但暗尾已經死了，他的惡棍貓也都鳥獸散了。沒有什麼可以阻止天族回去他們幾個月前的老家。

「我們必須分頭找自己的族長好好談一談，」葉池很快地說道，「必須找到解決的辦法。」

斑願眼神一黯。「任何辦法都解決不了影族對我們帶來的傷害。」

松鴉羽瞇起眼睛。「如果你們需要重建營地，我相信棘星可以派一支隊伍過去幫忙你們修繕。」

「我說的不是他們對營地的破壞。影族在我們的獵物堆裡下毒，他們想殺了我們！」斑願喵聲尖銳，憤怒至極。

「下毒？」赤楊心不安到像全身爬滿蟲似的。「這話什麼意思？」

「影族昨晚跑來我們營地，紫羅蘭光看見刺柏爪在生鮮獵物堆附近鬼鬼祟祟，她雖然把他趕跑了，可是後來雀皮吃了裡頭的一隻田鼠後，就中毒了。」

「可能只是田鼠不新鮮。」柳光揣測道。

「是真的中毒。」斑願低吼反駁，「他痛苦得不得了，我不知道他到底怎麼回事，只好給他一些蓍草吃，結果他吐出好多莓籽，」她冷冽的目光移向赤楊心，「死莓的種籽。」

赤楊心全身冰冷，所有巫醫貓都轉頭看他。

「你有帶死莓去影族餵水塘光吃，不是嗎？」斑願指責道。

赤楊心的思緒紛亂。她說得沒錯，他是存放了一些死莓，可是都藏得很隱密，大家都不知道它們被放在哪裡。可是雀皮在影族攻擊之後，就立刻中毒，這似乎有點怪。**難道影族早就計畫在天族的獵物裡下毒？**

松鴉羽毛髮倒豎。「你是在指控赤楊心幕後主使這起中毒事件？」

「我是說影族是因為他才有機會取得死莓。」

「不可能！」赤楊心憤慨地全身的毛都蓬了起來。「我把莓果都藏起來了，就連虎星也不知道我放在哪裡。」他希望這是真的。

「有誰看到你拿死莓給水塘光吃？」葉池問道。

赤楊心頓了一下。難道是苜蓿足或焦毛在看守巫醫窩入口時有看到？「我不知道！可是我很清楚葉子裡包裹了多少顆莓果，而且一顆也沒掉。」他確信他那天早上餵水塘光吃最後一次莓果時，數量完全沒少。「數量並沒有少掉啊，」他重覆道，同時迎視斑願的目光，「就算刺柏爪是拿死莓在你們的生鮮獵物堆裡下毒，也絕對不是從我這裡拿走的。」

葉池不耐地甩打尾巴。「死莓從哪裡拿的不重要。大家本來就都知道死莓是有毒的，我們在當見習生的時候都學過一定要跟死莓保持距離。問題的癥結在於影族和天族之間的糾紛越演越烈，我們必須阻止葉星帶天族離開湖區。」

松鴉羽點點頭。「我們都看見異象了。如果天族離開，我們也會跟著衰亡。」

「我們必須回去告訴自己的族長。」隼翔附和道。

「他們必須緊急召開大集會。」柳光喵聲道。

赤楊心不安地蠕動身子。「上次的大集會根本沒解決問題。再開一次，情況也可能只是更糟。」

葉池瞪著他看。「如果棘星知道情況危急，一定會不計代價地想辦法讓天族留下來。」

「兔星也會遵照星族的旨意行事，而星族顯然是要天族留下。」隼翔揣測道。

「霧星呢？」赤楊心緊張地看著柳光。

灰色虎斑貓顯得遲疑。「自從暗尾的事件過後，她對星族的智慧不再完全相信。但我會盡力說服她，我們必須團結一心，讓天族留下來。」

赤楊心看見柳光的眼裡閃過憂色。她是擔心霧星無法許下任何承諾嗎？畢竟不久前霧星曾將河族的邊界完全封閉，甚至也不准巫醫貓跟其他部族打交道。所以她可能會認同天族想離開此地的理由。

「那虎星呢？」松鴉羽瞪著赤楊心，混濁的盲眼竟比任何視力正常的貓兒都來得銳利。「你最近都住在他們營地裡，你認為虎星能被說服嗎？」

「我……我不知道。」他要怎麼說服呢？虎星從沒跟他提過影族和天族之間的紛爭，但他有一個戰士目前因傷躺在巫醫窩裡。他懷疑影族族長會同情比鄰而居的天族嗎？再說，是虎星主動挑起這場領地紛爭，是他鼓勵旗下戰士一再越過邊界。影族族長絕不可能放棄自己的宣言，哪怕星族要求天族留下來。

松鴉羽站起來。「我們一定得說服他。」他對其他巫醫貓點頭示意。「告訴你們的族長，他們必須找個時間碰面。部族一定要和平共處。」寒風在谷底盤旋，他繼續說道：「否則風暴會把我們悉數捲走。」

第十四章

嫩枝杈跟著火花皮和雲雀歌沿著岸邊走，腳下礫石不時扎著腳墊。棘星和松鼠飛帶隊，飛掌、拍掌和鷹掌在隊伍後面興奮地吱吱喳喳。還沒月圓就來島上開會，感覺有點怪。可是松鴉羽和葉池從月池回來之後，棘星就傳話給其他部族，要求額外召開大集會。

鰭躍的毛髮輕刷過嫩枝杈的腰腹，她瞥了他一眼，希望能消除自己的疑慮。「你認為天族真的會離開湖邊嗎？」

「我不知道。」鰭躍不願迎視她的目光。

「可是如果星族傳話說湖區必須有五大部族，其他部族就應該盡全力說服他們留下來才對。」

「我不認為影族希望他們留下來。」他語氣疲憊，彷彿認定跟影族講道理根本沒意義。

「可是如果其他部族希望他們留下來，當然就……」她的聲音愈說愈小聲。

「誰說其他部族希望他們留下來？」鰭躍看著前方。

嫩枝杈胃部頓時揪緊。其他部族不願意做天族的後盾嗎？畢竟不會有部族願意讓出自己的領地。**要是他們真的離開了？**紫羅蘭光和鷹翅也會跟著永遠離開此地！她的思緒飛快地轉。鰭躍會跟他們走嗎？她還沒決定要不要生小貓。

其他部族不會讓他們走的，他們不會的。嫩枝杈相信棘星一定會正視葉星的困境。

他一定會全力阻止她離去。那天早上他跟松鼠飛還有獅燄商議了很久，連在挑選此次集會的同行戰士時，目光也始終陰鬱。

她看了鰭躍一眼，好希望他說點鼓勵的話語。「我很高興棘星有指派我們隨行，因為萬一這真的是我最後一次見到紫羅蘭光和鷹翅，那怎麼辦？」**拜託你說點話好不好，告訴我一切都會沒事。**

「我還以為血脈至親這種事不重要。」

他的話裡帶著挖苦，嫩枝杈嚇了一跳。自從鰭躍告訴她，他想要有自己的小貓之後，就變得對她有點疏遠，好像每次都得她先開口攀談，他才會敷衍幾句。這令她很難受，可是又能怎麼辦呢？答應當他的伴侶貓嗎？然後在有了小貓之後，放棄導師的工作？她頓時火大，他是在逼她做她不想做的事。可是她愛他，她也知道他不開心。但如果他能在雷族裡找到屬於自己的一席之地，一切應該就能迎刃而解。她決定再拖延一陣子……先不正面答覆他……給他一點時間自我調適。但要是天族離開了呢？他就得被迫做出決定。究竟是待在雷族還是跟他的血脈至親一起離去？

她只好改變話題。「希望蘆葦爪的咳嗽已經好了。」

鰭躍沒有回答。

前面的百合心停下來在湖邊喝水。嫩枝杈經過她旁邊，瞥見影族正沿著對岸走來。

火花皮八成也看到他們了。「影族要是看見天族走了，一定很高興。」她對雲雀歌說道。

雲雀歌循著她的目光望過去。「禿葉季對他們來說八成很辛苦，天族拿走了他們一半的領地，他們怎麼可能有足夠的獵物。」

「我希望天族能離開。」火花皮蓬起毛髮，「影族要是挨餓，就會開始找麻煩，其他部族便會跟著遭殃。」

「大家都怕跟挨餓的部族比鄰而居。」雲雀歌喵聲道。

火花皮甩打尾巴。「天族要是走了，一切就能回復常軌。」

嫩枝杈不敢相信自己的耳朵。火花皮希望天族離開。那星族怎麼辦？她難道不在乎星族交代過五大部族是共存亡的嗎？

她對鰭躍眨眨眼睛。「你聽到了嗎？」

鰭躍毛髮豎了起來。「我想她只是擔心影族和天族之間的衝突可能擴散開來。」

嫩枝杈很生氣。火花皮曾是她的導師，難道她一直都希望天族離開？**我怎麼沒發現呢？**「你覺得其他部族也這麼認為嗎？」

鰭躍聳聳肩。「如果他們也這麼認定，天族就一定得離開。」

她的嘴巴發乾。聽見鰭躍親口說出這句話，她才終於明白原來只有她一味不願相信這件事的可能成真。不過他說得沒錯……如果沒有部族願意挺天族，他們就只能選擇離開。「所以我可能再也見不到鷹翅和紫羅蘭光。」

鰭躍沒有說話。**難道他不在乎？**

「你會跟他們一起走嗎？」她瞪著他看，心跳得很快。

「我不知道。」他避開她的目光。

莫非她會同時失去父親、妹妹和她的愛人？要是他們都離開了，那她還剩下什麼？嫩枝杈頓時感覺自己像生了病一樣，但仍勉強打起精神跟著族貓走向樹橋。

她不發一語地過了橋，一抵達對岸，便從鰭躍旁邊離開，快步追上飛掌。

飛掌看了她一眼。「我希望兔掌和斑紋掌也有來。我有好多新戰技要秀給他們看。」

拍掌在他們旁邊的草地上虎虎生風地比劃著。「等他們來了，就知道我們學到的戰技有多厲害了。」

他們一走進空地，飛掌便甩著尾巴說：「他們來了！」風族和河族正在林子底下移動，斑駁月光照在他們身上。飛掌衝向盡頭的一群見習生裡，拍掌追在後面。嫩枝杈停下腳步。她的族貓正在跟其他戰士點頭招呼，她掃視空地。天族和影族還沒到，火花皮在跟風皮和錦葵鼻說話。嫩枝杈瞇起眼睛。她是在告訴他們她希望天族離開嗎？他們也同意她的看法嗎？

嫩枝杈緊張地走到巨橡樹的樹蔭底下。棘星已經等在多瘤的樹幹旁，眼神莫測高深。

嫩枝杈聞到天族的氣味，頓時緊張到腳爪微微刺癢。長草叢一陣搖晃，天族貓湧進空地。葉星和貝拉葉走在斑願兩側，沙鼻和梅子柳緊跟在後。**鷹翅！紫羅蘭光！**她看見她的父親和妹妹走進月光底下，這才如釋重負。她快步過去找他們。「這是真的嗎？」

她對著鷹翅眨眨眼睛，心跳得好快。「天族要離開了嗎？」

鷹翅的目光嚴肅。「我們還不確定。」他朝葉星看了一眼，後者正往橡樹走去。

紫羅蘭光用鼻口抵住嫩枝杈的面頰。「我希望這場大集會能讓我們留下來。」但這時她突然僵住，原來長草叢又在搖晃，虎星昂首闊步地走進空地，刺柏爪尾隨其後，後者瞇起眼睛，一臉警戒。石翅、苜蓿足和焦毛魚貫出來，跟在精瘦的副族長後方。爆發石和褐皮殿後。影族戰士們不發一語地繞著空地邊緣移動，與其他部族保持距離。

「他們帶見習生來。」紫羅蘭光低聲道。

嫩枝杈吞吞口水。「因為這不是普通的大集會。」

虎星朝巨橡樹走去。他簡慢地對棘星點個頭，縱身躍上低矮的樹枝。

「妳最好回去找妳的族貓。」鷹翅對嫩枝杈低聲說道。「會議就要開始了。」

「大集會過後，我還能見到你們嗎？」嫩枝杈眼巴巴地看著他。「你們不會不跟我說句話，就直接離開吧？」

「當然不會。」他用鼻子輕觸她耳朵。

紫羅蘭光的尾巴拂過嫩枝杈的背。「不管結論是什麼，在我們離開之前，一定會去看妳。」她快步跟在鷹翅後面，後者已經去跟巨橡樹底下的天族貓會合。**在我們離開之前……**這句話令嫩枝杈不寒而慄。她意思是離開大集會前，還是離開森林前？**不要兔腦袋了！**她甩甩毛髮，**一切都會沒事的**。她看見棘星跳上巨橡樹，在虎星旁邊坐下來。葉星、霧星和兔星也都跟著跳上去。族長們必須達成共識，這是星族想要看見的。

空地對面的飛掌正興奮地跟兔掌吱吱喳喳。「嫩枝杈有一天要教我怎麼抓禿鷹哦。」斑紋掌蹲在他們旁邊，模仿拍掌剛剛示範過的馬步。

「快回來！」她彈動尾巴示意。於是他們趕緊過來，跟著她鑽進族貓裡，停在鰭躍旁邊。

棘星抬高鼻口。「你們應該都知道我們的巫醫貓剛從星族那裡得到旨意。」他俯看松鴉羽和其他巫醫貓所在的地方，向葉池點頭示意。

葉池用那雙映著月光的眼睛掃視貓群。「昨晚在那裡，我們都看到了同一個異象。」一陣風襲來，拍打頭頂上方的樹枝。「我們看見五棵小樹長在一起，強風肆虐，但小樹的枝葉互相交纏，使強風無法折斷它們。但只要有一株小樹脫離其中，其他株就會被強風連根拔起。」

隼翔傾身向前。「這旨意很清楚，五大部族必須並肩合作。」

「否則所有部族都會陷入絕境。」柳光打斷道。

赤楊心緊張地甩打尾巴。「我們必須終止衝突。」

「怎麼終止？」錦葵鼻吼道，「部族間難免會有衝突。」

「以後也一樣會有。」風皮從空地的另一頭喊道。「我們是五大部族，不是單一部族。」

蕨毛的眼睛在月光下閃閃發亮。「大集會是我們唯一遵守休戰協定的地方。」

「我們必須保衛自己的疆界。」苜蓿足吼道。

嫩枝杈不安地蠕動著腳。她掃視眼前這片毛海，星光映射下，每隻貓兒的毛髮都聳得筆直。

赤楊心甩打尾巴。「你們說得好像和平共處是件不可能的任務似的。」

「我們是戰士！」虎星的吼聲在上方響起。

「我們是戰士！」石翅呼應他，像布穀鳥一樣重覆他的吼聲。「我們是戰士！我們是戰士！」

虎星的族貓在旁邊大聲吶喊，怒吼聲響徹空地。嫩枝杈看著這一張張嘶吼的臉，嚇得毛髮豎了起來。這不是星族樂見的場面。

「我們也許是戰士，」棘星在虎星旁邊喊道，「但我們不是蠢蛋！難道我們要故意為了衝突而衝突嗎？你們可以為自己的部族犧牲，但不要為了愚蠢的執念犧牲。」

吼聲漸息，化為靜肅，現場一片不安。

「棘星，」虎星不屑地齜牙咧嘴。「你的話術向來高明。你要我們放棄衝突，但為了和平共處，我們放棄的又是什麼呢？」

石翅貼平耳朵。「他要影族放棄領地。」

棘星瞪著石翅，尾巴不停抽動。

虎星瞇起眼睛。「這種和平還真投雷族所好。你還是保有自己的領地，我們卻失去領地。肥的是你們，瘦的是我們。」

下方的刺柏爪貼平耳朵。「為什麼受害的只有影族？」

葉星眼裡射出怒火。「你還敢說受害的是影族？我們也受害。而且也因為影族的關係，繼續受害。」她朝斑願點個頭，「告訴他們，影族做了什麼！」

天族巫醫貓瞇起眼睛。「雀皮中了毒。」

「所以呢？」焦毛從貓群裡瞪著她看。「這跟我們有什麼關係？」

「他吐出的是死莓籽。」斑願冷靜地回答。「我一看就知道是死莓籽，一定是有貓兒拿給他吃的。」

各部族不安地騷動。虎星從橡樹上俯看。「妳是在指控影族餵妳的族貓吃死莓嗎？」他不屑地哼了一聲。「他顯然是自己不小心吃到的。」

兔星瞇起眼睛。「有誰會不小心吃到死莓？」

霧星歪著頭。「天族來森林之前，曾經看過死莓嗎？」她用探詢的目光覷著斑願。

斑願蠕動著嘴角。「沒有，峽谷附近沒有長這種東西。」

「所以有沒有可能是天族貓自己誤食的呢？」

站在刺柏爪旁邊的鷹翅很是惱火。「這裡到處都有肥美的獵物可以吃，誰會沒事跑去吃莓果？」

虎星迎視他那雙憤慨的目光。「雀皮應該有吃到，不然他怎麼可能吐出死莓籽？」

「他是被下了毒！」沙鼻甩打尾巴。

他旁邊的梅子柳豎起頸毛。「我們都知道赤楊心在用死莓治療水塘光。影族營地裡就有死莓，而現在我們也有個戰士因為死莓而中毒。」

她四周的天族貓都憤怒地竊竊私語。

「這純屬巧合！」虎星的目光瞟向赤楊心。「你的死莓有不見嗎？」

「沒有……」赤楊心背上的毛全豎了起來，他的眼珠來回滾動，顯然正在努力回想。「我一直有在注意死莓的數量，不過……」他開始不安地蠕動，爪子刮著地面。

葉星從樹枝上朝他探頭過去。「不過什麼？」

「我不確定我埋掉的死莓籽有沒有少掉。」

虎星頸毛倒豎。「你是在指控影族偷拿你的死莓籽去毒害雀皮嗎？」

部族貓們緊張地交頭接耳，貓群邊緣有個很小的聲音說道：「我看見刺柏爪在我們的生鮮獵物堆那裡鬼鬼祟祟。」

嫩枝杈驚訝地抖動鬍鬚，因為她看見紫羅蘭光正無畏地迎視虎星的目光。

「雀皮中毒前的那個晚上，他出現在那裡。」紫羅蘭光從貓群後面喊道，聲音顫抖。

「可是妳沒有證據證明是刺柏爪下的毒。」虎星的吼聲憤怒。他惡狠狠地瞪看紫羅蘭光。嫩枝杈被虎星的暴怒嚇了一跳。「有隻貓中毒，你們就怪到我們頭上？草心到現在都還躺在我們的巫醫窩裡，被天族惡意攻擊而受傷。她只不過是因為你們的巡邏隊剛巧經過，她就受傷了。」

「經過？」葉星火大地回嗆，「你們入侵我們的營地！」

「是你們攻擊我們的巡邏隊！」虎星不甘示弱。

「你怎麼不說你們跑進我們的領地裡！」葉星對影族族長露出尖牙。

棘星擋在他們中間，他的目光射向樹。「你要不要調解一下？」

黃色公貓在貓群後方的暗處挪動身子，最後走進月光底下，迎視棘星的目光。「我要怎麼調解？沒有貓兒願意聽我說話。我曾試圖要讓影族和天族講和，可是兩方都不願妥協讓步。」他環顧前方的貓群。「虎星剛說你們都是戰士，我想他說得沒錯，所以我不認為你們之間有可能和平共處。」

嫩枝杈看見獨行貓一臉氣餒。他放棄了嗎？紫羅蘭光也瞪著樹看，眼神害怕。**她是擔心他會離開湖區！**他已經承認自己沒那能耐調解部族，讓他們和平共處。所以他自然無法在這裡繼續立足下去。

葉星在棘星旁邊齜牙咧嘴。「我不懂我們來這裡到底要做什麼。我們先前受夠了暗尾和他的爪牙，早該猜到你們也好不到哪裡去。湖邊的部族貓只懂得忠於自己的肚皮，他們對領地的饑渴比固守戰士守則來得更重要。」棘星憤慨地抽動耳朵。

葉星不理會地繼續說道：「你們的態度活像是你們讓我們在湖邊狩獵就已經是給了我們很大的恩惠。而我們一直都很配合你們。我們在你們選定的地方建立營地，也在你們畫出來的邊界裡面安分守己。我們甚至還收留影族，願意接納他們成為天族戰士，然後我們又一無怨言地讓他們重建部族。如今他們竊取我們的獵物，在我們的領地上任意留下到此一遊的記號，活像那是他們自己的領地，而其他部族竟然也都默許影族這種行為。你們太害怕讓出自己的領地，於是任由影族胡作非為，把我們當外來者對待。如今影族試圖殺害我們的族貓，你們卻在事後幫他找藉口。影族竊取我們的領地，想把我們一個接一個地幹掉，其他部族卻完全視若無睹。」天族族長嫌惡地露出尖牙，貓群全都肅靜地看著她。「這也是為什麼我們決定離開湖區，回去峽谷。」

嫩枝杈倒抽口氣。**他們要走了……他們真的要走了！**她的目光越過貓群，望向紫羅蘭光，心裡的憂傷排山倒海。

「你們的家在湖邊。」棘星堅稱道。

「你們不能走。」兔星站起來。「你們在很久以前曾遭其他部族驅離，這種事不能再舊事重演。」

霧星瞇起眼睛，「為什麼不能？自從他們來了之後，事情變得複雜了許多。如果他們回去峽谷，反而簡化了所有問題。」她一臉歉意地看著葉星。「就算你們的峽谷離我們很遠，但也還是五大部族之一，仍然可以奉行戰士守則，敬拜星族。你們在那裡搞不好過得更快樂。」

葉星瞪著她看，隨即垂下頭。「至少妳很誠實。」

虎星冷哼一聲。「影族才是最誠實的。我們早就明白告訴過你們，我們要拿回自己的領地。有什麼比這更誠實？如果你們一定要走，那就走吧。」

「可是那個異象怎麼辦？」橡樹下的松鴉羽聲音慌張。他走上前來，用那雙盲眼瞪看著上方的族長們。「星族告訴我們，五大部族必須合作無間。如果天族回去峽谷，我們怎麼合作？」

斑願不安地甩打尾巴。「星族讓所有巫醫貓都看見了那個異象。」

「祂們知道即將有風暴來襲。」葉池站在天族巫醫貓的後面。

「我們必須一起面對！」隼翔大聲喊道。

赤楊心眼神央求地看著棘星。「你不能讓天族就這樣離開，我們會全體遭殃的。」

嫩枝杈渾身發抖。她不敢相信，這些部族怎會允許這種事的發生。風族貓和雷族貓不安地騷動，面面相覷，表情害怕。天族貓則像被捕食的獵物一樣全挨在一起。河族貓表情疑慮地望著霧星。影族貓則是不發一語地旁觀，全身肌肉在毛髮下繃得死緊。

棘星抬起下巴。「雷族願意讓出一些領地給天族。」

松鼠飛扭頭看他，獅燄頸毛豎了起來，其他雷族貓也都驚訝地眨著眼睛。嫩枝杈的心裡燃起一線希望。「你認為他真的會讓出領地嗎？」她低聲問鰭躍。

「但願會。」他瞇起眼睛，看著棘星。「天族絕對不能離開。」

棘星焦急地看著兔星。「風族願意犧牲一些領地，讓給天族嗎？」

兔星猶豫了一下，看著自己的族貓，後者也都回瞪他，毛髮豎得筆直。「如果其他部族也願意讓地，那麼我們也會讓。天族需要領地的這件事要嘛大家都讓，要嘛大家都不讓，不能有任何一個部族占便宜。唯有這樣才能維繫和平。」

棘星一臉期盼地看著霧星。

她冷冷地回瞪他。「我已經把河族的立場說得很清楚了，我們認為讓天族回峽谷去，對大家都好。」

「那異象怎麼辦？」棘星的尾巴不停彈動。

虎星低吼道，「以前我們也熬過了很多預言，這次一樣可以。影族要收回自己的領地。天族要嘛後果自負地繼續住下來，要嘛離開這裡。」

葉星齜牙咧嘴。「所以沒有部族願意讓出部分領地給天族？」

巨橡樹四周的貓兒們都低垂著頭，腳爪不安地蠕動。

天族族長的琥珀色眼睛宛若火燄般炯亮。「我懂了……大家都只是自掃門前雪。你們老愛高談闊論要合作要團結，希望大家和平共處，說的跟唱的一樣好聽，好像有多在乎別的部族，當成自家部族一樣重視，可是在我看來，顯然全都是謊言！難怪星族會預見你們的未來將出現風暴。我們看夠了也聽夠了，我們不再是這裡的一分子。我想這一點大家現在都應該同意，天族不再屬於這裡，也從來不屬於這裡。」

「拜託妳。」棘星央求道，「不要匆促做出決定。我們會找到方法的，我知道一定可以。」

葉星冷冷地看著他，「看在你的面子上，我今晚會跟我的戰士們好好商量，明天早上再做出最後決定。」她跳下樹枝，貓群自動讓出一條路，讓她通過。她朝自己的族貓走去，鼠尾草鼻和貝拉葉默默地看著她，眼神陰鬱。

嫩枝杈感覺到旁邊的鰭躍不停蠕動身子。他在發抖。「他們真的要走了。」他喃喃說道。她幾乎沒聽到他在說什麼，因為她整顆心開始狂跳，**我必須在他們走之前找鷹翅和紫羅蘭光說說話**。她衝過空地，穿梭貓群，聽見鰭躍在她後面喊她：「嫩枝杈！」

她沒理會。他難道不明白嗎？這可能是她最後一次有機會跟她的父親和妹妹說話。

「鷹翅！」她上氣不接下氣地趕上她父親。

他用鼻口抵住她的頭顱。

紫羅蘭光瞪看著她。「我們要走了。」她的目光憂傷。

「你們不能走！」嫩枝杈絕望地看著他們。

「我們必須追隨我們的部族。」鷹翅告訴她。

「我相信棘星會讓你們加入雷族的，你們可以跟我一起住在湖邊。」嫩枝杈表情絕望地看著她父親。「你們不能離開，我會很孤單。」

紫羅蘭光猶豫地看了鷹翅一眼。他對著她眨眨眼睛，然後轉頭看著嫩枝杈。「我們是天族貓，」他告訴她，「天族去哪，我們就去哪。」

「妳可以跟我們一起去。」紫羅蘭光熱絡地說道。「葉星會接納妳回來的。鰭躍也可以回來。我們就全都在一起了。」嫩枝杈猶豫了。也許她應該跟他們一起走。「妳以前也來過天族，還是可以再回來。」紫羅蘭光力勸她，「妳的血脈至親都在天族啊。」

嫩枝杈毛髮微微刺癢。那雷族怎麼辦？她花了這麼久時間才在那裡找到了真正的歸屬感，但雷族族貓終究跟她沒有血脈關係，她能繼續待在一個完全沒有血脈關係的地方嗎？她的思緒紊亂，一顆心像裂開了一樣。她深吸一口氣，迎視紫羅蘭光那雙懷抱希望的目光。她知道她必須做什麼。「我是雷族貓。」嫩枝杈垂下目光，「我從來就不是天族貓，也不認為從今以後可以當天族貓。」

鷹翅挨近她，她感覺得到他溫暖的鼻息吐在她鼻口上。「妳必須做妳自認對的事情，我們也一樣。」

她抬頭看他，喉嚨哽咽。「不要離開我。」

鷹翅瞪大悲傷的眼睛。「我無能為力。我是天族副族長，我的部族需要我，我不能離開他們。」

嫩枝杈突然發火。「可是你就可以離開我！」她怒瞪著紫羅蘭光，「在我們經歷了這麼多事情之後，你們怎麼可以這樣說走就走。」

紫羅蘭光驚訝地瞪看她。「是妳先離開我的，一次又一次。」

嫩枝杈愣在原地。紫羅蘭光說得沒錯，是她棄她妹妹而去。先是把她留在影族，後來又留她在天族。她內疚不已。**當初紫羅蘭光也是這麼難過嗎？**

「天族！」葉星在長草叢大聲召喚她的族貓。哈利溪和馬蓋先趕緊追上去。

「我們得走了。」鷹翅嘶啞地說道，隨即轉身離開。

嫩枝杈慌張地看著紫羅蘭光。「這是我最後一次見到你們嗎？」

「我不知道。」紫羅蘭光與嫩枝杈互觸鼻口，在冷冽夜空裡尤其顯得鼻息的溫暖。

「這只能交給葉星決定了。」

「再會了。」嫩枝杈幾乎說不出話來。她哽咽看著紫羅蘭光抽開身子，朝鷹翅走去。她只得轉身回去找自己的族貓，結果看見鰭躍正望著梅子柳和沙鼻消失在草叢裡。

她快步走到他旁邊。「你跟他們道別了嗎？」

他沒有回答，那雙目光悲傷到幾乎扎痛她的心。

「如果他們離開，你也打算跟他們一起走嗎？」她麻木地問道。

他瞪著她看。「嫩枝杈，我愛妳，但如果妳不想跟我有小貓，我應該會跟著我的親友離開，至少還能待在一個能讓我有歸屬感的地方，而不是追逐著那個可能永遠無法成真的夢。」

嫩枝杈瞪看他。「你難道不在乎我的想法？」她的憂傷夾雜著憤怒。「生不生小貓不應該由你單獨來決定，而是我們共同決定。就因為我現在不想有小貓，不代表我永遠都不想有。」

鰭躍不安地抽動耳朵，但她沒等他回答。

「你愛的是我，」她怒氣沖沖地說道，「不是我可能幫你生的那些小貓。如果你不願意等我準備好，那我想你應該不是我心目中理想的伴侶貓。也許你真的應該離開。」

她從他旁邊擠了過去，走進長草叢裡。

第十五章

紫羅蘭光跟著鷹翅穿過樹橋，跳到岸上，朝著松樹林往回營地的路上走去。這可能是他們最後一次走這條路。雲彩從月亮前面飛掠而過，微風徐徐，湖面漣漪如波起伏。天氣要變了。她走在鷹翅旁邊，腳下礫石嘎吱作響。「嫩枝杈自己留在湖區，不會有事吧？」

鷹翅遲疑了一下。「她有雷族，現在那是她的家了。」

「而且她還有鰭躍。」紫羅蘭光滿懷希望地說道。

「是啊。」她聽見鷹翅語氣裡似乎有點勉強，但他已經轉身，快步追上族貓們。她試圖不去回想他們道別時嫩枝杈臉上的表情。**很抱歉我必須離開妳**。自她出生的那一刻起，嫩枝杈一直是她這一生中最親的手足。這次的分別令她不由得又想起當年她還是小貓時，被影族帶到松樹林裡生活，與住在雷族的姊姊硬生生分開的那種迷惘與失落感。她的心頓時痛了起來。這時樹走到她旁邊，她立刻感受到他傳遞過來的溫暖。

「嫩枝杈不會有事的。」他們沿著岸邊走的時候，他這樣輕聲說道。

「我會想她。」

「我知道。」樹注視著前方的天族貓。

湖對岸的林子裡有隻貓頭鷹在鳴叫，那聲音迴盪水面，最後被一陣風捲走。風裡有雨水的氣味。紫羅蘭光蓬起全身毛髮。

「如果我們去了峽谷，我以後還會再見到嫩枝杈嗎？」她看著樹，可是他似乎有點失魂落魄，眼神渙散。他在想什麼？

前方的馬蓋先正走在葉星旁邊。鷹翅配合梅子柳的腳步，走在其他貓兒後面。馬蓋先很不高興地彈動尾巴。「我希望棘星那番話不會讓妳改變心意。」

「我答應他今晚會再考慮一下。」天族族長帶領著隊伍走在林蔭底下。

「我們必須離開。」哈利溪快步接近葉星。

貝拉葉在他們後面抽動著耳朵。「我們可以以靜制動。」

「我們不能讓其他部族欺壓我們，」沙鼻低頭頂著強風。「如果我們離開，他們會從此以後認定我們是不堪一擊的。」

「我們應該留下來捍衛我們在湖區的領地。」貝拉葉敦促道，「這也是星族對我們的要求。」

葉星哼了一聲。「星族只會害我們的日子過得更艱苦。」

斑願豎起耳朵。「星族看得比我們遠。也許只要我們再熬一陣子，終會等到和平的一天。」

「我們自己就可以在峽谷裡找到和平。」馬蓋先喵聲道。

「而且還會見到老朋友。」哈利溪打斷道，「晨間戰士看到我們回來了，一定很高興。」

「我們不需要晨間戰士，」露躍氣呼呼地說，「我們現在是真正的部族貓了，我喜歡住在林子裡，我不想住在陌生的地方。」

「等你熟悉之後就不陌生了。」馬蓋先喵聲道。

沙鼻嘟囔道：「我們不能回去峽谷，我們的未來在這裡。林子裡有豐富的獵物，而且不會再有惡棍貓的問題。只要我們讓其他部族知道，我們不是好欺負的，天族就能在這裡壯大起來。」

「我不想離開鰭躍，」梅子柳的尾巴在石頭上拍打。「如果他的親友都離他遠去，他要如何面對未來的日子？」

「他有嫩枝杈了，」馬蓋先告訴她，「再過不久，就會有自己的小貓。」

哈利溪蹣跚攀過林子下方的一塊突岩。「葉星，妳答應過我們要回峽谷老家。妳不能改變主意。妳也看到了其他部族的敵意。他們只想到自己，根本不在乎我們。難道我們就應該在乎他們嗎？」

葉星繼續往前走。她的目光一逕盯著前方，戰士們在她旁邊爭論不休。紫羅蘭光看見她父親跟在後面。他有話要說嗎？這時她身邊的樹突然毛髮賁張，扎得她很不舒服，她瞥了他一眼，發現他全身的毛都聳了起來。他是嗅到什麼危險嗎？她愣住原地，趕緊嗅聞空氣，但只有林子裡的獵物氣味。她還發現樹的耳朵也豎得筆直，似乎正在仔細聆聽什麼聲音。他的目光定住，就像有誰正走到他旁邊似的。但是他旁邊沒有貓啊。紫羅蘭光頓時全身寒顫，驚覺樹的目光呆滯，終於知道是怎麼回事。他看見鬼了！她的心跳加速，難道她四周都是鬼魂？

樹突然加快腳步，趕上其他貓兒，她也加快腳步追上去。「葉星！」他的喵聲十分急迫。

天族族長停下腳步，面對他。眼裡有憂色閃現。「出了什麼事？」

「有個貓魂跟著我們。」樹朝旁邊空蕩蕩的空間垂頭致意。

哈利溪和鼠尾草鼻趕緊後退，毛髮豎得筆直。鷹翅瞇起眼睛。

「它是誰？」葉星偏著頭。

「我不知道她的名字。」樹說得很快，彷彿有重要消息要宣布。「可是我以前見過她。她說我一定要提醒妳回颯的異象。是它帶你們回到湖邊，她說你們屬於這裡，你們必須留下來。」

馬蓋先抽動尾巴。「這根本是樹自己想像出來的，他只是害怕離開這座林子。」

樹一直看著葉星，沒有移開目光。「她說妳必須留下來。」

葉星瞪著他：「我們會來到這裡或許是靠回颯的異象指引，但這異象並沒辦法讓我們繼續留下來。我現在做出的決定必須是對現在的天族來說最好的選擇，而不是回颯生前認定最正確的那個決定。」

樹不安地看著旁邊空盪盪的空間。「她說天族必須留下來。」他語氣急迫地告訴葉星。

葉星蠕動著腳爪。「大家的意見我都聽到了，包括活著的貓和死掉的貓。」她朝樹垂頭致意。「謝謝你的關心，但我不能光憑獨行貓的異象就拿部族的前途來冒險。你並不完全真正瞭解身為一個部族貓的意義何在。雖然大家的意見都很重要，只有對部族有利的才真正算數。」葉星轉身離開，沿著湖岸走。天族貓全跟上去，不發一語。

紫羅蘭光在樹的旁邊緊張地停下腳步。「那個鬼魂還在嗎？」

「她走了。」黃色公貓垂頭喪氣地看著她。

「很抱歉葉星沒有聽你的。」要是她聽他的，天族就不必離開了。紫羅蘭光也不用離開嫩枝杈。

「這些部族從來不肯聽我的，」樹喃喃說道，「他們不需要我的協助。」

「但我聽啊！」紫羅蘭光立時警覺。他打算離開了嗎？「我向來都聽你的。你非常有智慧，心腸又好。」

他對她緩緩地眨眨眼睛。「我真希望自己能做點什麼。我原本希望能在部族裡找到屬於自己的位置，但顯然這裡沒有我的容身之處。」

她聽懂了他的意思，絕望像爪子一樣攫住她。「你可以當戰士。我可以訓練你。」

樹搖搖頭。「我得留在湖區。那個鬼魂很確定我們應該留下來。再說，我生來就是獨行貓。和你們相處的這段日子讓我更確定了自己想過什麼樣的生活，我在天族或任何部族都找不到容身之處的。要是天族決定離開，那麼恕我不便同行。」

她倒抽口氣。她一直以來最害怕的事情終於發生了。沒有他在身邊，她怎麼可能快樂的起來？「你不想跟我在一起嗎？」

「我當然想。」他的目光溫暖。「雖然我們彼此相愛，可是我不能當部族貓。」他伸出鼻口與她的輕觸。「要不妳留下來跟我一起當獨行貓？我們不需要部族。我們自己就可以過得很開心。」

紫羅蘭光吞吞口水。她就怕他跟她這樣說，因為她知道她會很想答應他。她應該答應嗎？一想到每天可以陪在樹身邊，就覺得興奮莫名，可是她怎能背叛她父親和她的部族？他們對她來說何其重要。可是樹愛她，他愛她不是因為她是他的血脈至親，而是因為她對他來說很特別。她從他看她的眼神裡感覺得出來，他的眼裡充滿期待。**他多希望我留下來。**

「我們還是可以待在湖區。」樹繼續說道，「妳不會離嫩枝杈太遠，我也會永遠陪在妳身邊。」

紫羅蘭光好想把她的鼻子埋進他的毛髮裡，直接答應他。那她就不用離開這裡，棄她姊姊而去，從此跟她至愛的貓兒在一起。可是她無法想像沒有鷹翅的生活。他缺席了她的成長過程，她不想再冒險失去他。至少不是用這種方式失去他。

而且她感覺得出來，她一想到要背棄自己的部族，胸口就像被一雙爪子揪住一樣喘不過氣來，天族畢竟是她的家。

她穩住呼吸。隊伍已經消失在森林裡。「走吧，」她故作輕鬆地說道，「我們去追他們。已經很晚了，我也累了。搞不好葉星會決定留下來，這樣我們就不必傷腦筋了。」

她快步從樹旁邊走開，追上她的族貓。她的鬍鬚微微顫抖。葉星真的會帶著天族離開湖區嗎？**我不能棄樹和嫩枝杈而去。**她身上的每根毛髮似乎都迸出恐懼的火花。**但我**

必須離開他們！她該怎麼選擇？她唯一的希望全寄託在葉星身上。也許葉星會決定不走了。她緩步走進林子，抬頭看了一眼。就在樹冠和夜空的接壤處，星星像露珠一樣熠熠閃爍。**星族，求求祢們，請讓葉星做出正確的選擇吧。**

✦✦✦

紫羅蘭光睜開眼睛，曙光滲進窩穴，她坐起來，感覺到樹還偎在她旁邊的臥鋪裡，不覺鬆了口氣。窩穴裡只剩他們兩個。她聽到外面雜沓的腳步聲，於是輕輕推他。「大家都醒了。」

他打個呵欠，站了起來。「葉星做出決定了嗎？」

「我不知道。」紫羅蘭光跳出臥鋪，抱著希望。葉星在夜裡改變主意了嗎？她會宣布天族留下來，全力捍衛他們在湖區的居住權利嗎？她衝出窩穴，等樹出來。

葉星已經站在空地上。露躍和蘆葦爪挨著彼此站著，戰士們正從四周殘破的窩穴裡低頭走出來。一陣冷風襲上紫羅蘭光的毛髮，她趕緊挨近樹，頭頂上的樹枝開始有雨水滴落。

鷹翅坐在空地遠處，腳爪塞在尾巴底下。沙鼻在他旁邊不停踱步。灰白掌、礫石掌和花蜜掌擠在窩穴外面，個個興奮地豎直毛髮。

露躍朝蘆葦爪傾身。「我們要離開了嗎？」

「葉星還沒宣布。」蘆葦爪低聲回覆。

斑願從她窩穴裡面往外窺看，瞇起眼睛，抵禦風勢。

葉星環顧殘破的營地，目光透露出堅定的決心。紫羅蘭光屏住呼吸。**不要叫我們離開。**葉星正要開口說話，一陣強風襲來，頭頂上的嫩葉颯颯作響。

「我已經想清楚對部族來說最好的決定是什麼了。」她緩緩地說道，「我決定天族離開湖區，重回峽谷。」

紫羅蘭光突然覺得胸口像被好多隻爪子緊緊攫住，無法呼吸。她瞪看著葉星，希望是自己聽錯了，更希望天族族長能看見她眼裡的失望而改變主意。但葉星態度堅定地看著族貓。強悍如她，顯然仍需要部族的支持。紫羅蘭光突然明白如果天族要離開，她就不可能留下來。她朝樹轉身，看見他眼裡的憂傷。他知道她要說什麼。她吞吞口水。

「我必須跟他們一起走。」她的聲音小到像在低語。

「我懂。」樹緊靠著她。「我會想妳的，但我必須留下來。」

鷹翅向葉星垂頭致意。「我們什麼時候走？」

「現在就走。」天族族長彈動尾巴。「沒理由再拖下去。收好你們自己的必需品，我們立刻上路。」

斑願瞪大眼睛。「我不知道雀皮有沒有那個體力長途跋涉。」

「他的族貓們會幫他。」葉星告訴她。「他已經好了，會慢慢恢復體力的。」

斑願顯得遲疑。「如果他路上累了，我們一定得停下來休息。」

葉星點點頭。「沒問題。」

斑願低頭鑽進窩穴，開始把成捆的藥草丟進空地，藥草全都已經用葉子包裹起來，再用草葉紮好。躁片衝出來，拾起一捆。「拜託幫忙扛這個。」他把它丟在哈利溪的腳下，然後又衝回去處理另一捆。這時斑願帶著雀皮緩緩走出窩穴。暗色虎斑公貓的琥珀色眼睛有點呆滯，動作遲緩。薄荷皮和馬蓋先趕緊過來幫忙，從兩邊撐住他，慢慢走向營地入口。

梅子柳走到生鮮獵物堆那裡，眼神陰鬱地拾起昨晚剩下的一隻老鼠，開始往入口走去。鼠尾草鼻也抓起一隻麻雀，跟在後面。

紫羅蘭光的腳爪像結了冰一樣無法動彈。她的鼻口抵住樹的面頰。「請幫我照顧嫩枝杈。」

「我會的。」他承諾道。

「我們絕對不能忘了彼此。」

「我永遠忘不了妳。」他眼帶愁雲。

「我愛你。」她從他身邊離開，心像碎了一樣。她快步跟在族貓後面步出營地。鷹翅輕輕地接過梅子柳遞過來的老鼠，她點頭致謝，追上沙鼻。

「不要拖拖拉拉的。」蘆葦爪催促著正停下腳步，回頭望著營地的鵪鶉掌和陽光掌。

花蜜掌繞著哈利溪跳來跳去。「峽谷很遠嗎？」她興奮地說道。

「夠遠了，」他告訴她。「妳最好別再跳了，留點體力旅行吧。」

紫羅蘭光眨眨眼睛，忍住悲傷。她就要遠離她的兩位至愛。她一想到樹獨自站在廢棄的營地裡，就不禁哽咽，可是她不能回頭看，她已經做出決定。

天族正在離開這座湖。

第十六章

風勢變了，黎明過後，才短短幾個小時，天色便愈來愈暗。雨水輕輕打在巫醫窩的窩頂上，空地空盪盪的，赤楊心從入口窺看積在空地上的霧氣。影族貓都躲在窩裡。他看見地上有水像小溪一樣繞著空地邊緣奔流，溼漉漉的松樹氣味迎面撲來。長老窩旁邊水塘裡的水快要滿出來。

他蓬起毛髮，抵禦寒氣，轉身進窩裡，穿過窩穴去嗅聞死莓籽的掩埋處。他先前趁水塘光和草心還在睡覺時，就已經篩檢過裡面的死莓籽了，發現它們都跟泥巴混在一起，看不出來有沒有少。

「你還在擔心死莓籽有沒有少掉幾顆嗎？」水塘光在臥鋪裡坐了起來。他已經徹底梳洗過自己，所以毛髮很是光亮。

赤楊心告訴過他大集會上的事。「斑願說雀皮是吃到死莓籽中毒的。」

草心在她臥鋪裡僵硬地挪動身子。「影族戰士絕不會下毒。我們是戰士，沒那麼蛇蠍心腸。我們靠爪子解決紛爭。」

「我知道。」赤楊心也不相信影族會下毒加害別的部族。戰士守則不會允許這種狡詐的伎倆。更何況他在影族營地待了這麼久，親眼看到影族貓就像其他部族戰士一樣都是可敬的。可是這件事件上的諸多巧合還是令他忐忑不安。

「天族真的要離開嗎？」草心的提問打斷了他的思緒。

「葉星說她要好好考慮，不過各部族並沒有提出什麼建設性的提議會讓她想留下來。」他覺得肚子瞬間揪緊，**星族，求求祢們，讓她決定留下來。**

「我不敢相信族長們竟然不認真看待你們所看到的異象。」水塘光爬出臥鋪。

「我也不敢相信。」赤楊心嗅聞影族巫醫貓的傷口。它們癒合得很快，而且沒有再導致發燒。「五位巫醫貓看見同一個異象，這樣的鐵證還不夠他們當機立斷，做出決定嗎？」

「他們能怎麼辦？」草心一臉不解。「虎星不可能不收回領地。我們需要更多地方狩獵。只要天族仍繼續占有我們的領地，影族就隨時有挨餓的可能。」

「其它部族也必須釋出領地啊，」水塘光爭辯道，「大家都捐一點，難道很過分嗎？至少可以分攤一些負擔。」

赤楊心心想葉星要是聽見天族是他們口中的負擔，恐怕不會很高興。但他同意這個說法，只叫影族捐地給天族，未免有失公允。「要是其他族長也願妥協讓步就好了。」

「葉星也可以妥協讓步啊，」草心直言道，「只要她同意讓影族貓在天族領地上狩獵，不就沒事了？」

水塘光皺起眉頭。「讓兩個部族在同一個地方追捕獵物，那是不可能的事。」

赤楊心心情沉重。看來似乎沒有方法讓天族繼續留在湖區，叫五大部族和平共處。

窩穴入口有黑影在動，赤楊心頓時緊張來者是誰，結果走進窩穴的竟然是虎星。赤楊心垂頭致意，**你是在指控影族偷拿你的死莓籽去毒害雀皮嗎？**虎星的話語仍在他腦海裡響起，「嗨。」影族族長還在生他的氣嗎？

「嗨。」虎星甩掉身上的雨水，環顧窩穴。「你的傷患們今天還好嗎？」

赤楊心蠕動著腳爪。「草心的傷口癒合得很好，沒有感染的跡象，而水塘光……」

虎星打斷他。「我看得出來水塘光好多了。你做得很好。赤楊心，影族非常感激你醫好了我們的巫醫貓，並在他生病的時候幫忙照顧我們的族貓。」虎星銳利的目光掃向他，裡頭沒有憤怒，只是語氣聽起來有點等不及。「我想你也該回去了。水塘光看起來氣色很好，可以重回工作崗位。」

「沒錯。」水塘光抬起下巴。

「那就好，」虎星一直看著赤楊心。「你準備要走了嗎？」

「是的。」赤楊心對著他眨眨眼睛。虎星是在趕他走嗎？

「你的部族一定很想念你，我相信他們會很高興你終於回家了。」虎星瞥了入口一眼，雨水不斷從荊棘藤上滴落。「如果你願意的話，可以等到雨停了再走。」

「謝謝你，不過我想盡快回去。」赤楊心才不在乎虎星是不是巴不得他快點走。他只覺得如釋重負，他終於能夠卸下重擔，不用再照顧影族貓了。他可以回家了。他朝水塘光點個頭。「你好好保重。」

水塘光垂下頭。「謝謝你，赤楊心，你救了我一命。」

「如果是你，你也會這麼做的。」

水塘光目光溫暖地看著他。草心坐了起來。「謝謝你這陣子以來對我的照顧。」

「我很高興我能幫得上忙。」赤楊心彈動尾巴，示意水塘光。「我今天早上幫草心的傷口敷過金盞菊了，今天晚上需要重新換藥。」

「我會處理。」

虎星仍在原地，他看見赤楊心朝窩穴入口走去，於是問道：「你需要護衛隊送你回去嗎？」

「不需要，謝謝。」赤楊心鑽出窩外。回家前，他想先去一個地方，但不想讓影族貓知道。他衝進雨中，結果意外看見莓心正從育兒室出來。

「你要走了嗎？」她眨眨眼睛看著他，鬍鬚上沾有雨滴。

「是啊，」赤楊心停下腳步。「水塘光已經好了。」鴿翅鑽了出來。「謝謝你對小影的照顧。」

「還有小穴。」莓心插話。

「別讓他淋到雨。」赤楊心交待她。

「我會的。」莓心說道，這時小影從窩穴裡跑了出來。

「你要走了？」他瞪大眼睛看著赤楊心。

「是啊。」赤楊心偏著頭，有點難過要離開這隻小公貓。

「可是我晚一點要去巫醫窩幫你欸。」

他看見小貓失望的眼神，不免跟著難過。他不喜歡看見小影這麼垂頭喪氣。「你可以幫忙水塘光啊，」他告訴他，「我相信他一定會很感激。」

小影表情沮喪。「可是我想幫你啊。」

鴿翅用尾巴把小貓圈進懷裡。「赤楊心得回去了，他的族貓需要他。」

「可是要是我又有另一個異象怎麼辦？」

赤楊心看見鴿翅的眼神一黯。「你母親知道該怎麼做。」他出聲安慰，語調雖然篤定，但心裡其實有那麼一點不安。他到現在還是不清楚小影上次看到的那個異象究竟代表什麼意思，不過的確很不祥。「你要小心點，」他邊往營地入口走去邊喊道，「乖乖待在營地裡，別忘了異象是來幫忙指引我們方向的。」

他低頭鑽進荊棘通道，快步進入林子。如果小公貓可以和星族交通，那就表示一切都會否極泰來，不是嗎？**可是為什麼我總覺得很不安？**他邊反問自己，邊往天族邊界走去。

等他穿越邊界時，身上已經被雨淋溼，鬍鬚上沾著多顆雨滴。他循著兔徑朝天族營地走去。他必須知道葉星的決定是什麼。路上沒有貓兒攔住他。不過就算遇上巡邏隊，他也會說他是要去找斑願。再頑固的戰士也不敢無緣無故地趕走巫醫貓的。

天族的氣味很淡。也許是被雨水沖淡了他們的氣味記號。他嗅聞空氣，天族營地的荊棘圍牆已經出現在斜坡後方。他以為會在這裡聞到濃烈的天族氣味，但溼淋淋的林子裡幾乎聞不到嗆鼻的天族味道。他的擔憂開始像蟲一樣在他肚子裡爬著。他們不可能一聲不響地離開吧？他從紫羅蘭光很小的時候就認識她，當年還是他找到她，把她帶回部族的。他以為就算她要離開，也會先來見他一面再走吧。他強忍住難過的心情，抱著希望，豎起耳朵，仔細傾聽天族貓的聲響。他聽見急促的腳步聲。是見習生嗎？他停下腳步，掃視林子。一隻松鼠在小徑上一閃而逝，消失在荊棘叢裡。他皺起眉頭。能在離營地這麼近的地方發現獵物，實在有點不太尋常。他快步走向入口，低頭鑽進去。

空地是空的。天族貓都在窩裡躲雨嗎？他疾步朝戰士窩走去，往裡頭窺看。陳腐的氣味迎面撲鼻。他又鑽出來，掃視營地，愈來愈不安。窩穴殘破，地上到處是刺藤，營地半毀。影族的偷襲行動顯然很徹底。小樹抵禦風暴的畫面又在他腦海裡閃現。天族不是在躲雨，他們真的走了。

他的心頓時揪緊。異象成真，恐懼像閃電擊中他全身。他記得大集會上的葉星有多憤怒。**如今影族試圖殺害我們的族貓，你們卻在事後幫他找藉口。**影族真的試圖殺害天族貓嗎？不可能。他們是可敬的戰士，絕非蛇蠍心腸的狐狸。可是斑願在雀皮的嘔吐物裡找到了死莓籽。紫羅蘭光也曾看到刺柏爪在天族獵物堆那裡鬼鬼祟祟。她們都不可能撒謊。

思緒紛亂的他快步冒雨走向巫醫窩，鑽了進去。裡面的藥草味混雜著生病的陳腐味。他環顧四周，不確定自己在找什麼。紫羅蘭光曾見到刺柏爪出現在生鮮獵物堆附近。赤楊心弓起肩膀，再度冒雨繞著空地邊緣走。他嗅聞地面，尋找生鮮獵物的氣味。他聞到老鼠味，於是停下腳步。氣味很淡，可能是被雨水沖掉了，不過地上仍有血跡，還有刺鼻的獵物氣味從地表滲出。這裡一定就是天族擺放生鮮獵物的地方。他掃視這塊地面，尋找線索。**影族的氣味？**他停下腳步，張開嘴巴，用舌頭舔聞，專注地循著隱約有的一股味道往營地圍牆走去。這兒淋不到雨，氣味比較濃烈，不過這絕對是影族的味道。他用腳爪撫過潮溼的地表，地面被足印踏得很平。他蹲下來，探看刺藤叢底下有什麼。結果竟看見地上散落著幾顆種籽，他心上一驚，將腳爪伸了進去，把它們掏出來。他立刻認出來。**死莓籽**。他在上面聞到了影族的氣味，頸毛瞬間聳得筆直。

原來是真的。

影族把死莓籽帶進天族營地！

刺柏爪？絕對不可能……他是影族副族長。紫羅蘭光一定搞錯了。也許是別的戰士先來過這裡放置死莓籽，她後來才看到刺柏爪現身此處。他全身打起寒顫，難道是虎星命令其中一隻影族貓來這裡置放死莓籽？這就是他驅趕天族的計畫嗎？

赤楊心直起身子，驚愕不已。虎星不會這麼殘忍。他雖然凶狠，但他是戰士。**可是他們全都是戰士啊**。赤楊心曾住在影族，知道他們跟雷族一樣是奉行戰士守則的部族。他無法相信在他們當中有誰能做出這種惡毒的事情，但的確有某隻貓把致命的種籽帶進天族。

他趕緊把它們埋起來，以免再有誰意外受害。隨即轉頭趕回雷族。他必須讓棘星知道這件事。

✦✦✦

「赤楊心！」他鑽進雷族營地入口，火花皮第一個看見他。她穿過空地跑了過來，腳爪在溼滑的地上濺起水花，伸出鼻口摩搓他的面頰。「你不用再去了吧？」

「不用了。」赤楊心漫不經心地眨眨眼睛，幾乎對他姊姊視而不見。他的思緒紊亂，他必須告訴棘星有關天族和死莓籽的事。

火花皮愣在原地。「發生什麼事了？」

「天族走了。」

火花皮聳聳肩。「葉星早就說過他們會離開。」

她難道忘了異象這件事嗎？她為什麼一點都不難過？「妳難道不知道這代表什麼嗎？」

「當然是從此天下太平啊。」她歪著頭，彷彿不明白他有什麼好煩心的。

「你回來了！」赤楊心還來不及回答火花皮，就聽見松鴉羽從巫醫窩那裡喊道。他在雨中用尾巴向赤楊心示意。

「我等一下就過去，我先去找棘星。」赤楊心告訴他。

「赤楊心！」錢鼠鬚從戰士窩探出頭來。「真高興看到你回來了。」

小竹、小鬃、小翻從育兒室爬出來，毛絨絨的身軀有雨珠在閃爍。

小鬃跑向赤楊心。「住在影族是什麼感覺？」

「虎星很可怕嗎？」小翻也跑過來。

赤楊心把擠在前面的小貓們用鼻子輕輕頂開。「我晚點再告訴你們。」他朝亂石堆走去。

「快點回來！」藤池在育兒室那裡喊道。「你們跑到外面淋雨，不怕得綠咳症嗎？」

「才不會呢！」小竹朝她喊回去。

「參加狩獵隊的貓怎麼就不怕得綠咳症。」小鬃抱怨道。

小貓們走回育兒室，赤楊心也趕緊跳上高突岩，停在棘星窩穴的外面。他嗅聞空氣，棘星在裡面，松鼠飛也在裡頭陪他。他低頭穿過垂生的藤蔓，甩掉身上的雨水。

「你回來了。」棘星眨眨眼睛看著他。

松鼠飛的鼻口伸向他的面頰。「太好了，你終於回來了。」

「我必須告訴你們，」赤楊心神情急迫地看著他們，「天族走了。」

松鼠飛和棘星互看一眼，彷彿想起之前的對話。

「你們好像不怎麼訝異。」赤楊心搜索著棘星的目光。

棘星聳聳肩。「昨晚葉星似乎就心意已決了。」

赤楊心沮喪不已。為什麼大家好像都不太在乎？「可是她說她會再考慮一下。」

松鼠飛瞪大眼睛，一臉同情。「她只是出於禮貌才這麼說。」

「當然，我們也希望不要走到這步田地。」棘星嚴肅地說道，「可是我們沒有選擇。」

松鼠飛貼近她的伴侶貓。「你父親能做的都做了，他甚至要讓出領地。」

棘星的耳朵不停抽動。「其他部族如果不響應，單靠我們的力量，也無法讓天族留下來。」

赤楊心瞪看著他們。他們已經準備接受天族離去的事實了嗎？難道他們忘了那個異象？「那其他部族以後怎麼辦？」

「星族會指引我們的。」棘星告訴他。

「我們又不聽祂們的勸，祂們幹嘛還費心來指引我們？」赤楊心的怒氣噴發。

松鼠飛的尾巴撫過赤楊心的背脊。「我們有聽啊，」她喃喃說道，「只是我們不能改變已經發生的事情。」

「妳可以把真相告訴其他部族。」赤楊心甩開她母親。

「真相？」棘星重覆他說的話。

「是影族趕走天族的。」赤楊心氣到全身發抖。「他們真的有跑到天族營地，把死莓籽放進獵物堆裡。」

「我知道啊，斑願在大集會上有說。」棘星語氣溫和地說道，「可是我們沒有證據，雀皮也有可能是在別地方吃到死莓籽的。」

赤楊心甩打著尾巴。「我有證據！我在天族營地的生鮮獵物堆旁邊找到了死莓籽。上面還有影族的氣味。」他得意洋洋地看著他父親。

棘星瞪著他看了一會兒，眼神一黯，帶著憂色。

「你總要做點什麼吧。」赤楊心敦促他。

「能做什麼呢？」棘星甩甩毛髮。「雀皮倖免於難。天族已經離開。就算我們去指控影族在天族的生鮮獵物堆裡下毒，也無法喚天族貓回來。」

「只會惹出更多事端。」松鼠飛打斷道。

「我們現在只剩四棵小樹，」棘星補充道，「但我們還是可以團結合作。」

「現在最重要的事情莫過於剩下的四個部族一定要團結起來。」松鼠飛附和道。

赤楊心不可置信地瞪著他們。「可是異象告訴我們，只要有一棵小樹被連根拔起，風暴就會把我們全都摧毀。」

「我們只能盡力而為！」棘星先是厲聲說道，然後又換成溫柔的口氣補充道：「星族不會拋棄我們的。」他別開目光，望向窩穴邊緣的陰暗處。赤楊心看得到他父親的毛髮全豎了起來。**原來他也在害怕！**

恐懼緊緊攫住赤楊心！**這些部族正身陷危險，但他卻無能為力。**

第十七章

「快一點！」嫩枝杈瞇起眼睛，冒雨停在坡頂，等飛掌追上來。她想帶見習生到雷族最偏遠的邊界處狩獵。鰭躍和拍掌就在坡底，他們決定要待在訓練場練習戰技。

「鰭躍還好嗎？」飛掌朝嫩枝杈走來時，還回頭瞥看了棕色公貓一眼。

「我想他只是想念他在天族的親友。」但她知道事情沒那麼單純，只是她不想討論鰭躍的事，尤其不想跟她的見習生討論，於是循著小路走進雷族領地的深處。

飛掌在她後面蹦蹦跳跳。「感覺好像只要在妳旁邊，他就特別緊張。你們吵架了嗎？」

「沒有。」嫩枝杈低頭從樹枝底下鑽過去。樹枝後面有新鮮的老鼠屎，也許這氣味會讓飛掌分神，不再追問她這些問題。

自從天族走後，鰭躍似乎魂不守舍。大集會後，他們有談過話，最後他決定留在雷族。嫩枝杈如釋重負。鰭躍當然會很沮喪他的親友都走了，於是她試圖當他的支柱，可是他就是一副沒精打采的樣子，表現得好像自己做錯了決定，變得寧願獨自進食，或者不再和族貓們分享舌頭，就提早進窩穴裡休息。如果鰭躍不試著和雷族貓打成一片，怎麼可能融入這裡的生活？但起碼他不再提生小貓的事。他是真的已經接受在他們兩個還沒準備好之前，不生小貓的這個共識嗎？嫩枝杈其實不確定問題是不是解決了。她甚至有點懷疑，鰭躍是不是在後悔沒跟天族一起離開。

飛掌停下來嗅聞老鼠屎。「我們要在這裡狩獵嗎？」她喵聲道。

「我帶妳去看一個新的地方。」嫩枝杈看見飛掌興奮到眼睛一亮，很是得意。她現在知道只要去的地方是貓兒平常很少去的，她的見習生就會想要有所表現。她需要靠一些新奇的東西來保持專注力。所以一有機會，嫩枝杈就會使出一些較為複雜的格鬥技巧或比較難抓的獵物來挑戰飛掌。

她轉向避開天族邊界。最近下的雨快要把氣味記號洗掉了，然而這些漸淡的氣味卻再次挑起她對鷹翅和紫羅蘭光的思念。她甩開這些念頭，往前奔跑。「來吧！」她朝飛掌喊道，「我帶妳去看雷族最邊陲的領地。很遠哦。」她蓬起毛髮，沿著蜿蜒的小徑疾奔，腳爪在溼黏的地面飛掠，或穿梭林間，或低身穿過刺藤縫隙。

等到抵達邊界時，嫩枝杈已經上氣不接下氣。

飛掌從她旁邊奔了過去，「這方向對嗎？」說完消失在斜坡後方。

「妳慢一點！」小路都是溼滑的泥巴。她跟著飛掌攀過斜坡，在雨中眨著眼睛眺望遠方的森林。邊界隱身在水漾的薄霧裡，而邊界再過去就是獨行貓和兩腳獸的天下。戰士很少跑到這麼遠的地方，但這裡有很豐沛的獵物。

飛掌在一棵山毛櫸的樹根附近嗅聞。她繞著樹幹轉，溼淋淋的毛髮興奮地豎成針狀。「我有聞到老鼠。」她退後幾步，蹲伏下來。

嫩枝杈很是刮目相看。飛掌在下雨天裡竟然也能追蹤到氣味，而且懂得跟獵物保持距離。嫩枝杈也在她旁邊蹲下來，循著年輕母貓的目光探向樹根間的陰暗處。

「那是一個洞。」飛掌低聲道，「我們應該等牠出來，還是挖洞進去抓？」

「妳覺得呢？」她在測試飛掌。

飛掌若有所思地皺起眉頭。「現在快日正當中了，老鼠都是睡到中午以後，」她興奮地豎起耳朵。「所以這隻老鼠一定還很睏。那我們應該挖洞，就算牠想逃，動作也不會太靈活。」

「試試看吧。」嫩枝杈知道如果讓飛掌自己去實驗，學習效果就更好。於是她放手讓這隻條紋虎斑貓去挖洞，也跳到樹根旁邊幫忙挖。這裡的土被雨水淋得很溼軟，所以很好挖掘。嫩枝杈刨著泥巴，泥水在爪間啪吱作響。

「我聞到了。」飛掌挖得更起勁了。然後突然間，她把腳爪伸進樹根底下的小洞裡。一隻老鼠急竄而出，從她爪間滑走。飛掌遲疑了一下，後腿一抬，身子一扭，撲了上去，身手矯捷地用前爪逮住，再一把拉過來，致命一咬。

嫩枝杈甩掉爪間的泥巴，「抓得好。」她為她感到驕傲。

飛掌開心地眨眨眼睛。「我們現在可以吃掉牠嗎？」

嫩枝杈搖搖頭。「要帶回去，放在生鮮獵物堆裡。」

「可是我餓了。」

「妳的族貓也……」嫩枝杈突然頓住，一個熟悉的氣味從邊界外面的林子裡飄過來。

飛掌瞇起眼睛。「妳的鼻子在抽動，妳聞到什麼了？」

「先拿枯葉把妳的老鼠埋起來，然後跟我走。」她低頭從一坨常春藤中間鑽過去，往邊界探進。

飛掌趕緊把獵物塞進樹根底下，胡亂抓了把枯葉鋪在上面。「我們可以到領地外面的地方嗎？」她快步跟在嫩枝杈後面。

「當然可以。」嫩枝杈看了她一眼，沒仔細聽她在說什麼。她確定那是樹的氣味，但他在這裡做什麼？他不是跟天族一起離開湖區了嗎？她心裡隱約燃起一線希望。要是他沒走，或許就代表紫羅蘭光也陪他留下來了。她加快腳步，走到氣味記號線後面的林子裡。

這裡的荊棘生長得很茂密，橡樹林間偶有正在抽芽的松樹。她知道這片林子會往山區綿延，這裡地處偏遠，根本無法巡邏，再加上很荒涼，難以狩獵。百合心在育兒室裡說過的故事裡頭，也曾提到這裡是狐狸和獾的天下。大片林木沿著緩坡往上分布，嫩枝杈緊張地嗅聞空氣。她聞到血腥味還有樹的氣味。他受傷了嗎？她腳步蹣跚地爬上斜坡，爪子不時在潮溼的枯葉上打滑。地面上有多塊突岩，她穿梭岩間，沿著陡升的地勢越爬越高。

「我們在找什麼？」飛掌跟在她後面。

「我想看看這裡有什麼。」樹的氣味更濃了。他一定在這裡待了好幾天。她心跳加快，也開始嗅找她妹妹的氣味。樹不可能離開紫羅蘭光，獨自待在這裡吧？她一定跟他在一起。這裡的地勢又變得平坦了，她攀過最後一塊岩石。樹叢間長著一株冬青。嫩枝杈繞著它嗅聞地面。這裡的泥地早被足印踏平。「樹？」她輕聲呼喊。葉叢裡面有毛髮輕刷而過的沙沙聲響。她瞥見枝葉在動。「是我，嫩枝杈。」

「樹？」飛掌語氣驚訝，「他不是跟天族走了嗎？」她從嫩枝杈旁邊鑽過去，嗅聞那株灌木。

「小心點，」嫩枝杈用鼻子頂開她。「妳沒聞到血腥味嗎？」

「那是我剛宰殺的獵物。」樹從灌木裡鑽出來，站在她面前，在雨中蓬起濃密的黃色毛髮。

嫩枝杈迎視公貓的目光，心噗通噗通跳。「紫羅蘭光跟你在一起嗎？」

他的眼神一黯。「她跟天族走了。」

失望頓時像顆石頭一樣壓在她肚子裡。

「進來躲雨吧。」樹帶著她穿過枝葉的縫隙。她低頭鑽進去，身上的雨水被多刺的枝葉順勢刮掉。飛掌也跟在後面擠進來。

就在臨時窩穴的邊緣處，有一隻吃了一半的兔子被擱在蕨葉臥鋪的旁邊。水滴滴答答地從窩頂滴下來，但這裡很是溫暖。

「你在這裡做什麼？」嫩枝杈搜尋他的目光。**莫非天族拒絕他同行？**

「我想留在湖邊。」樹坐下來，飛掌上前去聞那隻兔子。

「為什麼？」嫩枝杈皺起眉頭。

「我在天族沒有歸屬感。而且我猜這座湖八成很重要，因為有個死掉的戰士要我央求葉星留下來。」

嫩枝杈眨眨眼睛看著他。「那紫羅蘭光怎麼辦？我還以為你們是伴侶貓了。」

「我要她留下來陪我。」樹告訴她，「可是她執意要跟天族一起走。」

嫩枝杈知道她妹妹有多愛樹。但她心裡又想，光靠愛還不夠，除非可以廝守到最後。她想起鰭躍，心裡一陣難過。愛曾經讓他們相守在一起，但是他們從此幸福快樂了嗎？她心痛了起來，但趕緊甩開這念頭。

飛掌戳戳兔子。「我可以吃一口嗎？」她問樹。

樹聳聳肩。「妳愛吃多少就吃多少，這邊林子裡的獵物多到我抓不完。」

飛掌開心地蓬起毛髮，咬了一口。

我在天族沒有歸屬感，嫩枝杈一臉疑惑地看著樹。「所以你又開始過獨行貓的生活？」

「應該是吧。」樹蠕動著腳爪。

「我還以為你是部族的斡旋貓。」他連部族的事情都放棄了嗎？

「部族從來不肯採納我的忠告，」樹聳聳肩。「我只是在浪費時間而已。」

「浪費時間？」嫩枝杈不懂為什麼為部族花點時間，就叫做浪費時間？不過她其實也從來沒在部族以外的地方生活過。「獨自睡在灌木底下，會感覺比較自在嗎？」

「也沒有欸。」樹悲傷地看著她。「我以為重回以前的生活會比較開心，但是感覺不太一樣了。我好想紫羅蘭光，也很想念有其他貓兒陪在身邊的日子。現在自個兒狩獵不再像以前那麼好玩了。」

嫩枝杈一臉同情地看著他。他似乎找不到自己的歸屬。「我想天氣可能也有關係吧。」

樹皺起眉頭。「自從天族離開後，就一直下雨，風也愈來愈強。妳有注意到嗎？」

嫩枝杈豎起耳朵。原本輕柔的樹葉沙沙聲如今變成了劈啪呼嘯聲。

「這跟異象裡的情景一樣，」樹繼續說道，「巫醫貓們不是說小樹會被暴風雨吹倒嗎？」

嫩枝杈立時警覺。「你覺得這就是他們在異象中看見的那種風暴？」

「我不知道。但如果是的話，天族應該要在這裡。他們不是第五棵小樹嗎？」樹的琥珀色眼睛閃過憂色。「如果他們不在這裡，風暴將會摧毀所有部族。」

飛掌坐起來，舔舔嘴巴。「也許天族看見天氣變壞，就會自己回來。」

嫩枝杈看了她一眼。這場暴風雨會讓葉星重新思考自己的決定嗎？她腳爪微微刺癢。也許這場風雨真的會大到足以讓天族族長明白天族的真正歸屬其實是在湖邊。「我們可以追上去，」她看著樹，「我們可以勸她改變心意。」

「怎麼可能？」樹瞇起眼睛。「天族在湖區根本沒有容身之處。」

「你看看這場暴風雨，」嫩枝杈力勸他，「其他族長現在一定也已經開始明白天族應該待在這裡。我敢說河族領地八成已經淹水。霧星一定開始在懷疑自己的決定是不是錯了。雨勢要是再大下去，所有族長都會改變心意的。他們可能就會明白他們的確需要讓出部分領地。」

樹看起來沒有被說服。「這天氣也有可能不會壞到讓他們改變心意。雖然有異象佐證，不過他們在大集會上都挺頑固的。」

「梅掌和鷹掌認為天族應該留下來，」飛掌告訴他們，「河族的斑紋掌和兔掌也這麼認為，只有族長們想要他們離開。」

嫩枝杈的心裡浮起一線希望。「如果我們能說服各部族裡的貓兒發聲表達意見，也許就可以讓族長們改變主意。」

樹歪著頭。「光是說服其他族長還不夠，我們得先說服葉星。」

「她應該能明白事理吧？」嫩枝杈想像天族現在正在滂沱大雨中舉步維艱地前進。

飛掌一臉若有所思。「我們可以從各部族徵召貓兒一起去找天族，告訴他們我們希望他們住在湖區。」

嫩枝杈熱切地點點頭。「等我們帶他們回來之後，我們再說服其他部族讓他們留下來。」

樹的表情若有所思。「我想如果有足夠多的貓兒支持天族留下來，族長們勢必得改變決定，順應民意。」

嫩枝杈喵嗚笑了。這是她這幾天以來第一次覺得充滿了希望。到時鷹翅和紫羅蘭光就都能回來了，五大部族也都能化險為夷。「太好了，」她喵聲道，「但有件事我得先做。」

樹看著她。「什麼事？」

「我這次要按照規矩來，」嫩枝杈挺起胸膛。「這次不會再像隻新葉季的兔子一樣偷偷跑掉，我要先去找棘星，告訴他我們的計畫。我要先有他的同意。」

第十八章

紫羅蘭光走在她的族貓後面，她低著頭，在迎面撲來的雨勢中冒雨前進，雙耳貼在頭顱上，眼睛瞇成一條縫。自從她今天早上醒來後，就覺得噁心想吐。鷹翅帶給她吃的那隻溼淋淋的老鼠更是令她反胃。她已經搞不清楚他們走了多久，也幾乎沒在看沿路的風景。起初雀皮拖慢了大家的速度，但後來漸漸康復，於是他們無視風雨，開始加快腳程。

她的族貓們似乎也不太開心。她感覺得到他們也在舉步維艱地向前跋涉，毛髮溼淋淋地貼在身上。

哈利溪在她後面咕噥抱怨。「雨再這樣下下去，我們就要被淹死了。」

「我們應該先找個地方避雨。」梅子柳大聲喊道。

「我們到峽谷避雨。」葉星在隊伍最前面喊道。

紫羅蘭光頓時惱火，難道葉星不記得這裡離峽谷有多遠嗎?他們已經走了好幾天，天氣也愈來愈糟，但葉星卻一直不告訴他們到底還要走多久。但沒有貓兒抱怨，他們就這樣默默地跟著葉星走。**因為他們對湖區沒有太多牽掛，**她憤慨地想到。她的心好痛，她可能再也見不到嫩枝杈……還有樹。她的腳步愈來愈沉重。要是他能跟她一起走，那該有多好。這趟旅程就會變成他們倆共同的冒險。只要他在她身邊，她就不會感覺到雨勢的強勁。

「我們可以去探索前面那條小路嗎？」陽光掌的喵聲打斷她的思緒。薑黃色母貓一臉熱切地看著梅子柳，其他見習生也都轉頭看著他們的導師。

「我想應該沒關係吧。」梅子柳喵嗚道。

見習生們一看見所有導師都點頭答應，便都一鼓作氣地跑到前面。

「不要跑太遠。」鼠尾草鼻大聲喊道，這時他們已經消失在小路彎道處的突岩後面。

紫羅蘭光忍不住又想起樹，只好趕緊甩甩毛髮，甩掉對他的思念。為什麼他要留在那裡？要是他真的愛她，就應該跟她來的。這想法令她的心揪得難過。她推開這念頭，無視風雨地繼續前進。她抬頭望向山腰，強風迎面撲來，她突然認出那片覆滿金雀花叢的山坡，山腹處零星點綴著幾株赤楊木。在半山腰的石楠叢裡有塊坑地，**我就是在那裡第一次遇見他**。她的心突然好痛。她記得他當時好自以為是，哪怕那時候的她為了找針尾而心煩意亂，他還是不死心地挑逗她。後來他也幫忙她找到她那位朋友的亡魂，讓她可以在她朋友前往星族之前見上一面。往事歷歷，緊緊攫住她的心。她感到強烈的失落。莫非每隻貓兒都註定離她而去。

蘆葦爪用鼻頭推推她的肩膀。「紫羅蘭光？」

「幹嘛？」紫羅蘭光只想獨自沉溺在自己的思緒裡。

蘆葦爪被她的語氣嚇了一跳。「對不起，打擾妳了。」雨滴從她鬍鬚流了下來。

「但我們正往山坡上爬。」

紫羅蘭光這才驚覺原來隊伍已經離開山谷裡的泥濘小路，往石楠叢的方向前進。

「鷹翅已經說服葉星讓我們在坑地那裡休息一下。」蘆葦爪緊張地覷著她看，「我只是想讓妳知道。」

「對不起，我剛剛態度不好，」紫羅蘭光內疚地說，「我只是心情有點低落。」她一想到樹，就覺得傷心。她望向那塊突岩。「我們應該去告訴陽光掌和其他見習生，我們已經改道了。」

「我去通知他們。」小虎斑母貓從她旁邊跑開。紫羅蘭光追上山坡上的族貓。她好奇石楠叢那裡還留有樹的氣味嗎？**別免腦袋了**，他的氣味早在幾個禮拜前就消散了。

「紫羅蘭光！梅子柳！」蘆葦爪驚恐的尖叫聲劃破呼嘯的風聲。

梅子柳扭過頭去，紫羅蘭光也跟著轉頭，全身警覺。

蘆葦爪從雨中衝過來，毛髮倒豎。「陽光掌陷在泥沼裡，一直往下沉！」

微雲和雀皮立刻從貓群裡衝出來，往山下跑，腳爪在潮溼的草地上疾奔。紫羅蘭光也跟在後面衝，緊張到根本感覺不到雨有多大。陽光掌出事了。「其他見習生平安無事嗎？」她追上蘆葦爪，同時大聲問道。微雲和雀皮繼續向前奔，側滑繞過岩石，穿過水塘，水花四濺。

「我想應該沒事。」蘆葦爪瞪大眼睛。「他們試著要搆到她，但泥沼太深。」

「來吧！」紫羅蘭光追在雀皮後面，微雲已經消失。然後紫羅蘭光一個急轉彎，山谷就豁然開朗，眼前一大片泥地。她看到花蜜掌和鶺鴒掌踉蹌站在泥沼邊，毛髮倒豎。礫石掌和灰白掌站在他們後面，小小的腳爪深戳進地表。

「救命啊！」陽光掌驚恐大叫，聲音迴盪山谷。紫羅蘭光看得到那顆薑黃色頭顱正費力地抬高，深怕被黏溼的棕色泥沼吞沒，一隻沾滿汙泥的腳爪伸在外面胡亂揮打。紫羅蘭光心中一驚。見習生越是掙扎，便下沉得越快。微雲已經跑到鶺鴒掌那裡，從旁邊衝了過去，奮不顧身地想跳進泥沼裡。

「不要跳進去！」雀皮及時張嘴咬住她尾巴。公貓大病初癒，雖然消瘦不少，但仍有足夠力氣將微雲從爛泥巴裡拉出來。

「我們得救她出來！」微雲朝他轉身，眼神狂亂。

紫羅蘭光掃視山谷，一定有什麼方法可以安全地搆到快要溺死的見習生。她後方響起腳步聲，鷹翅停下來，甩甩身上的雨水。他循著她的目光，尾巴不停抽動。「快去找根棍子！」他大吼，「一根長到可以搆到她的棍子。」

花蜜掌眨眨眼睛看了他一會兒，隨即衝上山坡的小樹林裡。鶺鴒掌和雀皮也追在後面。鷹翅緊跟在後。紫羅蘭光快步跑到泥沼邊的微雲那裡，身子緊緊挨著白色母貓，爪子在溼滑的泥地底下摸找硬實的地面，再把爪子戳進去，然後往前探身，目光緊盯著陽光掌。「不要掙扎！」她下令道。

「可是我在下沉！」陽光掌驚恐地尖聲說道。

她旁邊的微雲緊靠著她。「把妳的腳爪伸出來，」她喊道，「就像在面對狐狸一樣無所畏懼。」

陽光掌絕望地看著她母親，然後從泥沼裡緩緩地伸出一隻前爪，再咬牙費力地舉起另一隻。

「雀皮去找木棍了，」微雲喊道，「我們很快就會救妳出來，妳要保持冷靜。」

紫羅蘭光看得出來陽光掌正強忍住慌張的念頭。那雙驚恐的眼睛閃現出決心。「妳做得很好。」

梅子柳和貝拉葉從突岩旁邊衝過來，來到泥沼邊，族貓們跟在後面。葉星從他們旁邊擠過來，驚恐地看著陽光掌。「你們搆得到她嗎？」

「泥沼太深了。」紫羅蘭光回報道。

微雲看著天族族長。「鷹翅去找棍子了。」

「我們找到了。」花蜜掌從山坡處跑下來，彈動尾巴，指向那片林子。雀皮和鷹翅正在溼漉漉的草地上拖拉著一根棍子。

「快一點！」微雲目光不敢離開陽光掌。泥沼裡的小貓陷得更深了，已經淹到她的脖子，她只好高舉鼻頭，腳爪不停地胡亂揮打，盡量讓鼻頭高過於泥沼。

木棍突然擦過紫羅蘭光的後腳，她趕緊讓開，讓鷹翅把木棍從她旁邊推過去。雀皮隨即調整木棍的方向，紫羅蘭光幫忙用腳爪穩住。

「快一點！」微雲的身子一直往前探，因為陽光掌的耳朵已經沒入泥沼，她巴不得朝她的小貓挨近一點。見習生嗚咽一聲，泥沼淹過她眼睛，連鼻口也消失在視線裡。

「快抓住棍子！」雀皮把棍子推近。

她聽到了嗎？紫羅蘭光屏住呼吸，只看得到陽光掌那雙伸在泥沼外面的腳爪慌亂地撞擊那根木棍。絕望的見習生突然用爪子勾住木棍尾端，把自己撐了起來，鼻口破出泥水，然後一個扭頭，張嘴咬住木棍，兩隻腳爪環抱住它。

「快拉回來！」鷹翅下令。紫羅蘭光趕緊把爪子深戳進樹皮，跟著雀皮和鷹翅死命地將木棍拉回地面。但那泥沼像饑餓的狐狸一樣緊緊攫著陽光掌不肯放。還好她拚了命地巴住木棍。見習生的眼皮被泥水黏住，眼睛根本無法睜開。花蜜掌和鶺鴒掌也幫忙使力拉。滂沱的雨水沖掉了黏在陽光掌毛髮上的泥巴，然後是腰腹和後腿，終於慢慢脫身。嗆到泥水的見習生邊咳邊哽咽，最後大家一個使力，猛地一拉，泥沼終於屈服放手。微雲一等到可以搆得到她，立刻一把抓住她那沾滿泥汙的頸背，拖上草地。陽光掌癱在地上，渾身發抖，微雲忙不迭地舔掉她眼睛上的泥巴。

天族貓望著那片泥沼，不安地竊竊私語，溼淋淋的毛髮豎得筆直。

葉星快步繞過邊緣。「她還好嗎？」

斑願從她旁邊衝過來，耳朵貼在陽光掌的胸口上，聽了一會兒，才用後腿坐下來，表情如釋重負。「她不會有事的。」

陽光掌撐起身子站起來，用力咳出泥水。梅子柳趕緊跑到她旁邊，緊張地質問道：「妳跑到這裡來幹什麼？」

微雲用鼻子頂開暗灰色的母貓。「這地方這麼陌生，她怎麼知道泥巴會這麼深。」

梅子柳看著微雲，琥珀色眼睛溢滿恐懼。「我們來這裡做什麼？我們離開了湖區，這裡也不知道是哪裡，離峽谷也還好遠。這種天氣根本不該出外跋涉，難怪星族不要我們走。」她朝族貓們轉頭，只見他們全緊挨著彼此。

鷹翅冷靜地看著她。「我們很快就會抵達峽谷，到時就安全了。」

「很快？」哈利溪哼了一聲。「我還記得當時我們花了好久的時間才抵達湖區，一路上折損了多少戰士！天知道這一次又會遇到多少困難和險境！」

「而且誰知道等我們到了峽谷會碰到什麼？」梅子柳補充道，「我們已經離開了好幾個月，搞不好早有狐狸住進去。」

「或者獾！」馬蓋先擠到前面來。

陽光掌全身發抖地看著他。「我想回家。」

一直若有所思聽著他們發表意見的葉星，終於甩打著尾巴說道：「我們是要回家。」

「不是回我們的家。」鵪鶉掌眨眨眼睛看著她。

「我們只想住在湖邊，哪裡也不想去。」花蜜掌喵聲道。

陽光掌甩掉耳朵裡的泥水。「我們是在湖邊出生的。」

葉星豎起頸毛。紫羅蘭光心跳加快，她看見天族族長的眼裡有怒火在燃燒。「這不表示你們就必須死在那裡！」她不客氣地說道，「我們在湖邊什麼也沒有。沒有領地！沒有獵物！沒有尊重！每一口食物都得靠自己拚死拚活地去爭才吃得到。這真的是你們想過的生活嗎？被他們當成惡棍貓一樣？難道你們忘了自己是誰嗎？你們是天族！湖邊從來不是我們的家。星族只為了某個預言就要我們待在那裡，但那預言完全不關我們的事。更何況四大部族一點也不尊重我們，我們為什麼就該為他們自我犧牲？」

梅子柳不安地蠕動身子，哈利溪和馬蓋先互看一眼。貝拉葉和蕁水花也緊張地環顧四周。

紫羅蘭光看著族貓們，一顆心不由得揪緊。陽光掌全身髒汙，斑願的眼神呆滯疲憊，躁片渾身發抖。「一切都會否極泰來的，」紫羅蘭光突然抬高音量，很驚訝自己竟然出聲發言。「別忘了，我們是天族。不管我們身在何處，碰到什麼難關，都能一起面對。」葉星眨眨眼睛看著她，紫羅蘭光繼續說道，「我這輩子認識的第一個真正部族是天族。雖然我在影族長大，但是它分崩離析，貓兒們互相為敵，遇到問題時，表現得跟惡棍貓沒什麼兩樣。但天族不一樣。你們接納我，歡迎我。你們教導我如何克服最艱難的困境。你們失去了家園，失去了彼此，但又重新找回彼此，繼續前進。我以身為天族貓為榮。除了天族，我哪裡也不想去。」她環顧那一張張天族貓的臉。她看見他們疲憊的眼裡燃起希望的火花，心裡無比快慰。

「我們走吧。」葉星彈動尾巴，不再那麼憤怒，取而代之的是更堅毅的決心。她緩步爬上泥沼後方的草坡，朝那一大片石楠前進。

鷹翅隨即跳到她後面跟上去，其他天族貓也追在後面。微雲扶著陽光掌，帶她往坡上爬。紫羅蘭光回頭看了那片泥沼一眼。那根救了陽光掌一命的棍子早已被雨水沖刷乾淨。

她緩步跟在族貓後面，這時斑願走到她旁邊。「妳想雨明天會停嗎？」紫羅蘭光低聲問道，同時看了陰沉的灰色天空一眼。

「我從沒見過這麼陰暗的天色，」坡頂後方的灰雲往天邊蔓延成黑壓壓的烏雲。「看來雨勢只會更大。」

紫羅蘭光強忍住發抖的衝動。正在爬坡的她看見有水從草地上奔流而下。這場暴雨恐怕短時間內還不會停。可是她剛說的都是真話。只要有族貓在身邊，她什麼都不怕。樹已經離他們遠去，雖然失去他對她來說就像心裡壓著一塊石頭，但她知道自己必須繼續前進。

哪怕這代表她再也見不到他。

第十九章

赤楊心很高興終於走到影族邊界。邊界另一頭會比較好避雨，因為那裡的松樹取代了橡樹，樹冠較為濃密。雨勢前所未見的大，雨水沿著樹枝和樹幹流竄而下，腳下的林地被踩得噗吱噗吱響。

他停下腳步，沿著氣味線查看，沒看到巡邏隊，他索性跨過它。要是有貓兒質疑，他就說他要去影族檢查水塘光的傷口。他沒有必要告訴他們，他是想去請教巫醫貓幾個跟他的族貓有關的問題。

他一直想查清楚雀皮是怎麼中毒的，可是棘星不願在這件事情糾結。赤楊心不肯就此罷休。雖然受害者已經康復，而且也離開了，但那個兇手還逍遙法外。這是很危險的。是赤楊心把死莓帶進影族營地，目前查到的線索是他放在影族的死莓似乎被帶到了天族。水塘光臥病期間有注意到什麼異狀嗎？天族離開後，他有聽到什麼流言嗎？影族裡一定有貓兒知道實情。

那幾道像爪痕劃過地表的溝渠如今溢滿了雨水。赤楊心以前從沒見過溝渠滿水位過。他渾身打起寒顫。如果影族領地有部分泡在水裡，河族不就更慘了？昨天黃昏巡邏隊回報說河流已經泛濫。如今又下了一個晚上的雨，水患八成更嚴重。**星族啊，請保佑他們**，他向星族祈禱，但他又不免覺得星族恐怕不會太同情正在受災的河族。**祂們曾試圖警告我們**，赤楊心小心經過淹水的溝渠，**五棵小樹一定要團結一心**。結果霧星選擇漠視這個警告。她以為天族走了，就不會有風暴來襲了嗎？

前方暗處有溼淋淋的身影，赤楊心停下腳步，抬起尾巴。如果是巡邏隊，一定會聞到他的氣味，跑過來質疑他。他索性耐心等候，這時黑暗中有雙炯亮的眼睛掃射過來。

「赤楊心？」苜蓿足在雨中喊他。「你在這裡做什麼？一切都還好嗎？」她快步過來。莓心和刺柏爪隨行在旁。

「我是來檢查水塘光的傷口。」他喊道。

莓心走到他面前，很是親切地眨眨眼睛。苜蓿足垂頭致意。「水塘光痊癒得很好。」她告訴他。

「太好了，但我還是想親自看看他的傷口，」赤楊心堅持道，「我以前從沒見過像他這麼嚴重的感染，所以我想去看一下傷口癒合的情況。」

「你真好心。」苜蓿足看了刺柏爪一眼。

影族副族長瞇起眼睛。「我確信水塘光可以照顧自己的傷口。」

「有些傷口他很難搆到。」赤楊心輕聲說道，「既然我都來這裡了，就讓我過去看看吧。」

苜蓿足和莓心看著刺柏爪，等他答應。黑色公貓簡慢地點點頭。「好吧。」

「謝謝。」赤楊心快步朝營地走去。他不想等刺柏爪改變主意。他快要走到荊棘圍籬時，特地回頭看了一眼。莓心和苜蓿足已經走遠，但刺柏爪仍盯著他看，眼睛瞇成一條細縫。

赤楊心甩甩毛髮，低身鑽進營地。

整座空地浸在雨水裡，空地上的樹木開闊，舉目可見天空。蛇牙和草心蹲伏在育兒室外面。石翅在營地邊緣催促肉桂掌到荊棘圍籬底下躲雨。爆發石正叼著一隻知更鳥朝戰士窩走去。棕色虎斑貓驚訝地看著他，把知更鳥丟在地上。「你來這裡做什麼？」

「我來檢查水塘光的傷口，」赤楊心告訴他。「我在外面有遇到刺柏爪，他說我可以進來。」

爆發石點點頭。「還好你來了，」他朝巫醫窩扭頭，「小影又癲癇發作了。」

赤楊心頓時緊張。他還記得小影上次的癲癇和伴隨而來的預言式惡夢：預見自己溺水。鴿翅曾告訴赤楊心，小貓的癲癇一次比一次嚴重。這表示他的異象就要成真了嗎？赤楊心衝過空地，鑽進窩穴，盡量不去擔心正在鬧水患的溝渠就離影族營地不遠。

水塘光在窩穴盡頭的一床臥鋪前面低著身子。虎星和鴿翅蹲在他旁邊，兩隻貓兒的眼神都很陰鬱。他們轉頭看見赤楊心走進來。

「小影還好嗎？」赤楊心快步走向臥鋪，往裡頭探看。小影癱在裡面，水塘光拿著青苔擦拭他，身上都溼了。

「癲癇剛結束。」水塘光迎視赤楊心的目光。影族巫醫貓看見他，似乎覺得如釋重負。

「他一發作，我就把他帶過來了。」鴿翅告訴他。

「還好我在營地裡。」虎星擔心到毛髮都豎了起來。

「小影需要百里香來安神收驚。」赤楊心喵聲道，而這時的水塘光已經朝藥草庫轉身，從裡頭掏出幾根百里香的枝葉，放在臥鋪旁邊。鴿翅拾起青苔，輕輕擦拭著小影的腰腹。

小貓動了一下，睜開眼睛。他虛弱地抬頭看，一看到鴿翅，便費力地喵嗚出聲。

「沒關係，」她的鼻口輕輕探向他的面頰。「你沒事了。」

水塘光示意赤楊心過來。「你的看法如何？他以後還會繼續癲癇嗎？」他低聲問道。

赤楊心望了鴿翅和虎星一眼。他們正往臥鋪傾身，忙著安慰小影。「我不知道，」他垂頭承認，「希望他以後不會再發作了。」

水塘光不安地蠕動著身子。「他有告訴我他最近看到的異象。」

「是下雨的那一個嗎？」赤楊心強忍住發抖的衝動。

水塘光的眼神一黯。他顯然明白那個異象所代表的致命意涵。「你認為那會成真嗎？」

赤楊心還來不及回答，小影就從臥鋪裡虛弱地喚他。

赤楊心趕緊回答。「我在這裡。」

小影的目光顯得如釋重負。「太好了，」他掙扎著想要起來，鴿翅跳進臥鋪，把他攬進她的腰腹裡。「又是同一個異象。」他小聲說道，「跟以前一樣。」

赤楊心吞吞口水。「有時候惡夢會反覆出現。」他輕聲說道。

他避開鴿翅的目光。不過他可以從她聳起的毛髮感覺得出來，她跟他一樣不認為這只是惡夢。

虎星挺起胸膛。「小影，你只是在做惡夢。」他故作爽朗地說道，「不會有事的。」

「可是我以前也有過其它異象，後來都成真了。」小影喵聲道。

「這一個不會，」虎星承諾道，「我不會讓它發生的。」

赤楊心看了影族族長一眼，發現他眼裡的懼色，於是他改變話題。「我走了之後，你有幫忙水塘光做事嗎？」他問小影。

「有啊，」小影抬起下巴。「草心的傷勢好多了，她已經搬回戰士窩。」

「這真是個好消息。」

「褐皮肚子痛，」小影告訴他，「焦毛扭到腳。還有水塘光一直在收集新鮮藥草，我有幫忙他整理藥草。」小貓很快恢復精神。「水塘光說我比一整支戰士巡邏隊還有用。」

「我早就知道你會是個好幫手。」赤楊心喵嗚道，他看見鴿翅的心情輕鬆了一點，也多少跟著鬆了口氣。

小影抽動著耳朵。「苜蓿足一直在幫我們採集藥草，她說她喜歡幫忙，還找焦毛一起加入。可是刺柏爪就沒再回來幫忙了。」

回來幫忙？赤楊心當場愣住。他不記得他住在影族時，刺柏爪有在巫醫窩幫過忙。

「刺柏爪以前有幫過忙嗎？」他輕聲問道。

「有一次你出去方便，他有進窩裡來幫忙啊。」小影解釋道，「我醒來的時候，他就在那裡挖東西。」小影朝窩穴邊緣點頭示意，那裡正好是赤楊心埋死莓籽的地方。「我問他在做什麼，他說他要把這些種籽拿去丟掉，才不會被貓兒誤食。他應該全都丟光了吧，因為後來他就沒再過來了。」

赤楊心一聽背脊都涼了。莫非紫羅蘭光沒有看錯？影族副族長確實毒害了雀皮？他看了虎星一眼。影族族長表情不安。赤楊心把百里香的枝葉推過去。「小影好像好多了。」他告訴水塘光，「不過為了保險起見，還是必須把這些藥草吞下去。」

「我也這麼認為。」水塘光動手摘下葉子。鴿翅用腳爪黏起葉子，放在小影的鼻口旁邊，小貓皺起鼻子。赤楊心從臥鋪旁邊離開，用尾巴示意虎星。「我們必須談一下。」他低聲說道。

虎星不太信任地覷他一眼，但還是跟著赤楊心走出窩穴。他蓬起毛髮，抵禦雨水。「走這邊。」虎星從他旁邊經過，朝一處可以避雨的地方走過去，那兒有花楸的枝葉垂生在營地圍籬上方。

赤楊心快步跟在他後面。「你記得那場大集會嗎？」他急迫地嘶聲說道，「紫羅蘭光說她看見刺柏爪在天族的生鮮獵物堆旁鬼鬼祟祟，現在小影又說他看見他把死莓籽都挖出來。」他瞪看著火星，**影族族長應該會認真處置雀皮中毒的事吧？**

虎星挺起肩膀。「影族貓不會做出這種蛇蠍心腸的事情！」他的喵聲因憤怒而變得尖銳。

「連刺柏爪也不會嗎？」赤楊心逼問他。「他以前曾是惡棍貓，記得嗎？」刺柏爪在當見習生時曾離開影族，追隨暗尾和他的爪牙們。他是在暗尾洩露出殘暴的本性之後，才洗心革面地回頭。

「你在質疑我的判斷力嗎？」虎星的頸毛豎了起來。

「不是，」赤楊心站穩立場。就算虎星護短，他也不會被他嚇到噤聲不語。畢竟這件事事關重大。「你相信他對影族的忠誠，這一點或許無庸置疑，但你有沒有想過他可能用錯了方法在證明自己的忠誠度？」

虎星的眼裡閃過疑色。赤楊心頓時如釋重負，因為這使他確信影族族長並不知道刺柏爪的計畫。虎星眨眨眼睛。「不管你是不是認定這件事是刺柏爪做的，我都不在乎。這攸關信任問題。影族貓必須信任自己的族貓。再說，這是天族和影族之間的糾紛，而天族已經走了，所以這件事到此結束。」

「可是如果刺柏爪有能耐做出這種惡毒的事……」

虎星打斷他。「這干你什麼事？」他的鼻口伸向赤楊心。「雷族貓幹嘛那麼愛管影族的家務事？」

赤楊心迎視他的目光。「你難道不在乎你的部族裡出了一個兇手？」

「沒有貓兒被謀殺，」虎星緩緩收回鼻口。「是棘星叫你來的嗎？」

「棘星就跟你一樣叫我別插手管。」赤楊心告訴他。

但虎星沒聽進去。「棘星就是愛管閒事。雷族應該要學會不插手別族的家務事。」

「所以你要放任你的貓兒打破戰士守則？」赤楊心瞪看著他。虎星不能就這樣放過刺柏爪。

「我想你應該離開了。」虎星的喵聲冷漠。

「可是我還沒檢查水塘光的傷口。」

「水塘光很好，你剛也看到了。」虎星彈動尾巴，示意蛇牙和草心，後者快步穿過空地，於是他扭頭指指赤楊心。「我要你們帶赤楊心回邊界，」他告訴他們，「他該回去了。」

赤楊心搜尋虎星的目光。他真的打算漠視這問題嗎？但虎星別開目光，赤楊心的心跟著一沉，只能垂著尾巴跟著草心和蛇牙走向入口。

草心看了他一眼。「你剛說了什麼？虎星看起來很生氣。」

「我還以為他要剝了你的皮。」蛇牙喵聲道。

「沒什麼。」赤楊心喃喃說道。他沮喪不已，為什麼沒有貓兒願意認真看待這起下毒事件？他才走到入口，荊棘便微微抖動。

刺柏爪剛好從通道裡出來。他看著赤楊心。「你準備要走了嗎？」他眼帶疑色。

赤楊心沒有回答，只是怒瞪著他。

「虎星要我們護送他回邊界。」草心告訴影族副族長。

「是哦？」刺柏爪瞇起眼睛。

「他只是要確保我的安全。」赤楊心咕噥道。

「只要有我們的允許，貓兒在影族的領地裡向來很安全的。」刺柏爪別過臉去。

✦✦✦

赤楊心回到雷族營地。他等不及想告訴棘星，小影曾看見刺柏爪帶走死莓籽。他的父親一定會處理這件事吧？堂堂的副族長怎麼可以找一個冷酷的兇手來擔任？

他快步穿過滴水的通道，掃視營地。棘星正蹲在營地圍牆邊跟蕨毛分食老鼠。嫩枝杈正在他們旁邊踱步，表情興奮，兩眼炯亮。她急迫地看了棘星一眼，似乎巴不得他快點吃完。刺爪正在溼淋淋的生鮮獵物堆裡翻找食物，藤池則在育兒室那裡呼喊小竹、小翻和小鬃。

「快進來！」她下令道。

他們站在空地旁邊的水塘邊看著她。

「我們在扮演河族貓。」小翻涉水走進泥水裡。

小鬃在他後面濺起水花。「你看，我會游泳！」但那水深根本不及他的腳爪。

「我也會！」小竹吱吱尖叫。

「你們看起來像淹死的老鼠！」藤池小心翼翼地走進雨中，雨水一滴到她，她全身毛髮就豎了起來。她快步走到水塘邊，叼起小鬃的頸背，拎在半空中，順道把另外兩隻小貓沿路趕回育兒室。

巫醫窩後面的懸崖不斷有水奔流而下，高突岩那裡也有水滴滴答答地滴下來。灰紋一臉憂心地從長老窩裡往外窺看，然後哼了一聲，又轉身回到窩裡。

「棘星。」赤楊心快步朝他父親走去，正在吃老鼠的棘星抬頭看他，這時營地入口突然沙沙作響，獅燄衝了進來，櫻桃落和蜂紋跟在後面。他們快步經過赤楊心旁邊，氣喘吁吁地停在棘星面前。雷族族長趕緊爬起來。

「我們照你的吩咐繞湖走了一圈，」獅燄上氣不接下氣地說道，「河族營地已經被水淹沒了，如今正在風族那裡避難。」

嫩枝杈衝到前面來，一臉央求地看著棘星。「這樣一來就簡單多了！」她喵聲道，「你一定要派我去把他們接回來！」

棘星用尾巴揮開她，然後對巡邏隊點點頭。「他們的情況如何？」

赤楊心走上前來，好奇地豎起毛髮，聽獅燄繼續報告：「他們全身溼透，處境悽慘，所幸全都平安無事。不過霧星非常沮喪。」

「她說星族是對的，我們早該聽祂們的話。」櫻桃落告訴他。

「事實上，她和兔星說了一樣的話，」蜂紋打斷道。「他們說要是我們可以熬過這場風雨，一定要把天族找回來。」

棘星瞇起眼睛。「他們願意跟我一樣讓出部分領地嗎？」

櫻桃落不安地抽動鬍鬚。「他們沒有這樣說。」她說道。

「可是他們兩個都說他們願意進一步討論，」獅燄補充道，「我想他們可能被說服了。」

嫩枝杈又擠到前面來。「這樣我們就有機會了。」她催促道，「星族就是要所有部族團結一心。所以要是各部族都能派一個代表跟我一起去找天族，我們就能說服天族這裡需要他們。」

赤楊心心裡燃起一線希望。「這做法對我們來說並沒有什麼害處，」他也催促道，「不過……最大的障礙還是在於虎星。」

「虎星必須接受星族的旨意。」棘星吼道。

「要是他還是拒絕讓出部分領地呢？」蜂紋問道。

「那他就得自己去跟星族解釋。」棘星對嫩枝杈點個頭。「你就從族裡挑幾位戰士，再向其他部族徵召戰士，組隊一起去找葉星，說服他們回來。」

嫩枝杈雙眼炯亮。她無視風雨地抬起鼻口，開心地喵嗚。「我一定會帶天族回來。」她承諾道。

她朝戰士窩跑開，赤楊心這時試圖捕捉他父親的目光，因為他還要跟他談刺柏爪的事情。

「你跟嫩枝杈去，」棘星告訴獅燄，「去幫忙她徵召戰士，並告訴霧星和兔星我們的決定。」

獅燄垂頭銜命離開。赤楊心上前一步。「我必須跟你談一下。」他滿臉企盼地看著他父親。

棘星瞇起眼睛。「你看起來憂心忡忡。難道你認為現在才找天族回來太遲了嗎？」

「我擔心的不是天族，」赤楊心扭頭望向高突岩。「我們去那裡談。」他領著棘星離開擁擠的生鮮獵物堆，慶幸突岩底下還有避雨的地方。

棘星不安地看著他。

「我們必須幫忙影族。」赤楊心告訴他。

「幫忙他們？」棘星一臉不解。

「小影有看見刺柏爪從巫醫窩裡挖走死莓籽，」赤楊心小聲告訴他。「紫羅蘭光說刺柏爪在雀皮中毒之前，曾在天族的生鮮獵物堆旁鬼鬼祟祟。」

「所以你確定是刺柏爪下的毒？」

「我知道一定是他。」赤楊心堅稱道，「他告訴我只要有他們的允許，貓兒在影族的領地裡就會很安全。而對影族來說，天族是不被允許待在影族領地的。這太明顯了……他對雀皮下毒，是為了警告天族。他想要天族離開，於是找到一個不用靠上戰場就能趕走他們的方法。」

棘星眼神一黯。「虎星根本不該信任他。」他吼道。

「可是他信任他啊。」赤楊心一臉企盼地看著他父親。**棘星會怎麼做呢？**

棘星別開目光。「這是虎星自己的問題，我們不能干涉別族的事。」

「你一定要介入！我找虎星談過，他不相信他的戰士會打破戰士守則。他不會處理的。」

「那你要我怎麼做？指控他的副族長涉及謀殺？」棘星不安地挪動著腳爪，「這不是我能干預的。」

赤楊心迎視他父親的目光。「影族有危險。刺柏爪曾經是惡棍貓。我們以前也看過影族讓惡棍貓主事後所得到的下場。他們有可能再次拋棄戰士守則……一旦一個部族不再奉行戰士守則，它就不再是部族了。」

第二十章

嫩枝杈的腳爪冰冷到快麻掉。黎明過後，她就跟著樹在泥地裡跋涉。夜雲、飛掌和柳光及其他隊員也尾隨在後。她好奇他們現在會不會後悔自己太輕易答應參加這次任務。她停下腳步，甩甩毛髮，又看了前方的林子一眼。她很想快點抵達那片林子，至少可以避點雨。「我受夠又溼又冷的天氣。」

樹看著她。「妳得習慣，這雨看起來沒有停止的跡象。」

嫩枝杈覷著前方暗色的天空。「希望我們能說服天族回來，否則這雨會永遠下不停。」

他們是昨天黃昏時啟程出發的，走了大半夜，才在部族領地外面的臨時營地裡休息了一下。樹還記得當初天族帶他來湖邊的那條路。他建議他們循著那條路往回走，因為天族最有可能會走這條路。

昨天他們不費吹灰之力就從風族和河族那裡找到不少志願者。貓兒們蜂擁上前，爭著參加，因為他們都警覺到天氣的惡化，所以急著想把天族帶回來，好終止這場災難。但樹堅持只有那些從以前就支持天族住在湖邊的貓兒才能加入這次的任務。嫩枝杈同意他的看法，於是從風族裡頭挑了夜雲、呼鬚和金雀尾，再從河族裡頭挑了柳光、冰翅和蜥蜴尾。

如今她回頭望著他們，只見他們全低著頭、垂著尾巴。飛掌也在他們當中，鰭躍跟獅焱還有櫻桃落殿後。嫩枝杈希望能捕捉到鰭躍的目光，但是他沒有抬眼。她很高興他自願參加，只希望這趟旅程能幫忙改善他們之間的關係。只是他始終保持距離，就像先前在營地裡一樣。她發現她還是很焦慮，萬一他們找到天族之後，他要求回天族去，那該怎麼辦？悲傷啃蝕著她的心。也許他們註定不能在一起。她相信要是換個不一樣的環境，他們的愛一定能開花結果。可是在這裡，光靠愛並不足以克服他們所面臨的問題。她對樹眨眨眼睛。「你一定很希望再見到紫羅蘭光。」

「我等不及了。」他彈掉耳朵上的雨水，但眼神一黯，帶著憂色。「我只希望在這種天氣下，我們還能趕上他們。」

風勢愈來愈大，連草地邊緣的林子也在搖晃。

柳光走到嫩枝杈旁邊。「這場暴風雨到底會變得多猛烈？」她抬高音量，蓋過風聲。

嫩枝杈瞇起眼睛抵禦強風。「我不知道，但我們必須繼續前進。」

柳光點點頭，更用力地弓起身子。

林子只能讓他們躲一下雨而已，因為很快就走出了林子。他們越過溼地，低頭穿過莎草叢，腳爪一再陷進浸水的地面。嫩枝杈看見山谷盡頭有一條轟雷路。她用鼻口指著它。「我們要去那裡嗎？」她問樹。

「沒錯，我們得沿著它朝高地方向前進，但在這之前，還得先過河。」

河還沒映入眼簾，她就聽到了河水聲。大片莎草的後方水聲隆隆，她緊張地豎直毛髮。「聽起來不像河水聲，反而像瀑布。」

柳光快步走到前面，消失在灌木叢裡，過了一會兒又回來。「水流很湍急。」她的眼裡閃著恐懼。「我不知道我們要怎麼過河。」

嫩枝杈在灰色母貓的示意下，穿過莎草叢，只見那一頭白浪濤濤，河面寬到無法一躍而過。河浪翻騰，憤怒地拍打泥濘的河岸。「我的星族老天，這要怎麼過去啊？」

「水太急了，根本過不去。」柳光覷著正跟著樹穿過莎草叢的冰翅和蜥蜴尾看。「就算是河族貓也過不了。」他的族貓停在岸邊，一臉沮喪地瞪看著白浪水沫，這時夜雲也率領著其他隊員從莎草叢裡走出來。

獅燄走到河邊。「要是我們緊抓住彼此，讓最會游泳的貓兒帶我們游過去，這樣可以嗎？」

河族貓的耳朵不停抽動。「這急流會把我們全都沖走。」

「你們看，」樹點頭示意再遠一點的河岸那裡有一棵新生的赤楊木。它垂生在河邊，幾個月前樹幹就有點斷裂，如今在這場暴風雨的肆虐下，裂縫變得更大，露出灰白色的鮮嫩木心。它被風吹得不停搖擺，腰折得更低，朝河面低垂。「如果我們爬上那棵樹，我們的重量應該重到足以把它壓折得更低，」他喵聲道，「這樣樹枝就能搆到對岸，我們就可以利用它來過河。」

那棵赤楊木看起來很脆弱，正被風吹得嘎吱作響。只要再多承載一點重量，樹幹就會折斷，變成臨時的樹橋。

夜雲渾身發抖。「看起來很危險。」

呼鬚眼裡閃著懼色。「洪水很可能會把那棵樹捲走。」

嫩枝杈眨眨眼睛看著樹。「我們可能得找別的地方過河。」

他搖搖頭。「這是唯一可以過河的地方。如果往下游找，河水會更湍急，若往上游找，河岸又太陡。」

飛掌瞪大眼睛，「要是我跌下去怎麼辦？」她小聲問道。

「我不會讓妳跌下去的。」嫩枝杈用尾巴撫著飛掌的後背。她看了其他貓兒一眼。「我們先試著把樹幹折斷，再做決定。」

樹點點頭，帶他們過去。他躍過裂開的木心處，在傾斜的樹幹上穩住身子，然後用腳爪按住樹幹，開始往下壓。「來幫幫我。」

呼鬚和獅燄也跳上去在他旁邊合力壓折樹幹。櫻桃落滑到樹幹另一頭，避開水邊，伸腳將腳爪戳進樹皮，在他們往下壓的同時，從下面往下拉。嫩枝杈趕過去幫她忙，她用後腿坐著，前爪戳進溼漉漉的樹皮裡。她聽見折斷的聲音，感覺到樹幹在動。櫻桃落趕緊躲開。嫩枝杈也低身一閃，它的枝葉應聲砸到對岸，裂縫處的木心就在樹的旁邊裂成碎片，獅燄和呼鬚及時跳下樹幹，赤楊木一陣顫抖，最後像倒地不起的獵物那樣動也不動。

嫩枝杈得意極了，它剛好橫過水面，河水從它下方奔流而過。「我們可以過河了！」這棵樹雖然不粗，卻很平坦，他們可以輕鬆地走過去，再攀過樹枝，抵達對岸。她跳上樹幹，眨眨眼睛看著隊員們。

獅鬚的毛髮凌亂，但兩眼炯亮。他跳了上去，往對岸走去，爪子戳進樹皮，身上的毛髮在風中翻飛。鰭躍也跟上去。嫩枝杈在他經過她身邊時，對他眨眨眼睛，要他放心，但他卻避開她的目光。接下來是蜥蜴尾和呼鬚登場，後面跟著其他貓兒。她等候他們逐一過河，這時樹把飛掌從旁邊推開，要她跳上樹幹。

見習生緊張地抽動耳朵。嫩枝杈用尾巴撫著年輕母貓的後背，要她別緊張。「我就跟在妳後面。」她承諾道。於是飛掌小心翼翼地前進，後面的嫩枝杈緊跟在後，以防見習生一失足，她可以立刻抓住她。河水在橋下翻騰，水花濺灑樹皮。飛掌走得很慢，嫩枝杈強忍住催她快走的衝動。因為她知道如果讓這隻小母貓按自己的步調來走，就會有最好的表現。飛掌沿著樹幹緩慢前進，尾巴不停顫抖，毛髮豎得筆直。她在快走到對岸的時候才突然加快腳步，猛地往前衝，撲進樹枝裡，再一陣亂扒地爬出來，站上對岸紮實的地面上。

嫩枝杈沿著樹幹走到濃密的枝葉處，低頭在樹枝間搜尋出口，直到看到底下的地面，立刻一躍而下，然後轉頭看看後面的樹。黃色公貓已經在過橋。他看起來從容不迫，活像對橫渡河面這種事已經習以為常。他熟練地循著嫩枝杈的路線走，最後跳下來，站在她旁邊。「這個渡河計畫太棒了。」她告訴他，同時開心地甩著尾巴。

獅鬚對樹點頭致意，很是欽佩。「我不知道獨行貓也這麼足智多謀，很懂得隨機應變。」

樹的鬍鬚興味地抽動著。「在林子裡除了戰士之外，也有其他聰明的貓兒。」

鰭躍面露不悅。「我們走吧。」他不客氣地說道，「別再浪費時間互相恭維了，我們還有路要趕。」他轉身離開，樹一臉不解地看著嫩枝杈。

她別開目光。「鰭躍說得沒錯，我們應該趕路了。」這支隊伍是她召集的，他們都聽命於她，她不能讓鰭躍左右她的情緒。

於是他們整個下午都在趕路，由樹帶著他們走到轟雷路那裡，再沿著轟雷路繼續往前走，直到轉向一大片平原，這才離開轟雷路。這時眼前的小路愈來愈陡峭，顯然直通高地。路面高低起伏不定，最後隊伍完全沒入滿山遍野的石楠叢裡。雨不停地下，風勢愈來愈強，暮色將近。全身溼透的嫩枝杈盡量不去理會已經餓得在叫的肚皮。她跟在樹後面，幾乎什麼都看不見或感覺不到，只知道雨不斷地打在臉上，還有腳下一直踩著爛泥巴。

「這裡就是我遇見天族的地方。」樹的聲音突然嚇了她一跳。她抬頭看，發現他正遠眺山腰處的大片石楠。「再來我就不知道他們會走哪條路了。」

她不安地看著他。「你想我們聞得到他們的氣味嗎？」

「這種天氣恐怕有點難。」樹喵聲道，「我們得揣測一下他們接下來會往哪裡走。運氣好的話，也許有獨行貓曾遇到他們。」

「希望如此，」嫩枝杈的心跳加快。他們都走了這麼遠的路了，該不會就這樣追丟了天族吧？她看見灌木叢裡有個可以避雨的坑地。「我們今晚可以睡在那裡。」

樹搖搖頭。「那裡的土太潮溼了，」他告訴她，「我對這裡很熟。再上面一點還有一個地方可以避雨。」他朝林子的方向點頭示意，林子就在陡坡上。

嫩枝杈緊張地看著那片林子，感覺有點遠。「有沒有近一點的地方？」

「來吧，」樹的喵聲溫柔，「等到爬上去之後，妳就會覺得很值得。」

嫩枝杈回頭看了其他貓兒一眼。他們已經累到眼神呆滯。「我們要去一個可以避雨的地方。」她告訴他們。

獅燄豎起耳朵。「很遠嗎？」

「就在林子後面。」樹告訴他，「那裡很適合狩獵，而且有一個洞穴。」

獅燄步履艱難地從她旁邊走過去，呼鬚和冰翅跟在後面，自正午以後，這是他們第一次把頭抬了起來。飛掌蹣跚走過來，嫩枝杈趕緊到她旁邊。「很快就可以休息了。」她語帶鼓勵。

鰭躍跟著櫻桃落快步走到前面，樹在前面帶路，嫩枝杈緊挨著飛掌走。年輕母貓蹣跚地走在高低不平的草地上。坡度愈來愈陡，頂著風前進的嫩枝杈用腰腹撐住自己的見習生，導引她前進。等到他們終於抵達林子，她才感覺到飛掌終於放鬆了下來。隊伍在可以遮風避雨的林子裡加快腳步。夜色正在降臨，沒多久他們就只能摸黑跟著樹前進。終於眼前豁然開朗成一片空地，這兒有塊岩石很陡峭，在山腰處形成極淺的洞穴。樹走進裡面，轉身面對其他貓兒。

渾身發抖的飛掌被嫩枝杈推進洞穴裡。這塊岩石只有一小塊地方懸空，但因為背風，所以成了很好的庇護所。

一進到裡面，飛掌便一屁股坐下來。「我餓了。」

「妳在這裡休息，我去狩獵。」嫩枝杈告訴她。

飛掌搖搖頭，「如果妳要狩獵，那我也要去。」她眼神堅定。

嫩枝杈很是驕傲。她用鼻子輕觸飛掌的頭。「好吧。」

夜雲正在洞穴後方嗅聞。「這裡很乾。」她的喵聲迴盪在岩間。

獅燄甩掉身上的雨水。「帶金雀尾去找臥鋪的材料，」他告訴她，「其他貓兒去狩獵。」他看了嫩枝杈一眼，「這樣可以嗎？」

嫩枝杈點點頭。她不太習慣經驗老到的戰士事事徵詢她的許可。她注意到鰭躍正看著她，於是滿懷期盼地迎向他的目光，但他立刻垂眼，快步離開洞穴。

「妳準備好要去狩獵了嗎？」她對飛掌眨眨眼睛。

「準備好了。」年輕虎斑貓站了起來。

嫩枝杈帶她走在林間，循著一條兔徑穿過矮木叢。夜色籠罩林子。她打開嘴巴，嗅找獵物。但哪怕是在這裡，氣味也被雨水沖掉了。她只好走進林子深處。風呼嘯穿過林間，雨水穿透樹冠灑將下來。她掃視一大片荊棘叢，沒有獵物的蹤跡。嫩枝杈疲累至極，突然有點頭暈目眩，這才明白自己已經累到無法狩獵。她還是去幫忙弄臥鋪好了。

鰭躍的身影在荊棘叢後面一閃而逝。他看起來好像正在追蹤什麼東西。

「妳去幫鰭躍好了。」她朝他的方向揮動尾巴，示意飛掌。「我去幫忙夜雲。」

飛掌快步過去找鰭躍。嫩枝杈轉身回洞穴。天族貓曾在這裡待過嗎？現在到底離他們有多遠?她來到一坨荊棘前面,停下腳步,把能帶走的蕨葉全摘下來,再用嘴咬住葉梗,拖回洞穴,丟在夜雲旁邊。

風族戰士早已在洞穴後面堆了很多蕨葉。夜雲向嫩枝杈點頭致謝後,就把其它材料鋪在蕨葉上。「我們今晚應該會睡得很舒服。」

「太好了,」嫩枝杈喵嗚道,「如果我們想追上天族,一定得有體力才行。」

「妳想我們明天找得到他們嗎?」夜雲的眼睛在黑暗裡閃閃發亮。

「希望可以。」嫩枝杈也在想有沒有可能這麼快就找到天族。這趟旅程很是艱辛,暴風雨沒有減緩的跡象。她走到洞口,望著幽暗的林子。

樹從林子裡走出來,嘴裡叼著一隻肥美的兔子。嫩枝杈舔舔嘴巴。他朝她走來,兔子的香味跟著迎面撲來。

他把牠擱在她腳下。「要不要跟我一起吃?」

「好啊,謝謝。」她對他感激地眨眨眼睛。

他們坐了下來,輪流吃著兔肉,嫩枝杈的舌間充斥著甜美的麝香味。她終於覺得暖和多了。她身上毛髮也漸乾,總算可以蓬起毛髮抵禦夜裡的寒氣。

樹吞下一口兔肉,心滿意足地伸著懶腰。「我已經很久沒有這麼餓過了。」

「那是因為你一直住在部族裡。」嫩枝杈一邊嚼一邊說。

「也許吧。」他承認道。

「你一直都是獨行貓嗎?」嫩枝杈又撕下一口兔肉。

「是啊，」樹的眼睛在夜色裡瞪得又圓又大。「我母親在我還小的時候就離開我了，我是靠自己學會狩獵，自己學著找遮風避雨的地方。」

「你那時一定過得很辛苦。」

「應該吧，」他挪動著肚皮，「那已經是很久以前的事了，我都快忘了。」

嫩枝杈吞下兔肉。「你喜歡獨自生活？」

「我喜歡自由。」樹告訴她。「我唯一擔心的事情只有下一餐在哪裡。我喜歡無牽無掛，不過後來我遇到了紫羅蘭光。」他語氣聽起來有點懊惱，哪怕眼神仍帶傷感。嫩枝杈忍住笑意。紫羅蘭光顯然打亂了他所熱愛的獨行貓生活。「我第一次開始認真考慮成家。我想負起責任，我好想她。」他愣忡地望著林子，嫩枝杈為他感到心疼。他眨眨眼睛。「不過我們會找到她的，我一定要告訴她我的想法是什麼。」

嫩枝杈循著他的目光望過去。「我沒有辦法想像有小貓的生活，」她內疚地說道，「鰭躍想要小貓，可是我還沒準備好要放棄我的戰士生涯。」

「妳不用放棄啊，」樹提醒她，「貓后只要在育兒室裡待到小貓都斷奶就行了，不是嗎？」

「應該是吧。」是她太自私嗎？只想到自己？「可是我現在還不想去傷這種腦筋。我喜歡導師這個工作，我每天都可以從中學到很多。」

「妳還年輕，」他輕聲說道，「不用急。」

「紫羅蘭光也很年輕啊。」

「是啊，」樹的目光瞬間柔和。「可是她一直都想有自己的家。我想她一定會是一個很稱職的母親。」

「我也是啊。」嫩枝杈突然好想紫羅蘭光，從她妹妹走了之後，她就沒有再這麼感傷過。他們頓時陷入沉默。這時飛掌突然從林子邊緣的蕨葉叢裡衝出來，兩眼炯亮，嘴裡叼著一隻地鼠。

她快步朝嫩枝杈走去，將地鼠丟在地上。「我第一次試著抓，就抓到了。」她驕傲地喵聲道。

「太好了。」嫩枝杈喵嗚讚美，這時她看見鰭躍朝他們走來，嘴裡叼著一隻滿是泥水的麻雀。那隻鳥瘦巴巴的，看起來不像生鮮獵物，反倒像烏鴉的腐食。

他停在飛掌旁邊，將麻雀放在地上。「我在想我們可以一起吃這……」他覷到那隻被放在嫩枝杈和樹中間、已經吃了一半的兔子，「不過我想妳應該不想吃了。」他的喵聲憤怒。

嫩枝杈不安地蠕動身子。「我不知道你會帶獵物給我吃。樹只是問我要不要一起吃，我又剛好餓了。」

鰭躍沒在聽。他只是瞪著那隻兔子。「我想他比我清楚哪裡可以抓到最肥美的獵物，畢竟這裡以前是他的地盤。你要是對眼前的領地很熟，當然可以輕鬆地抓到獵物。」

樹冷冷地看著他。「我到哪兒都能抓到兔子。」

「你以前都是靠抓兔子來取悅紫羅蘭光嗎?還是你已經把她忘了?」

樹的頸毛聳了起來。「我不用取悅誰。」

「真的嗎?」鰭躍抽動耳朵。「你現在好像很努力地在取悅嫩枝杈嘛。」

樹一臉不屑地看了鰭躍那隻骨瘦如柴的獵物一眼。「比你努力多了,你整個旅程都對她視而不見,現在卻抓了這種東西要她吃?」

鰭躍齜牙咧嘴。「**獨行貓!**」他斷聲說道,隨即昂首闊步地走開。

飛掌眨眨眼睛看著嫩枝杈。「這怎麼回事?」

嫩枝杈沒理她,趕忙爬了起來。**鰭躍在嫉妒嗎?**她的心裡燃起一線希望。**也許他還是愛我的。**「我最好去看看他怎麼了。」

樹剛剛對他太不客氣了,不過這也是鰭躍自找的。她忍不住為他感到難過,哪怕他的態度實在很差勁。她快步穿過洞穴。鰭躍正在嗅聞臥鋪,毛髮豎得筆直。「哦,妳還是離得開樹嘛。」

嫩枝杈眨眨眼睛看著他。「你在說什麼?樹愛的是紫羅蘭光。」

他憤慨地看她一眼,走出洞穴。

「你要去哪裡?」她追在後面。「我們必須談一談。」

他開始爬上洞穴旁邊的陡壁。

「不要走開!」她沮喪地跟在他後面。

洞穴上面的林子豁然開朗成一片視野開闊的高地。陰暗的山腰上長滿石楠。嫩枝杈跟著他穿過迎風的草叢，雨水打在她臉上，她瞇起眼睛。

鰭躍走到石楠叢前面，停下腳步，朝她轉身。「我敢說妳根本不想找到天族，妳搞不好很高興紫羅蘭光走了，這樣妳就可以勾引樹，讓他注意到妳。」

嫩枝杈聽完愣住。「你腦袋有蜜蜂嗎？」她瞪著他看。「你怎麼會說出這種話？我絕對不會背叛我妹妹，也從來不會想去勾引樹。我告訴過你，他只是我的朋友。而且他不會像你對待我那樣對待紫羅蘭光！」

「自從我們離營後，妳就跟他形影不離。」鰭躍低吼。

「我要帶隊，而且我得靠他幫我帶路。」嫩枝杈火大地說道。

「我每次看到妳，妳的鼻子都貼在他耳朵那裡。」

「我們只是在聊天而已，我總得找隻貓說話吧。自從天族離開森林之後，你都不跟我說話。」她心裡很難過。「我不知道你為什麼留下來，你不是都說了你想跟天族一起走嗎？」

「我留下來是因為我愛妳！」鰭躍厲聲說道。

「你連正眼都不肯瞧我。如果那是愛的話，我情願不要！」她甩打尾巴。

「妳根本不懂愛是什麼！」他一臉責備地怒瞪著她。

「我當然懂！」他為什麼要這麼惡劣？「我很愛你啊！」

「但妳沒有愛我愛到願意為我生小貓。」

她瞪看著他，野風不停拉扯著她的毛髮。「是嗎？如果我不想幫你生小貓，你就不想要我？」

「我希望妳會愛我愛到願意為我生小貓。」他眼神受傷。

「而我卻希望你會愛我愛到願意等我。」她突然覺得好累。她受夠這樣的爭吵。

「算了，鰭躍，」雨水從她鬍鬚上滑落，「我們很快就會找到天族，到時你回去他們那裡吧。」她轉身正要走，眼角餘光突然瞄見黑影。她眯起眼睛。

一隻黑色公貓正從石楠叢裡鑽出來。他的毛髮在雨水中顯得光滑。他貼平耳朵，抵禦風勢。「嗨！」他走上前來招呼。

鰭躍緊張地弓起背。「你是誰？」

「我叫蜘蛛！」公貓停在他們面前。他似乎對鰭躍的敵意毫不在意。「我住在這附近。」

「只有你一個？」鰭躍問道。

「當然囉。」蜘蛛眨眨眼睛看著他。

鰭躍的頸毛平順下來。「你為什麼不去找個地方避雨？」

「我有啊，」蜘蛛告訴他，「可是我聞到貓味。還有其他貓兒跟你們在一起嗎？」

嫩枝杈點點頭。「其他貓在洞穴那裡。」

「我想也是。」蜘蛛坐下來，弓起肩膀，抵禦惡劣的天候。「我在這裡很少遇到這麼多貓。但最近有點怪，先前的那群貓前腳才走，你們後腳又跟上來。」

嫩枝杈愣住。「那群貓？」

「你有遇到天族？」鰭躍緊張地往前傾身。

「天族……」蜘蛛若有所思地喵嗚道，彷彿正在回想，「對啊，他們是這樣稱呼自己。」

「你是多久前看見他們？」嫩枝杈的心跳像漏跳了一拍。

「他們昨天經過這裡，」公貓說得含糊，「然後往那個方向走了。」他朝那片高地扭頭。「希望他們沒事，因為我聽說那兒在鬧水災，若是碰上就慘了。」

鰭躍瞪大眼睛。「我們快追上他們了。」他朝洞穴跑去，「我們得去告訴其他隊員。」

嫩枝杈追在他後面。「蜘蛛，謝謝你！」她轉頭喊道。

「很高興能幫上忙。」黑色公貓已經消失在石楠叢裡。

她跟著鰭躍衝下洞穴旁的陡坡，在溼滑的草地上連爬帶跌。

「我們知道天族往哪裡去了。」鰭躍已經跑進洞穴，忙著把消息告訴獅燄。「我們快追上了。他們昨天有從這裡經過。」

樹正坐在吃剩的兔子旁邊，飛掌和夜雲還有金雀尾正在分食地鼠。黃色公貓一直瞪著林子。嫩枝杈跑過去告訴他蜘蛛提供的消息時，突然注意到他眼神呆滯。他正在喃喃低語，好像在跟誰說話。

她停在飛掌旁邊。「樹怎麼了？」

飛掌聳聳肩。「我不知道欸。你們兩個跑掉後，他就變這樣了。」她又咬了一口地鼠，若有所思地嚼著。「一開始我還以為他在跟我說話，但他應該是在自言自語吧。搞不好是天氣害他變成這樣。」

嫩枝杈朝樹趨近，小心嗅聞他。「樹？」她試探性地小聲叫他。「你還好嗎？」

他朝她轉身，眨眨眼睛，目光瞬間清澈，但身體仍很僵硬。「不太好，我剛在跟一隻貓靈說話。」

嫩枝杈當場愣住。這裡也有戰士鬼魂？她不安地豎起毛髮。是那隻告訴他一定要留在湖邊的貓靈嗎？「那是誰？」

「就是告訴我要天族留在湖邊的那隻貓靈。」

她注意到他眼神的慌張。「祂還說了什麼？」

「天族出事了，」樹看起來憂心忡忡，這是他生平第一次如此緊張。「我們今晚不能待在這裡，我們必須趕過去救他們。」

嫩枝杈覺得肚子瞬間揪緊，她想起蜘蛛剛提到的水災。「那隻貓靈有告訴你是出了什麼事嗎？」

樹搖搖頭。「她不知道。」

她？是針尾嗎？嫩枝杈知道紫羅蘭光有位已故的朋友曾找過樹傳話。「她叫什麼名字？」

「我不記得了。她在世時我見過……我意思是我還在當獨行貓的時候。那時她還沒死。」樹的眼睛突然瞪大，「但老實說……她長得很像妳。我不是說她的毛色，她的毛是白的，有棕色斑點，不過她的眼睛……」他遲疑一下，背上的毛髮全豎了起來，「她的眼睛跟妳的好像。」

嫩枝杈全身寒顫。「綠色的？」她低聲道。

「就跟妳的一樣。」他又小聲說了一次。

她知道她是誰了。一隻會擔心天族的貓靈，又剛好有一雙跟嫩枝杈一模一樣的眼睛。這世上只有一隻貓吻合這個描述。她的心跳像漏了一拍。

「卵石光。」嫩枝杈的聲音哽在喉間。「哦，樹……你遇見的貓靈是我的母親。」

第二十一章

紫羅蘭光在做夢。

樹！雨停了，他躺在她旁邊的臥鋪裡。她聞著他的氣味，往他身上挨近。他用鼻子搔著她的耳朵，「我想你。」

這是她這麼多天以來第一次覺得心頭暖呼呼的。她往蕨葉裡偎，快樂到心都痛了起來，他們又安全地回到天族營地，她聽得到湖水舔食湖岸的聲響。**好奇怪！**湖怎麼會離營地這麼近呢？

「不要再離開我。」樹低語。

我不會，她試圖開口，但無法出聲，反而有水從她嘴裡冒出來，滴在樹的身上。他跳起來，驚詫地豎直毛髮。**對不起！**她想道歉，但卻有更多水從她嘴裡像泡泡一樣吐出來。樹後退，眼神嫌惡。他轉身離開，紫羅蘭光全身發冷，心頓時揪緊。

「快起來！」她被露躍的吼聲驚醒。她在雨中睜開眼睛，這才想起昨晚天族是在山上搭建營地，心裡一陣失落。

隔著微弱的曙光，她看見族貓全都倒豎著毛髮。

「淹水了！」

紫羅蘭光聽見梅子柳的尖叫聲，趕忙爬起來。恐懼流竄她全身。山坡下面原本四面環繞著泥地，如今卻積水成湖，水浪舔食著他們的臥鋪。

「水位愈來愈高了。」鷹翅繞著族貓走一圈，用鼻子頂著他們，要他們往高處去。

坡頂有一棵大榆樹在風中搖擺。族貓就是在這棵樹下紮營，因為這是他們放眼所及最高的一棵樹。附近雖然還有一棵楓樹，但比較小株，不太能避雨。但樹根處有多株小樹苗，他們原本是想在那裡紮營的。紫羅蘭光瞪看著它，後悔當初他們決定改在榆樹底下休息過夜。原來楓樹的所在位置地勢陡峭，洪水波及不到。可是現在過不去，他們被大水阻隔，被困在一座面積急速縮小的孤島上。

紫羅蘭光的腳爪像凍結了一樣無法動彈。她瞪著洪水看，只見它不停沖刷著草地，泥水翻滾奔騰。

「快上來！」鷹翅把她往榆樹的方向推，水位愈來愈高，紫羅蘭光剛剛站立的位置已經迅速沒入水中。

葉星瞪看著被大水淹沒的野地，瞪大眼睛，一臉不可置信。「星族快救救我們！」

貝拉葉突然轉頭瞪著狼狽的族長。「妳忘啦？祂們試圖警告過我們！」

「我們應該跟其他部族待在一起的。」鼠尾草鼻看見水位更高了，趕緊跳開。

露躍貼平耳朵。「誰叫妳漠視星族的警告，才會有這種下場！」

葉星眨眨眼睛看著他，眼裡閃現恐懼，語調緊張：「湖邊根本沒有我們的立足之地。」

「我們應該要繼續據理力爭。」貝拉葉不客氣地回嗆。

「結果害我們最後要被淹死在這鬼地方。」露躍的毛髮根根倒豎。

鷹翅怒瞪著他的族貓。「不要怪葉星！她是為了部族好，她怎麼可能預知未來？」

鼠尾草鼻咕噥道，「星族就預知到啦！」他朝那幾株小樹苗點頭示意。「你看！」

紫羅蘭光循著他的目光望過去，發現有五株小樹苗長在楓樹底下。

「祂們警告過我們。」梅子柳低聲道。

「祂們知道如果我們離開，會有什麼下場。」沙鼻緊張地來回踱步。

斑願擠到族貓前面。「那五株小樹苗都沒事，」她朝它們的方向彈動尾巴。「全都沒被這場暴風雨摧毀。」

鷹翅抬起鼻口。「她說得對，五棵小樹在暴風雨中屹立不搖，我們也挺得過去。」

鵪鶉掌的腳爪被漫上來的泥水舔到，尖叫一聲，趕忙後退。「我們會被淹死！」

鷹翅抬頭看了榆樹一眼。「我們是天族！」他吼道，「我們會爬樹！」他跳上樹幹，三兩下就爬上低矮的樹枝。

他彎身低頭看。「這裡還有很多空間。」

紫羅蘭光把陽光掌推向樹幹，這時她的族貓也趕忙過去，蜂擁爬上樹。

斑願在下面等躁片先爬。紫羅蘭光緊挨著她。「那幾株小樹真的是在告訴我們，我們不會有事？」

斑願眼神茫然地看著她。「目前看來是如此。」

恐懼攫住了紫羅蘭光。斑願也開始爬樹，紫羅蘭光回頭再看了那棵楓樹一眼。他們與楓樹之間隔著大片水域。唯有橫過這片水域，才有可能逃離洪災。

「紫羅蘭光！」鷹翅朝下面喊道。

紫羅蘭光這才明白只剩她還沒爬上樹。坡頂四周的洪水水位越升越高，一陣水浪襲來，沖上她的腳爪。最後一塊草地瞬間被吞沒，她趕緊爬上去，撐起身子，攀上樹枝，來到鷹翅旁邊。

哈利溪和馬蓋先已經跳上較高的樹枝，幫忙把其他貓兒拉上來。紫羅蘭光看見他們三三兩兩地站立在大大小小的樹枝上，活像正在樹上等夜色降臨的烏鴉。

葉星就坐在鷹翅那根樹枝的末端，凝視著滔滔洪水。「早知道我們就待在湖邊。」她喃喃說道。

鼠尾草鼻在她頭頂上的樹枝往下對著她說：「妳要是早點做出這種決定就好了。」

紫羅蘭光怒瞪他。「葉星是我們的族長，她為了保護我們，就算犧牲性命也在所不惜，」她吼道，「就算是她帶我們來這裡，也是出於一番好意。你怎麼曉得要是我們繼續待在湖邊，就不會遭遇到任何不測？」

哈利溪隔著枝葉往下方窺看。「至少我們現在安全了，」他喊道，「光是這一點，就該謝天謝地了。」

紫羅蘭光看著她父親。「大水要什麼時候才會退？」

他的眼神一黯。「得等雨停了才會退。」

梅子柳在他們頭頂上方喊道：「這雨不可能很快就停！」她扭頭望向天空。「你們看，雲那麼厚！」

厚重的烏雲漫延到遙遠的天邊，大雨滂沱到連遠處的山巒都看不清楚。

蕁水花捲起尾巴，圈住腳爪，弓起身子，抵禦雨勢。「就算我們不淹死，也會餓死在這裡。」

紫羅蘭光的肚子餓得咕嚕咕嚕叫。蕁水花的這番話令她害怕。她朝她父親挨近，「我們會找到逃脫的方法，對吧？」

他用鼻口輕觸她的頭顱。「星族不會讓我們死在這裡。」

她想要相信他，但星族曾警告他們不要離開湖邊。莫非星族早就預見會有洪水等著他們？在巫醫貓們看見的異象裡，暴風雨將小樹苗從地上連根拔起，天族也會像小樹苗一樣被摧毀嗎？

✦✦✦

已經日正當中了嗎？紫羅蘭光不確定。雲層這麼厚，根本看不出來。她只知道她的腳爪緊抓著樹皮太久了，開始有點痛，雨水又不斷打在她臉上，風不停拉扯著毛髮。她的牙齒打顫，但只能強忍住。

四周的族貓都在靜靜等候暴風雨退去，就連鷹翅的肩膀也垮了下來。

她挨近他，「我們不會有事的。」她低聲道，但就連她自己都不太相信這句話。

他看著她，眼裡閃著憐憫。「至少我找到了妳和嫩枝杈，這樣我就很滿足了。」

她的心頓時揪緊。**他覺得我們難逃一死**。「我們會再見到嫩枝杈的，」她絕望地喵聲道，「我們不會就這樣完了。」

站在樹枝末端的葉星抽動著耳朵。她看著紫羅蘭光。「妳說得對。」她語氣堅定地說道，「我們不會就這樣完了。」她坐起來，抬高音量。「天族不會死在這裡。」上方樹枝有好多張臉朝這裡張望，她繼續說道：「我們已經走得這麼遠，也出生入死過這麼多次，我們絕對不會死在這裡。」葉星站起來。「我把你們帶來這裡，這個決定也許錯了，但我絕不讓任何一隻貓兒因我犯下的錯誤而喪命。我們是天族貓。自從有部族以來，我們就靠著自己的膽識、毅力和智慧熬到現在，現在也可以。只要我們通力合作，一定可以找到方法逃生！」她抬頭望著自己的族貓，眼裡閃著決心。

馬蓋先跳到下面的樹枝。「我們游過去好了。」

「太危險了。」葉星彈動尾巴。「天族貓不擅長游泳，而且這水太急。」

洪水的水位不再上升，卻在樹幹四周洶湧奔騰。斷裂的樹枝載浮載沉地從旁邊漂過。

「我們可以跳上水上的浮木。」紫羅蘭光朝下方漂在水面上的一根樹枝點頭示意。

「我們怎麼知道它會漂到哪裡去？」鷹翅警告道。

「我情願被困在樹上，也不要在一根浮木上漂流。」鼠尾草鼻大聲說道。

要是樹在就好了，紫羅蘭光好希望他在，那她就會安心多了，**他一定會想到辦法。**

「也許我們可以從這裡跳過去。」梅子柳滑下樹幹，落在一根較粗壯的樹枝上，這根樹枝朝著楓樹的方向生長。她沿著樹枝走，「它幾乎通到對岸欸。」

葉星從紫羅蘭光旁間鑽過去，身手俐落地跳到梅子柳所在的樹枝上。她經過灰色母貓旁邊，小心走到樹枝末端。

紫羅蘭光屏住呼吸。**莫非梅子柳找到了逃生的路線？**

樹枝被葉星的重量壓得往下垂，她趕緊止住腳步，隔著樹葉查看。「還不夠長。」

梅子柳快步走到她旁邊。「應該跳得過去。」

「距離有一個狐狸身之長。」葉星反駁道，「對有些貓來說恐怕太遠。再說我們也需要一個穩固一點的起跳點，才能跳過去。」她一動，那根樹枝就跟著搖晃。

梅子柳看著對岸枝葉招展的楓樹，感覺近在咫尺。「要是楓樹的樹枝再垂低一點，就可以把缺口補起來。」

鷹翅走到她旁邊，紫羅蘭光也跟過去。她抱著希望，緊張到腳爪都微微刺癢。看上去對岸似乎變近了，但其實還有一段距離。「楓樹的樹枝質地還很嫩，」鷹翅隔著樹葉窺看，提出自己的看法。「應該很容易折彎它。」

梅子柳不耐地甩打尾巴。「我們怎麼折彎它，我們又過不去。」

葉星瞇起眼睛。「只要有一隻貓可以先過去，」她輕聲說道，「就能把它折彎。」

「兩隻貓可能更理想。」鷹翅的目光始終沒有離開楓樹。

「或者三隻。」梅子柳打斷道。

「我去好了。」鼠尾草鼻喵聲道。

「我也去。」馬蓋先從上面喊道。

「應該我先去。」鷹翅挺起肩膀。

「不行！」紫羅蘭光的毛髮聳了起來，鷹翅不能離開她。「要是你淹死了怎麼辦？」她低頭看著滾滾泥水，直覺不安。

葉星抬起鼻口。「我去。」她看著族貓，「是我帶你們來的，也要負責帶你們回去。」

「妳是我們的族長。」鷹翅眨眨眼睛看著她，「妳不能賭命冒險。」

「我有九條命可以賭。」她反駁道。「你卻只有一條。」

「我們先等等看雨會不會停。」花蜜掌驚慌的喵聲在上方響起。

「萬一妳淹死了，就救不了我們了。」哈利溪喊道。

「我不會淹死的，」葉星蓬起全身毛髮，「我們會找到方法逃出去。我們不能永遠待在這棵樹上。」她小心翼翼地往樹枝末端趨近，樹枝被她的重量壓得搖搖晃晃。

天族貓全都不發一語地看著她，只見她緊盯著對岸的楓樹樹枝，身體蹲低，繃緊後腿肌肉，然後抖了一下，縱身一躍。

紫羅蘭光感覺到樹枝正不停搖晃，葉星飛在半空中，像慢動作一樣。紫羅蘭光緊張到心揪了起來，**拜託讓她跳過去！**但葉星竟往下墜，紫羅蘭光嚇到毛髮賁張。半空中的天族族長不停扭動，想要抓住楓樹，但搆不到。她撞上水面，水花四濺，消失在水裡。

紫羅蘭光驚慌失措。她瞪著滾滾黃流，耳朵充血。

露躍在樹枝邊緣彎下身子。「我去救她！」

「不行！」鷹翅下令，「她比妳多出很多條命，妳下去的話，一定會淹死。」

紫羅蘭光喉頭一緊。「她在哪裡？」天族族長仍沒浮出水面。

「等一下。」鷹翅低頭看，每寸肌肉都繃得死緊。

一個身影破出泥水，葉星的頭顱露了出來。天族族長眨眨眼睛，望向他們，眼裡盡是驚恐。但她才吐了口氣，就又消失不見。但她又奮力泅回水面，水沫四濺。她張開嘴，又被洪水吞沒。

「我們必須救她！」紫羅蘭光驚慌失措，衝了過去，頸背卻被鷹翅咬住，硬生拉了回來。紫羅蘭光轉身怒瞪他。「你做什麼？我們不能眼睜睜看著她淹死。」

對岸突有棕色身影閃現，就在滂沱大雨裡，她看見那個身影竄進水裡，不由得倒抽口氣。**是一隻貓！他在做什麼？他可能會淹死！**她看著那隻貓潛入水裡，一下子浮上來，一下子潛進去。對方有很結實的肩膀和很寬的額頭，但又隨即消失不見。原來那是一隻公貓，他體力足以抵禦這洪流嗎？他再度破出水面，但這次是拉著葉星一起上來。他在急流裡泅泳，拖著葉星往岸邊游去。

紫羅蘭光倒抽口氣，她認出對方是誰了。她甩開鷹翅，**鰭躍？他來這裡做什麼？**她驚訝地瞪著他看，這時有更多貓兒趕到水邊，合力將鰭躍和葉星拖上岸。樹也在其中！嫩枝杈也在！哪怕雨勢很大，她還是認出了他們。她的心頓時飛揚起來。

她上方傳來興奮的歡呼聲。

「雷族派搜救隊來了！」

「蜥蜴尾也在裡面！」

「還有金雀尾！」

「所有部族都來了嗎？」

哈利溪和馬蓋先跳了下來，擠到紫羅蘭光旁邊。花蜜掌和鶺鴒掌從上方的樹枝緊張地探頭張望。

紫羅蘭光伸長脖子盯著葉星看。**她能動嗎？**鰭躍有及時把她救出來嗎？她認出柳光的灰白色虎斑身影。河族巫醫貓正用腳爪在按壓葉星的胸膛。

天族族長了無生息地躺在岸上，柳光正在急救。紫羅蘭光屏住呼吸。**請讓她活過來！**這時葉星動了一下，天族族長身體猛地一抽，頭抬了起來，咳出泥水。

「她活過來了！」鼠尾草鼻在上方興奮地吼道，葉星身子搖搖晃晃地環顧四周。

樹上傳來的歡呼聲引得對岸那群貓兒全都轉頭去看。

鰭躍一看到他以前的族貓都被困在樹上，表情顯得驚訝。但樹緩步走到水邊，朝對面的貓兒喊道：「別擔心，我們會找到方法救你們下來。」

紫羅蘭光擠過她父親身邊，急著跟樹說話：「你來了！」她欣喜不已。她本來以為她再也見不到他了。

他看見她時，瞪大眼睛。「你們都平安無事！」

「事情還沒完呢！」紫羅蘭光抬起鼻口，「我們需要你們幫忙折彎楓樹的樹枝，好讓我們爬過去。」

他點點頭，朝他的隊員轉身。沒過一會兒，樹、嫩枝杈、呼鬚和獅燄都爬上楓樹。

他們在枝椏間移動，然後走向那根下垂的樹枝，圍將上去，伸出腳爪把它往下壓。它愈來愈彎垂，這時樹用尾巴示意獅燄和呼鬚。於是他們從其他貓兒身上爬過來，先在那根樹枝上面站穩。樹枝已經被他們的重量壓得更低垂，接著他們小心翼翼地沿著樹枝往前爬，直到它完全垂在水面上。

紫羅蘭光眨眨眼睛。快成功了。她看到梅子柳所在的樹枝末端已經跟楓樹的重疊。梅子柳是第一個跨過去的貓兒。馬蓋先和哈利溪跟在後面，樹枝在他們腳下微微抖動。天族貓一個接一個地安全抵達對岸。

鷹翅將紫羅蘭光往前推。「去吧。」他低聲道。

「你先走。」她不想讓他離開她的視線。

「我不會有事的。」他告訴她，「相信我。」

她沿著樹枝走過去，越接近尾端，心裡越慌。洪水在底下翻騰，她的目光緊盯楓樹，一腳踩了過去。她一過去，便立刻朝樹幹的方向跑，但感覺得到腳下樹枝不停抖動。她心噗通噗通地跳，趕忙跳下地面，這才回頭張望，剛好看見鷹翅也平安無事地過來了。

她全身像曬到溫暖的陽光一樣如釋重負，幾乎忘了雨的存在。

過了一會兒，樹上前來用鼻子搓揉她，嫩枝杈開心地繞著鷹翅轉。

「能再見到妳，真是太好了，」樹開心喵嗚，用鼻口摩搓著她臉上每寸地方。她緊偎著他，全身溢滿喜樂。「我不想再當獨行貓了，」他告訴她，「從現在起，不管妳去哪兒，我都跟著妳。」

紫羅蘭光抽開身子，情深意切地深深看進他的眼裡。「再也不離開我？」

「絕不離開妳。」

「就算一整群貓靈勸你離開我，也不離開？」

「我保證不離開。」

她用鼻口輕觸他面頰，然後朝鰭躍轉身。「謝謝你。」

鰭躍的眼睛發亮地看著紫羅蘭光快步過來。「看來我們有及時趕到。」

「你好英勇。」紫羅蘭光眨眨眼睛看著他，「你在哪裡學會游泳的？」

「我沒有游泳，」他玩笑道，「我根本溺水了。」

「你救了葉星。」

這時嫩枝杈快步走到她旁邊，用鼻口貼住她耳朵，喵嗚出聲。「我好擔心我再也見不到妳。」

紫羅蘭光深深吸進嫩枝杈的氣味。「妳怎麼會跑來這裡？」

「我說服棘星讓我帶一支隊伍過來求葉星跟我們回湖區。」

「河族和風族怎麼也來了？」紫羅蘭光一臉不解。

「我們想要向葉星展現我們的誠意，我們全都希望天族回湖區定居。」嫩枝杈解釋道。「我們認為這是唯一能勸服她的方法。」

紫羅蘭光抬起鼻口望向天空。雨打在她臉上。「我想她已經後悔當初的決定。」

「但願如此。」嫩枝杈看了葉星一眼。躺在柳光旁邊的葉星看起來有點神志不清。「等她清醒過來，我們再跟她談。」

紫羅蘭光又對鰭躍眨眨眼睛。「我還是不敢相信你竟然奮不顧身地跳進水裡去救她。」

鰭躍聳聳肩。「這種事不管誰看到都會奮不顧身跳下去的。」

「但只有你真的跳下去。」紫羅蘭光捕捉到嫩枝杈的目光。「我終於懂妳為什麼那麼愛他了。他是真正的戰士。」

嫩枝杈看著鰭躍。**她的眼裡是悲傷嗎？**「他的確是，」她喃喃說道，「我是很愛他，很愛很愛。」

第二十二章

赤楊心強忍住發抖的衝動，沿著氣味記號線緩步前進。自從正午以來，他就在影族的邊界處跟著棘星一起等候。林子被強風吹得不停搖晃，雨水滴滴答答地從樹冠上滴落。「我們可以直接過去嗎？」

「不行，」棘星甩掉鬍鬚上的雨滴。「我們等巡邏隊來帶我們去營地。我不想還沒碰面就先劍拔弩張。」

自從赤楊心告訴棘星巫醫窩裡的死莓籽是刺柏爪偷的之後，已經又過了兩天，棘星才終於答應跟他一起到影族找虎星談。「部族之間必須和平共處，」那天早上他告訴赤楊心，「而且你說得沒錯，找一個不改惡棍貓死性的貓兒來當副族長，部族之間永遠不可能和平共處。你怎麼可能信任他？萬一他有一天當上族長怎麼辦？」

赤楊心慶幸他父親終於願意出面處理。他從棘星臉上的表情看得出來他其實對這趟任務不是很樂觀，不過隨著暴風雨的加劇，他顯然覺得不能再漠視這個問題。

赤楊心此刻正窺看著影族領地，希望能瞥到巡邏隊的蹤影。「虎星一定得聽進去我們的忠告。」他喵聲道。

「虎星很年輕，」棘星告誡道，「他曾經從影族不告而別，後來又帶著雷族的伴侶貓回來，生下了有一半雷族血統的小貓，這過去的種種一定會讓他很想在他的族貓面前有所作為。所以要他承認自己挑錯了副族長，對他來說很困難。」

「可是他必須面對自己的錯誤啊。」赤楊心敦促道，「刺柏爪曾想要謀殺另一隻貓，虎星不應該讓他逍遙法外。」

「虎星想做什麼，我們都無權干涉。」棘星眼神一黯。「我也不知道他是會承認錯誤呢？還是會繼續包庇下去？」

「他不能繼續包庇。」

「為什麼不能？」棘星掃視影族的森林。「他很具企圖心，而且他對部族忠心不二。」

腳步聲在荊棘叢後方響起，棘星豎起耳朵。

「他們來了。」赤楊心蓬起毛髮，看著爆發石、熾掌和蛇牙從灌木叢裡出來。他們停在邊界旁，蛇牙看見棘星，毛髮瞬間豎得筆直。「你們在這裡做什麼？」

「我想找虎星談一下。」棘星冷靜地看著她。

爆發石瞇起眼睛。「為什麼要找他談？」

「這場暴風雨沒害你們手忙腳亂嗎？」蛇牙吼道，「我們還以為你們在跟洪水搏鬥呢。」

熾掌歪著頭。「也許雷族領地正在出太陽。」

爆發石齜牙咧嘴。「太陽永遠照在雷族領地上。」他語帶嘲諷地說道。

棘星不耐地彈動尾巴。「我沒有時間跟你們鬥嘴，」他告訴他們，「帶我去見虎星。」

爆發石和蛇牙互看一眼。

地很大。」

「好吧，」爆發石抬起鼻口，「不過你要快一點，現在天族走了，我們要巡邏的領地很大。」

「而且有太多獵物可抓了。」蛇牙用尾巴示意棘星過來。

赤楊心緊張地豎直毛髮，跟著過去。難道影族忘了那個異象？「你們不擔心天族離開了？」

「為什麼要擔心？」蛇牙朝影族營地走去。「這是我們想要的結果啊。」

赤楊心對她的漠然很是驚訝。「那這場暴風雨怎麼辦？」他們應該看得出來異象正在成真吧？

「暴風雨總會過去的，」爆發石咕噥道，「我們又不是沒經歷過，還不都熬過來了。」

赤楊心看了棘星一眼，他的父親瞪著前方，眼神莫測高深。只有背上微微聳起的毛髮洩露出他的不安。赤楊心緩步走在旁邊，爆發石、蛇牙和熾掌在兩側護送。他覺得不樂觀，顯然影族並不後悔趕走天族。搞不好他們根本不在乎刺柏爪做了什麼。

他們跟在爆發石後面進入營地，熾掌和蛇牙隨行其後。苜蓿足和焦毛正在生鮮獵物堆旁，一邊淋雨一邊分食老鼠。空地上方垂生的赤楊木和松樹枝葉多少擋掉一點雨，但空地上還是布滿溼滑的泥巴。褐皮坐在空地邊緣，她的毛都溼了，卻沒打算移動身子，哪怕看到了棘星出現。

焦毛抬頭看，嘴裡還嚼著食物。他眨眨眼睛看著這支隊伍，趕緊跳起來站好。「棘星帶赤楊心來了。」他喊道，同時快步朝虎星的窩穴走去。

虎星緩步出來，鴿翅跟在他後面。影族族長的目光很是小心翼翼。**他顯然很好奇我們此行的目的，**赤楊心心想。

暗棕色公貓停在空地邊緣瞪著棘星。「歡迎來訪。」

棘星停在距影族族長一條尾巴距離外的地方，不安地蠕動著腳爪。「你有聽說河族鬧水災嗎？」他開口問道。

「我們有看到。」虎星告訴他。

「河族正在風族那裡避難。」赤楊心告訴他。

「他們也可以來找我們。」虎星語氣冷靜地說道，「我們現在有足夠的獵物分給失去家園的部族。」

但就是不分給天族，赤楊心把話吞了回去，目光瞥向巫醫窩。「小影還好嗎？」

「以前那個異象還是會出現，」虎星堅定地站在雨中，「不過癲癇已經很少發作，現在都是在做惡夢。」

「你一定很擔心。」赤楊心眨眨眼睛，一臉同情地看著他。

「他不會有事的，」虎星甩著尾巴，「我不會讓他離開我的視線。」

他怎能如此確定小貓的異象不會成真？「不過現在在鬧水災，難道你會……」

棘星打斷他。「我相信虎星知道怎麼照顧自己的小貓。」

這時小撲和小光蹦蹦跳跳地從育兒室裡出來，鴿翅朝他們抬起尾巴，警告他們不要亂跑，隨即將目光移向棘星，「你們此行的目的就是要跟我們說這件事嗎？」

棘星搖搖頭。「不是，我們有別的事情需要討論。」

「赤楊心！」水塘光出現在巫醫窩入口。他站在空地盡頭開心地朝他眨眨眼睛。赤楊心向他朋友垂頭致意，但沒有移動腳步。潮溼的空氣裡隱約瀰漫著一股張力。水塘光似乎也察覺到，眼神黯了下來。

虎星的目光始終盯著棘星。「到底什麼事？」

他明知故問，赤楊心不安地蠕動著腳。他上次就來這裡控訴過刺柏爪的事。影族族長八成猜到他們來這裡的目的，**不過他應該是打算讓棘星大聲說出來。**

「赤楊心告訴我，有貓兒看見刺柏爪從巫醫窩裡拿走死莓籽，紫羅蘭光事後也看見刺柏爪在天族的生鮮獵物堆旁鬼鬼祟祟。」棘星緩緩說道。

鴿翅豎起耳朵，顯然很驚訝。褐皮緩步趨近，苜蓿足停止咀嚼正在吃的鼠肉。

爆發石露出尖牙。「你是在指控我哥哥毒害雀皮？」

虎星猛力彈動尾巴，示意安靜。他的目光仍然沒離開棘星。「我以為我已經把我的立場表明得很清楚了。」他低聲吼道，「天族已經離開，糾紛已經結束。」

「虎星？」鴿翅快步走到他旁邊，「這是真的嗎？刺柏爪真的有下毒？」她不安到毛髮都豎了起來。赤楊心不由得為曾經同部族的鴿翅感到心疼。突然發現自己的新部族竟如此殘暴，對她來說一定是很大的打擊。

虎星看著她。「只有赤楊心相信這是真的。」

「是這樣嗎？」鴿翅的喵聲顫抖。

虎星顯得猶豫。

「天族也許走了，但刺柏爪還是你的副族長。」棘星冷靜地說道，「難道你不擔心你的營地裡住著一隻很擅長惡棍貓伎倆的貓嗎？甚至有一天可能取代你的位置？這就是你為影族所勾勒的未來嗎？」

虎星的眼裡有疑慮一閃而逝。

「你不能漠視這件事情，」鴿翅施壓道，「你不能讓影族又變成惡棍貓的天下，難道你沒記取上次的教訓嗎？」

虎星眨眨眼睛看著她。「妳是要我一聽見雷族的閒話，就對自己的族貓翻臉嗎？」

「這不是閒話。」赤楊心憤慨到腳爪微微刺痛。「我們有證據！」

「刺柏爪就在附近，」鴿翅望向營地入口。「他在溝渠旁邊狩獵。派貓兒過去找他回來，叫他自己解釋。」

虎星迎視她的目光一會兒，最後對焦毛點頭示意。「去找刺柏爪來。」

赤楊心看著公貓跑離營地。他等在棘星旁邊，雨水從他的鬍鬚滴落。貓兒們全都不發一語，直到有腳步聲從外面傳來。

刺柏爪一走進營地，眼神就黯了下來。

爆發石趕緊走到他哥哥旁邊，「告訴雷族貓這不是真的。」

刺柏爪沒有看著他的族貓，反而瞪著赤楊心。

「你知道我把死莓籽埋在哪裡，」赤楊心低吼，「小影看見你把它們挖出來，紫羅蘭光也看見你在生鮮獵物堆那裡鬼鬼祟祟。是你在天族的獵物裡下毒。」

爆發石緊挨著刺柏爪，但其他影族貓都沒有動靜。

「你怎麼說？」虎星低吼，「是真的嗎？」

刺柏爪貼平耳朵。「是我救了影族，讓你們不用上戰場，不用耗一兵一卒，就把領地奪回來。只有草心傷得比較重。」

「不是只有草心，」棘星憤怒地抽動尾巴。「雀皮也差點被你毒死。」

刺柏爪的目光射向虎星，眼裡首度閃現疑色。「我是為了保護我們的部族！」

「所以這是真的？」爆發石從他哥哥旁邊退開。

赤楊心表情如釋重負。**還好刺柏爪是獨自犯案。**影族戰士並沒有同流合汙。他看見爆發石對著他哥哥齜牙咧嘴。

「只有惡棍貓才會下毒！」棕色虎斑貓吼道，「你從暗尾那裡就只學到這麼下流的把戲嗎？」

鴿翅憤怒地甩打尾巴。「看來他學過頭了。」

「我對影族忠心不二，」刺柏爪眼神慌亂地環顧他的族貓。「是我救了你們，讓你們不用上場作戰。」

「我們是戰士，」虎星瞪看著他的副族長，「我們擅長的是戰場上的格鬥，不是謀殺。你不懂戰士守則嗎？」

「我是為了保護我的部族。」刺柏爪後退幾步。

赤楊心覺得於心不忍。**怎麼會有戰士出現這麼偏差的行為？**

「你不再是影族副族長，」虎星的暗色目光緊緊盯住刺柏爪。「我甚至不確定你還夠不夠格當影族戰士。」他朝褐皮和焦毛扭頭，「把他押去戰士窩，看著他。我晚點再決定怎麼處罰。」

刺柏爪的肩膀垂了下來，並在兩名戰士的押解下，走向戰士窩，不發一語地鑽了進去。

「我錯了，」虎星陰鬱地看著棘星。「我不該選他當副族長。我還以為他會因為過去追隨過暗尾而痛悟到自己更應該徹底奉行戰士守則，而不是任意違逆。」

「我瞭解你的苦心，」棘星告訴他。「你是希望影族能夠團結一心，所以願意放下成見去包容曾經叛變的貓兒。這是很了不起的行為。」

「但我還是做了錯誤的判斷。」虎星垂下頭。

鴿翅緊挨著他。「你怎麼可能知道呢？」

「我犯的錯誤不只刺柏爪這一樁，」虎星朝滂沱的雨水抬起鼻口。「星族警告的風暴現在活生生地出現了，但我已經把天族趕跑。我當時太急著想重振影族，反而漠視了祖靈們的警告。」

他後悔趕走天族！赤楊心心裡燃起一線希望。但他還來不及問虎星是否願意讓他們回來，小撲就從育兒室裡探頭出來問：「鴿翅，我們餓了，可以吃生鮮獵物嗎？」

「我去帶一些過來給你們。」鴿翅告訴灰色虎斑的小母貓。她朝生鮮獵物堆轉身，同時對小撲喊道：「你們兩個要跟小影分食一隻地鼠嗎？」

「小影不在這裡。」小撲對她母親眨眨眼睛。

鴿翅的眼神一黯，快步朝育兒室走去。「妳說什麼？」

虎星也跟在她後面，還從她旁邊擠過去，鑽進裡面。「他在哪裡？」然後又鑽出來，小撲和小光蹭在他腳邊。

「他在玩遊戲。」小光告訴他，「他假裝他有一個重要任務，他得拯救部族。小撲想跟他去，可是他說這件事必須他自己來。」

「快搜找營地！」虎星眼神絕望地望著族貓們。

鴿翅慌張地繞著小光和小撲。「他有說他要去哪裡嗎？」

小撲一臉驚駭。「沒有。」

「他只說他必須拯救我們，然後就溜出窩了。」小光告訴她。

棘星正在營地邊緣的長草叢裡搜找。焦毛快步走進長老窩裡，熾掌也在長老窩後面搜索。在戰士窩前面站哨的褐皮和爆發石也急忙離開崗位，嗅聞地面。

赤楊心望向入口通道。小貓怎麼可能偷偷離開，卻沒被貓兒發現？他突然想到那個供貓兒方便的穢物通道，於是趕緊過去查探。他繞過戰士窩後面，驚見有黑色身影沒入暗處。他驚訝地瞪大眼睛，那個毛色暗到不像是小影啊。**是誰開溜了？**他快步走向那條狹窄的穢物通道入口，結果聞到刺柏爪的氣味。前任影族副族長散發出濃濃的恐懼氣味。「刺柏爪跑了！」赤楊心衝回空地。

正心煩意亂的虎星看了他一眼。「讓他走吧！」他毫不留情地說道，「我們部族不需要像他這種惡棍貓！」他從爆發石旁邊擠過去，嗅聞那條通往入口的泥濘小徑，毛髮頓時賁張。「小影是從這裡走的。」他循著那條小路，鑽進地道，然後又衝回來。「他跑出營地了。」

「我沒有注意到他跑出去了。」鴿翅眼神內疚。

「也許我們應該派貓兒去風族求援。」棘星提議道。

褐皮跳到她兒子面前。「我去！」

虎星對龜殼色母貓點頭答應。「好……快去風族告訴他們小影不見了，告訴兔星和霧星務必找到他。他……」聲音幾近耳語，「……他有危險。」

褐皮衝出營地。赤楊心看著他父親，但棘星一逕注視著虎星。影族族長的眼裡布滿恐懼。「我們會找到他的。」棘星承諾道。虎星不發一語地瞪著他看。赤楊心喉頭哽咽，於心不忍。「虎星，你要有信心。」棘星繼續說道，「只要各部族通力合作，一定可以找到他。」

第二十三章

嫩枝杈隔著雨勢瞪看。天色暗了下來，夜色降臨，她的鼻間充斥著天族的氣味。他們都擠在她後面，就待在樹找到的那處洞穴裡，慶幸自己終於不用淋雨，可以重回湖區了。但她還是不安地蠕動著腳爪。她和鰭躍從積水的高地回來的這一路上都沒有跟對方說過話。他以前的族貓一直擠到他旁邊，讚美他英勇拯救了葉星，並忙著分享路上的驚險經驗。

等到他們終於抵達洞穴時，竟發現先前準備的臥鋪都還在，還好有洞穴擋雨，臥鋪都還是乾的，只是需要多製作幾床臥鋪，不過所幸空間還夠。哪怕林子裡剛拖來的臥鋪材料是溼的，還是可以趕在他們過夜睡覺之前變乾。

「嘿！」

有毛髮從她腰腹輕刷而過，她轉頭看見鰭躍來到旁邊。她的心痛了起來。她以後還有機會跟他站得這麼近嗎？「嘿！」

他看著她，黃色眼睛顯得猶豫。「對不起。」

「對不起？」她驚訝地看著他，「為什麼說對不起？」

「因為我誤會妳跟樹走得太近。」她回頭看了一眼，紫羅蘭光正在幫天族見習生整理臥鋪，飛掌也在幫忙，後者興奮地在教花蜜掌怎麼用腳爪來弄鬆蕨葉。「我當時太生氣了，我並不是故意……」

「沒關係，」她打斷他，「真的沒關係啦，反正……」

他一臉疑惑地偏著頭，「反正紫羅蘭光回來了？」

「我是說反正我們已經找到天族，」她把臉轉向林子，「你應該會回到他們那裡。」

「回去天族？」

「因為如果我不跟你生小貓，你還不如回去天族。」悲傷迷濛了嫩枝杈的雙眼。她應該改變心意嗎？跟他生小貓好像也不錯。

「可是我以為妳愛我。」他語氣驚訝。「妳告訴紫羅蘭光妳很愛我。」

「我是很愛你，」她輕聲說道，「但還不夠，因為我沒有要跟你生小貓，搞不好以後也不會。」

鰭躍看了自己的腳爪一眼，「我們忘掉生小貓的事，好嗎？」

她驚訝地眨眨眼睛。「忘掉？」

「我錯了，嫩枝杈。再度見到天族讓我明白……我雖然很愛我的父母和兄弟姊妹，但我更愛妳。如果妳不想有小貓，我們就不生。沒有他們，我也活得下去，但沒有妳，我活不下去。」

嫩枝杈瞪著他看。「真的嗎？」

「真的。」鰭躍的眼裡是滿滿的愛意。「我一直覺得自己受到傷害，卻其實是我一直在傷害妳……或者說我一直在傷害我們這段感情。」

「可是下次要是你又覺得沮喪，」嫩枝杈寒著臉問道，「會不會又要跟我冷戰？」

「不會了，下次有問題，我們就好好溝通，不再吵架。」鰭躍態度嚴肅地注視著她。「嫩枝杈，這幾天我一路看著妳，覺得妳真的很不簡單。妳說服了棘星讓妳率領一支隊伍前來這裡，還找到了方法讓天族願意再回到湖區。我何其有幸能有妳為伴。我保證我不會再傷害妳了。」

她看著他，心裡燃起一線希望。「所以就算我沒有跟你生小貓，你也不介意？」

「沒錯，」他傾身向前，「我很抱歉給妳這麼大的壓力。我猜是因為離開天族遠比我想像得難多了，我發現我跟雷族一點血脈關係也沒有，然後我就忍不住想念過往的一切，反而忘了珍惜我原本就擁有的。妳聽我說……」他又扭頭看了天族一眼。樹正緊緊抓住臥鋪的一角，幫忙花蜜掌把蕨葉莖編織進蕨葉鋪裡。紫羅蘭光則彎著腰將青苔從臥鋪邊緣塞進去。「我現在終於懂要融入一個部族，不用靠血脈關係，我還是可以找到方法讓自己融入雷族。」

「這表示你不會回天族了嗎？」她的腳爪微微顫抖。

「我為什麼要回去？妳在雷族啊！」他眨眨眼睛看著她。「我們現在是戰士也是導師，就讓我們一起享受眼前有的美好生活吧。」

「如果我想生小貓，也一定只跟你生。」她低聲道。她真的會有一天想生小貓嗎？

「好，」他喵嗚道，「前提是我們兩個都想要有小貓。」

嫩枝杈的鼻口緊貼著他。這是她多天以來第一次感覺到心情的放鬆。「我好愛你，鰭躍。」

「我也愛妳。」

樹從林子裡走來，嘴裡叼著一隻松鼠。馬蓋先和沙鼻也各自叼著一隻鴿子跟在他後面。他們把獵物放在洞穴入口。

馬蓋先眨眨眼睛看著嫩枝杈。「這裡獵物很多。」

「哈利溪和露躍待會兒會帶更多獵物回來。」沙鼻告訴她。

鰭躍嗅聞其中一隻鴿子。「聞起來好香。」

馬蓋先把牠推到他面前。「你吃吧。」

「我們可以自己去抓。」嫩枝杈連忙告訴他。她不想吃他抓來的獵物，畢竟這裡還有好多張嘴巴要餵。

「別麻煩了，等兩支狩獵隊都回來，一定有足夠的獵物分給每隻貓兒吃。」樹喵嗚說道。

馬蓋先對她眨眨眼睛。「再說，你們看起來還有很多情話要說。」

嫩枝杈別開目光，耳朵發燙。

馬蓋先喵嗚道，「別害臊……我們以前也不是沒談過戀愛。」

「你是在取笑我姊姊嗎？」紫羅蘭光從洞穴裡面走出來，瞪了馬蓋先一眼。

「只取笑一點點而已。」馬蓋先拾起自己的獵物，趕緊推沙鼻離開。

樹甩掉身上的雨水，在他們剛丟下來的鴿子旁邊坐下來。「不吃掉就太浪費了。」

紫羅蘭光順勢坐下來，緊偎著他，伸爪把鴿子拉過來，咬了一口。「我餓到不想爭辯了。」

鰭躍捕捉到嫩枝杈的目光。「我們吃吧，」他告訴她，「我想這一餐也算是我們應得的。」

「你真的認為我們可以吃？」

「當然可以。」他循著她的目光望過去，只見哈利溪和露躍剛狩獵回來，部族貓們都很開心，開始分發食物。葉星躺在一堆蕨葉上，眼神疲累地看著眼前的活動，表情心滿意足。飛掌正在向幾個見習生示範馬步。鷹翅正快步爬上山坡，嘴裡叼著三隻老鼠。蘆葦爪和梅子柳也叼著更多獵物跟在後面。

嫩枝杈看見貓兒們的神情都如此輕鬆自在，終於如釋重負了許多，於是在鰭躍旁邊安坐下來。鰭躍從鴿子身上撕了一根翅膀下來，剩下的遞給嫩枝杈。她聞到鴿子的香味，忍不住流口水，利牙戳進柔軟多汁的胸肉裡，撕咬了一塊下來，慢慢咀嚼。她看著樹說：「鰭躍說得對，你真的知道好吃的獵物藏在哪裡。」

樹的眼睛一亮。「知道藏在哪裡跟有能耐抓到牠是兩回事哦。」他揶揄地看了鰭躍一眼。「你想再去抓一隻乾扁的麻雀嗎？嫩枝杈夜裡可能會餓哦。」

鰭躍氣呼呼地說：「我那天是運氣不好。」

樹喵嗚道：「也許你應該去捕魚，而不是狩獵。你是天生的游泳好手。」他看了葉星一眼。「我是不知道你怎麼有辦法把她從水裡撈起來？但你真的太厲害了。」

「我猜是靠星族保佑吧。」鰭躍開心地咬了一口鴿翅。

紫羅蘭光用腳爪拍走鼻子上的羽毛。「你怎麼找到我們的？我們離湖區這麼遠？」

「我們現在還是離湖區很遠啊。」樹滿嘴食物地咕噥說道。

「搜索隊這點子是嫩枝杈提出來的。」鰭躍解釋道。

「樹幫我們帶路。」嫩枝杈插話道，「不然我們根本不知道從何追蹤起。」

「他是很聰明的獨行貓。」紫羅蘭光的眼裡閃著戲謔的黠光。

「他也會是很棒的部族貓。」嫩枝杈又咬了一口鴿肉。

紫羅蘭光豎直耳朵。「聽起來好像妳很贊成他當部族貓似的。」

嫩枝杈吞下鴿肉。「我贊成啊。」

他們不再說話，心滿意足地吃完這一餐，然後開始梳洗自己，這時鷹翅朝他們緩步走來，舔舔嘴巴，「這裡的獵物豐沛。」他停在他們旁邊，「從峽谷出來之後，我就沒再吃過這麼美味的松鼠了。」

紫羅蘭光翻翻白眼。「別再提峽谷了，我們沒有要回去那裡，你必須習慣湖邊的松鼠口味。」

他用鼻子碰觸她的頭顱，然後在她旁邊坐下來。林子很是漆黑。在他後面的天族貓正各自爬進自己的臥鋪。哈利溪已經在打呼了。

紫羅蘭光瞪看著洞穴外的黑影，眼神若有所思。「你到了坑地之後，怎麼知道我們走哪個方向？」她問道，「樹不會知道我們走哪條路啊。」

「有隻獨行貓曾遇見你們。」嫩枝杈告訴她。

「是蜘蛛！」紫羅蘭光似乎還記得他。

「對啊。」嫩枝杈喵嗚道。

「你們還蠻快就追上我們了，」鷹翅說道，「而且是及時趕到。」

「我們知道你們出事了。」鰭躍用腳爪搓洗耳朵。

鷹翅看著他。「你們怎麼知道？」

鰭躍和樹互看一眼。

「卵石光告訴樹的。」嫩枝杈輕聲說道。

紫羅蘭光立刻朝嫩枝杈扭頭，眼神驚詫。

「卵石光？」鷹翅瞪著她看，眼神不解。

「是啊。」嫩枝杈的喵聲小到幾近低語。

「她跟樹說話？」他的喵聲裡有濃濃的憂傷。

「沒錯，」嫩枝杈這才明白她父親還是很思念她母親，不免為他感到心疼，「當時我們就在這裡紮營準備過夜。」

紫羅蘭光的毛髮豎得筆直。「你確定是她？」

樹用尾巴輕刷她的腰腹。「她的眼睛跟嫩枝杈一模一樣，」他低聲道，「我早該猜到是她母親。」

「你以前見過她？」紫羅蘭光眨眨眼睛地看著他。

「見過，她在世時，我們有過一面之緣。當初告訴我天族應該留在湖邊的那位戰士就是她。」

「你為什麼不告訴我她是卵石光？」紫羅蘭光坐起來。

「我是把她的樣子形容給嫩枝杈聽之後，我才知道的啊。」他解釋道，「我早忘了她的名字，是現在提起我才想起來。」

鷹翅眼帶愁雲。「她過得好嗎？」

「你可以自己問她。」樹喵聲道，同時抬頭看了一眼，「她就在這裡。」

嫩枝杈的心突然揪緊。「在這裡？」

紫羅蘭光跳了起來。「她在哪裡？」

鷹翅瞪著樹看。「你現在看得到她？」

樹點點頭，「我也可以幫忙你看見她……就像我以前幫湖邊那位迷失的影族戰士一樣。」他站起來，閉上眼睛，動也不動，這時四周空氣似乎有微光出現。嫩枝杈渾身顫抖地站起來，洞穴前面的斜坡上有個暗色身影在動。一股溫暖的氣味飄進她鼻子裡，她欣喜快樂到心都痛了。「卵石光。」她低聲喚她的名字。

一隻白色母貓停在一條尾巴外的地方，溫柔的綠色眼睛在黑暗中閃閃發亮。她的毛髮有棕色斑點，宛若貓頭鷹的羽毛，光滑的身形神似嫩枝杈和紫羅蘭光。她看起來好熟悉，哪怕嫩枝杈從沒見過她。

紫羅蘭光向前傾身，不停嗅聞。

鷹翅從他們旁邊走過去，小心地用鼻子輕觸卵石光的鼻口。「我的愛，」他閉上眼睛，彷彿沉浸在她的氣味裡。「我還以為我再也見不到妳。」

「我很抱歉獨自留下你。」卵石光低聲道，「我被困在怪獸裡，我感覺得到牠把我愈帶愈遠，我掙扎著想要出來，但是無能為力。」

「我多希望我能找到你。」鷹翅的喵聲哽咽。

「失去你令我痛不欲生，可是後來……」卵石光的目光從鷹翅身上移開。她眨眨眼睛看著嫩枝杈和紫羅蘭光。「後來我們的小貓出生，」她的喵聲裡充滿母愛。她緩步向前，繞著她們，毛髮輕輕刷拂，觸感像風一樣輕柔，也像石頭一樣冰冷，嫩枝杈不禁渾身發抖。「自從妳們出生後，我就一直陪在妳們身邊，」卵石光低聲道，「哪怕我死後，我也沒有離開過妳們。我不能丟下相依為命的妳們去星族。」

「她們現在有我了，」鷹翅輕聲說道，「還有她們的部族。」

卵石光的目光移向樹和鰭躍。「而且也有了愛她們的伴侶。」她的喵聲帶著喜悅。「樹，謝謝你讓我跟他們說話……就算只有寥寥幾句。」

樹看著她，專注地豎直耳朵。「這是我的榮幸。我很抱歉我沒有早點知道你們之間的關係，我只知道妳是部族貓，但……」

卵石光喵嗚道：「樹，你很善良，你總是在我有需要的時候出手幫我。我很高興她們都找到了感情的歸宿，不再需要我了。」

嫩枝杈心上一驚。「我們永遠需要妳。」

紫羅蘭光眼神慌亂地看著她母親：「我們才剛找到妳。」

「該有的妳們都有了，不再需要我了。」卵石光朝陰暗的林子後退。

紫羅蘭光衝上前去，但鷹翅用尾巴示意她回來。「讓她走吧。」他小聲說道，「讓她到星族去，那裡才是屬於她的地方。她在這裡一定很寂寞。」

「她有我們啊！」嫩枝杈憤怒地瞪他一眼。但鷹翅眼神柔和地回望她。她頓時感到羞愧。她太自私了。她垂下頭，「對不起，她的確應該去星族。」

「我還是可以從星族那裡看到你們。」卵石光承諾道。

「可是星族離我們很遠。」憂傷哽在嫩枝杈的喉間。

「我會永遠在你們心裡，就像你們永遠在我心裡一樣。」卵石光慈愛地對她眨眨眼睛。「嫩枝杈，妳會成為很優秀的戰士，我已經看見了。而妳……」她那溫柔的綠色目光移向紫羅蘭光，「對妳的小貓們來說，妳是最棒的母親。」

「小貓？」紫羅蘭光歪著頭，一臉不解。

卵石光看了她的肚子一眼。「妳還不知道嗎？」

紫羅蘭光的眼裡閃過詫色。「我要當媽媽了?!」

嫩枝杈豎直耳朵。**當媽媽！**她開心地抬起尾巴。紫羅蘭光一直想要有個自己的家，她的夢想終於成真了。她聽見樹大聲地喵嗚。他用鼻口摩搓著紫羅蘭光的面頰。「我等不及想當爸爸了。」

鷹翅眼睛發亮。「難怪妳一路上都很疲累，脾氣也不太好。」他喵聲道，「我還以為是天氣害妳情緒不佳。」

「我也以為啊。」紫羅蘭光喵嗚對他說。

嫩枝杈看了她母親一眼。卵石光正轉身離去。「等一下！」嫩枝杈冒雨追在後面，她想再次浸淫在她母親的氣味裡，可是等到她跑過去時，她母親的氣味已淡，像影子一樣走進林子裡。

「我會永遠愛妳。」鷹翅在她後面喊道。

「再見了！」紫羅蘭光喊道。

「再見了，卵石光。」嫩枝杈嘴裡喃喃說道，眼看著她母親消失黑暗中。她感覺到雨打在她身上，心跟著痛了起來。這時她看見在卵石光經過的草地上，她的足印全都留下了熠熠閃爍的星光。

第二十四章

他們正攀上丘頂，紫羅蘭光瞇起眼睛抵禦雨勢。那雨從湖面上乘風掃了過來，似乎等不及想撲上任何血肉之軀，讓它們嘗嘗寒冽的滋味。她想到她的小貓正安全地躲在她溫暖的肚子裡，受到保護。她非常樂意幫他們擋住暴風雨的肆虐。

樹一直守在她身邊。自從他們從洞穴那裡啟程之後，他就一直不離她左右。昨晚，天族決定取道河族領地，避開洪水，直接前往影族營地。因為現在只剩下虎星需要被說服。葉星已先派了信差前往風族和雷族，請求派隊伍過來，以便他們在面對影族族長時，有足夠多的靠山。

「快去風族，」葉星告訴馬蓋先和梅子柳，「請霧星和兔星派幾位戰士前來影族。我們不是要宣戰，只是需要有聲音支持我們。」她也派蕁水花和沙鼻前往雷族，並告訴他們同樣的話。

現在他們正步下斜坡，進入河族領地。紫羅蘭光滿懷著希望。天族領地的問題也許真的可以獲得解決。虎星不可能抵擋得住四個部族的齊聲要求。

鷹翅跟在他們後面，葉星走在他旁邊。斑願和躁片跟著族貓們尾隨其後。花蜜掌腳跛了，先前她在跳躍時沒跳好，扭到了腳。沙鼻和貝拉葉緊挨在她兩邊，扶著她走。

樹帶隊朝河流的方向前進，河水從山區滾滾奔流而下，水量變大，但河道仍窄。不過在奔向大湖時，河面就驟然變寬。這條河本來平穩地環抱著河族營地，幾條小溪潺潺地穿過他們的領地，如今卻水位暴漲，泥水劇烈翻騰，營地已然消失在滾滾的急流裡。

紫羅蘭光停下腳步，低頭看著岸邊，驚訝湖水的水位竟漲得這麼高。「雨一定要快點停，要不然所有營地都會被淹沒。」

「五大部族又齊聚了，」樹提醒她，「我們一定可以熬過這場風暴。」

「但我們還沒有真正團結一心。」她心裡滿是疑慮。

葉星緩步走到她旁邊。「妳要有信心，」她溫柔說道，「我們都走得這麼遠了，不會失敗的。」

紫羅蘭光看見天族族長堅定的目光，覺得放心多了。

樹停在河邊，朝橫倒在水面上的一根樹幹點頭示意。「我們從這裡過河吧。」

「好。」葉星率先爬上去，鷹翅和雀皮跟在後面。紫羅蘭光等著貝拉葉和沙鼻先帶花蜜掌過河。她屏息看著受傷的見習生一跛一跛地走在溜滑的樹橋上，直到踏上對岸，她才鬆了口氣。斑願隨後上橋。

嫩枝杈停在紫羅蘭光旁邊，「接下來該妳了。」她把紫羅蘭光往樹枝那裡推。

紫羅蘭光不肯。「我們先讓飛掌安全過河再說。」她朝年輕的母貓點頭示意。

飛掌瞪大眼睛看著樹橋，濁黃的泥水在橋下肆虐翻滾。「這次旅行過後，」她喵聲道，「以後若再去參加島上的大集會，走樹橋過河對我來說應該都不看在眼裡了。」

「別擔心，飛掌，」嫩枝杈一臉同情地看著她的見習生，用鼻子頂她前進。「這是最後一條河，最近不會再有機會過河了。」

飛掌爬了上去，嫩枝杈跟在後面。小母貓小心地沿著樹幹走，全身毛髮豎得筆直。

鰭躍跟在後面跳上去。「距離不要拉太開，」他警告道，「每一步都要小心走。」

「不會有事的。」嫩枝杈告訴他。

紫羅蘭光看著他們過河，緊張到全身發抖，後來看到飛掌抵達對岸，嫩枝杈和鰭躍也跟著平安到達，這才鬆了口氣。

「來吧，」樹跳上樹橋，回頭看著紫羅蘭光。「跟緊哦。」

紫羅蘭光眨眨眼睛，慶幸有他陪在身邊，於是跟在後面爬上去。但腳墊在樹皮上滑了一下，害她嚇一大跳。她搖搖晃晃的。**應該是懷了一肚子的小貓，才會害我站都站不穩吧**，她心想道。於是她將爪子戳進樹皮，穩住身子，再把目光鎖在樹的身上，開始一步步前進。樹橋微微抖動，她心驚膽跳。蜥蜴尾和呼鬚也跟著跳上樹橋。紫羅蘭光停下腳步，回頭張望，查看他們站穩了沒有，並做好橋上可能有強風來襲的心理準備。他們一前一後地跟在她後面，全神貫注到連鬍鬚不敢動。她再次看向前方，瞥了一眼腳下的滔滔泥水，緊張地吞吞口水。

樹已經抵達對岸。他遙望著她，一臉擔憂地瞪大眼睛。「小心點。」

她對他眨眨眼睛，要他放心。「我不會有事的……」

突如其來的怒吼聲嚇得她當場愣住。上游似乎有隆隆雷聲傳來。她扭頭去看，一道水牆挾帶著殘渣碎片正朝她撞來。她驚愕地瞪看著它，身上每根毛髮都像在驚聲尖叫。它撲向樹橋，先撞上呼鬚和蜥蜴尾，再朝她橫掃而來，力道大到她以為自己會被撞成碎片。一瞬間，她就被捲走了。河水在她四周翻騰，充斥她的鼻子、耳朵，再灌進她的嘴巴。有硬物撞上她後腿，另外不知道什麼東西打到她側臉。水中的她什麼都看不到，只能驚慌失措地在急流中胡亂揮打腳爪。河浪將她高高舉起，她伸出前腳，意外撞上某個硬物，她趕緊抓住一線生機地將爪子戳了進去，拚命巴住它，滾滾洪水不斷從她四周奔流而過，拖住她的腿，把她往下游拉。這時水量突然減緩，她的頭浮了出來，不顧一切地先大口吞氣，眨眨眼睛，擠掉眼裡的水。

原來她抓住的是從岸邊突生出來的樹根。她吃力地巴著它，想慢慢往岸邊移動，但水流太強，只能待在原地。她感覺到那座湖正將她吸過去，她只好巴得更緊。不想被它吞進墨黑的湖底。

她往上游張望，看見呼鬚和蜥蜴尾渾身溼得像老鼠一樣地攀住河中央的岩石，這才鬆了口氣。他們被困住了，不過看得出來他們正從水裡撐起身子要爬上去。她的目光越過他們，深怕有第二波的水牆沖下來，將他們捲走。

「紫羅蘭光！」樹在岸邊急剎腳步，伸長身子，想要搆到她，但離太遠了。她就像水中的水草一樣在強勁的水流裡漂浮擺盪。這條樹根雖然強韌，但太細了，無法踩在上面，但只要她有足夠的體力巴住它，就不會被水流沖走。

我不會放手的，她向她的小貓保證。她前腿肌肉因為用力過度而隱隱痠痛，但她強忍住，她有小貓必須保護。

對岸的獅燄和金雀尾在岸邊傾身，朝蜥蜴尾和呼鬚喊叫。

「我們會找到方法救你們上岸。」獅燄吼道。

金雀尾眼神慌亂地看著四周，好像在找東西要救受困水中的貓兒。櫻桃落、夜雲和柳光也都聚在她旁邊。他們驚恐地瞪大眼睛。露躍和鵪鶉掌慌張地望向紫羅蘭光。

她再度試著慢慢沿著樹根往岸邊移動。要是水流再和緩一點，她就有辦法爬上岸。她盡量不去看樹那張驚慌失措的臉。葉星和鷹翅也都趕到。嫩枝杈和飛掌緊跟在後。紫羅蘭光穩住呼吸，撐住自己。**洪水再過一會兒就會和緩，她告訴自己，到時我就可以安全上岸了。**

這時上游的水裡有個暗色的小小東西載浮載沉。它從呼鬚和蜥蜴尾受困的岩石旁邊漂過來，紫羅蘭光突然發現那不是什麼垃圾殘骸。它越漂越近，她終於看出來那是一顆在水中不停轉動的頭顱，耳朵還在抽動。**是隻小貓！**她瞪看著他。天族沒有這麼小的貓啊。是河族離開營地時，忘了帶走的小貓嗎？他一趨近，她立刻認出那身灰色毛髮，**小影！**他怎麼會在河族領地裡？小影的眼神狂亂驚慌，小小的腳爪急流裡胡亂揮打。樹循著她的目光望過去，也看見了小貓，眼神驚恐。對岸的柳光和露躍也一樣滿臉驚愕地瞪著小影，毛髮豎得筆直。

「星族，快救救他！」柳光衝到水邊，慌張地大叫，小影絕望地看她一眼，從旁邊漂了過去，根本搆不到。

我必須救他！紫羅蘭光放開一隻腳爪，準備撲向他。

「不要放手！」樹驚慌尖叫。他的目光再度移向小影。他猜得出來紫羅蘭光準備要做什麼。

小影往她這邊漂過來了，隨時都會抵達。到時她就要放手。她會先抓住他，再奮力地游，如果她可以讓他們的頭顱都撐出水面，也許就可以游上岸。她必須游上岸。於是她繃緊肌肉，算好放手潛水的時間，這時她眼角餘光有黑影閃現，一隻黑色公貓從對岸跳了下來。他潛進急流裡，一把抓住小影，然後就被捲走了。

刺柏爪！紫羅蘭光認出了他，她嚇得心臟差點停掉。影族公貓在這裡做什麼？河水沖刷著她的鼻口，她再度用兩隻腳爪緊巴住樹根，回頭張望。

刺柏爪被捲進她後方的渦流裡。小影被公貓用牙齒緊緊叼住頸背，四周水流湍急，刺柏爪拍打水面，驚恐悲嚎，表情雖然扭曲，但神情決然，奮力泅泳。渦流的逆浪把他沖回上游。紫羅蘭光趕緊伸長後腿，讓他抓住。她硬撐住自己，好讓他游過來。公貓絕望地吼叫，沿著她的腰腹，死命地游，同時朝樹根伸出腳爪，抓住了它，隨即巴住，再一個使力，用鼻口把小影推上樹根。

小貓氣喘吁吁地攀住多瘤的樹皮，全身發抖，眼睛緊閉。樹探身過去。「我搆得到他！」葉星和鰭躍緊抓住他的身子，讓他伸長脖子用牙齒咬住小影的尾巴，一個扭頭，把他丟上岸。

紫羅蘭光轉頭看，刺柏爪就巴在她和河岸中間的樹根上。「你救了小影。」她上氣不接下氣。

他瞪看她，眼神驚恐呆滯。

「刺柏爪！」樹從岸邊對他喊道，「你可以幫忙紫羅蘭光上岸嗎？」

「妳從我身上爬過去。」水不斷灌進嘴裡的刺柏爪唾沫四濺地說道。

「不行，」紫羅蘭光驚恐地瞪著他看。她不能冒險，過程中她可能會撞開他。「要是你撐不住，被沖走了怎麼辦？」

「我撐得住。」他保證道。

「快照他的話做。」樹在水邊緊張地大喊，「他比較壯，而且他肚子裡沒有小貓。」

刺柏爪瞪大眼睛。「小貓？」他的眼神變得急迫。「快從我身上爬過去，妳不能死！」更多水灌進他嘴裡。她看見他撐直身子，緊抓住樹根，用狂亂的眼神哀求她。

紫羅蘭光緊張到一顆心快從嘴裡跳出來，她放開一隻腳爪，攀住刺柏爪的肩膀，戳進爪子，刺柏爪表情扭曲痛苦。她伸出兩隻後腿纏住他，像虱子一樣緊緊巴住，再放開另一隻前爪，攀上他的背。河水拖拉著她，她聽見正費力撐住身子的刺柏爪發出痛苦嚎聲。紫羅蘭光的腳爪再往他的另一邊伸，重新再抓住樹根，現在她離岸較近了，這裡的水流稍微平緩，不再死拖住她，她也終於可以沿著樹根慢慢往岸邊移動，直到只剩一個鼻口的距離。她一觸到岸，就感覺到有牙齒咬住她的頸背。樹已經衝過來抓住她，把她從水裡拖出來。她全身滴水地終於上了岸。

她倒在地上。「快去救刺柏爪。」她抬起頭顱，緊張地看著黑色公貓。

他已經快巴不住樹根，只剩爪尖還勾在那裡。「告訴虎星，我對不起他。」他抬頭望她一眼，眼神像是如釋重負了什麼，然後就被沖走了，直接捲入湍急的水道，他沒入水底，消失在視線裡。

「不！」紫羅蘭光憤怒地大吼。**星族不能讓他死！他救了小影！**樹用鼻子蹭蹭她，但她一點感覺也沒有。她驚慌悲痛，神情呆滯。

「你們快看！你們快看！」小影在他們旁邊喊道，他正瞪著上游看。

就在遠遠的對岸，柳光已經跳進水裡，但腰腹被獅燄用爪子緊緊抓住，金雀尾和夜雲則從後面抱住獅燄，天族貓則齊聚後方，一個接一個地緊抓住前面的同伴，形成一條很長的救命索，伸向滾滾的河水。最末端的柳光朝岩石游過去，呼鬚和蜥蜴尾瞪大驚恐的眼睛。她奮力一搏，終於搆到他們，爬上岩石。

紫羅蘭光長吁口氣，漸漸冷靜下來。她突然覺得好累，好想睡上一覺。

「保持她的體溫。」斑願的聲音聽起來很遙遠。「她驚嚇過度。」

她隱約覺察到樹和嫩枝杈正貼緊她。他們的身子很溫暖，她感覺得到他們的心跳。

「紫羅蘭光！」鷹翅的喵聲從四周的迷霧裡傳來。「快醒來，為了妳的小貓，妳必須醒過來。」

她突然驚醒！她的小貓！她現在不能睡！她甩甩頭，讓自己醒過來。「呼鬚！蜥蜴尾！」她記得柳光向他們奮力游過去。

樹眨眨眼睛看著她。「沒事了，他們都安全了。」

她望向上游，蜥蜴尾和呼鬚就站在對岸發抖，金雀尾和葉星正在為剛從水裡上岸的獅燄和柳光歡呼。

她凝視樹的眼睛，「你救了我。」她心裡滿是愛意，用鼻口貼住他的。

他溫熱的鼻息撲了上來。這時的小影在他們旁邊蓬起毛髮。「我辦到了！」他大喊道，一臉得意洋洋，「我完成了異象裡的任務，我讓五大部族團結起來了。」

她抽開身子，瞪著他看。「你的異象到底叫你做什麼？」

「我必須淹在水裡，才能讓五大部族同心協力。」小貓的眼睛閃著興奮的光芒。

「你是故意掉進水裡的？」紫羅蘭光豎起耳朵。「你腦袋有蜜蜂嗎？」

「可是有效，不是嗎？」小影一臉自豪地環顧貓兒們。紫羅蘭光循著他的目光望過去，這才發現來自各部族的貓兒都來幫忙。**難道小貓做對了？**

他一定是受到星族的啟發，她把小影一把拉過來，抬頭仰望天空。雲層漸稀，她情緒漸漸高昂，風也跟著停了，四周景色似乎安靜了下來，她豎起耳朵，心跳加快，這時雨竟也突然不再下了。

第二十五章

赤楊心抬頭仰望清澈的黑色夜空，瞇起眼睛，以防月光太刺眼。小島上方有無數顆星子亮起。好幾天下來，這是他第一次感覺到身上的毛髮是乾的。溫暖的和風再度宣告了新葉季的到來。

島嶼的空地十分擁擠，猶如大片的毛海。赤楊心看見嫩枝杈和紫羅蘭光跟鷹翅、樹和鰭躍坐在一起。他們的眼睛明亮，毛髮蓬鬆，顯然都很開心能再度團圓。他在松鴉羽耳邊低語，「好像大家都來了。」

松鴉羽嘟囔道，「在經歷了這些事情之後，有誰會這麼鼠腦袋地想錯過這場大集會？」

赤楊心喵嗚輕笑。虎星在天族一抵達影族營地，便要求緊急召開大集會。如今所有部族都仰望著巨橡樹，棘星、兔星、虎星、霧星和葉星肩並肩地坐在最低矮的樹枝上。他們的副族長坐在下方的樹根上，只有刺柏爪缺席。赤楊心的心裡一陣難過。他知道他的舉發並無不當，但他還是希望他的調查結果不是這樣的悲劇收場。

水塘光在他旁邊蠕動著身子。赤楊心對他很是熱絡地眨眨眼睛。公貓的毛髮又變得光滑柔亮，先前的傷疤已被豐厚的毛髮蓋住。他雙眼明亮，熱切地盯看著巨橡樹上的動靜。

虎星站起來，環顧貓群。「我們今天要討論的主題是改變。」他喵聲道。「部族要存活下去，就一定得改變。但首先我有關於刺柏爪的消息要告訴大家。你們都知道他死了，但你們可能不清楚整個來龍去脈。刺柏爪承認他曾在天族的生鮮獵物堆裡下毒。他以為這是一種便宜行事的方法可以趕走天族，哪怕他知道自己打破了戰士守則。他自認這是保護他部族的最好方法，免得我們還得上戰場來保衛領土。但若一個部族在必須上戰場保衛領土時卻怯戰不上，那就不配是部族了。刺柏爪已經為他的罪行付出了可觀的代價。他喪失了副族長的職務，也失去了寶貴的性命。」

部族貓們全都靜肅地看著他，他繼續說道。

「但他死得很英勇，他為了拯救貓兒而犧牲了自己。小影在河族領地上被洪水困住，是刺柏爪把他推上岸，才沒被洪水捲入湖裡。他本來可以自救的，卻選擇先幫助紫羅蘭光脫困水中。他救了天族戰士，卻犧牲了自己。我希望他能在星族得到安息。」影族族長俯看苜蓿足。後者坐在其他副族長旁邊，在橡樹樹根上蠕動著身子。「苜蓿足將接任影族的副族長職務。她也跟刺柏爪一樣，曾經背叛部族……但我相信她也跟他一樣，已經準備好要為部族全心奉獻。」

「苜蓿足！」焦毛是第一隻出聲吶喊她名字的影族貓。

雪鳥也加入。「苜蓿足！」

「苜蓿足！」她的族貓齊聲歡呼，她的名字響徹空地，高昂的情緒也感染了其他部族貓。

赤楊心向她垂頭致意，很高興她能雀屏中選。她自豪地鼓起胸膛，眼裡映著月光，回望著他。

棘星抬起鼻口。「嫩枝杈帶領了一支由雷族、河族和風族組成的隊伍，找到了天族，勸服他們回到湖區。」部族貓全都轉頭看，嫩枝杈不好意思地低頭看著自己的腳。鰭躍朝她挨近，棘星繼續說道：「儘管風雨肆虐，這支隊伍還是不負使命地帶回了天族……」

他的話被貓群的歡呼聲打斷，他眼帶驚訝，豎起耳朵，顯然非常高興，靜候歡呼聲的褪去。「我們還是必須解決他們未來的居住問題，不過我們確定他們會跟其他部族一起住在湖邊。」

爆發石從影族貓裡頭喊道：「領地的分配必須公平。」

「每個部族都必須讓地。」蜥蜴尾從河族貓裡頭喊道。

棘星垂下頭。「是的，這一次每個部族都必須讓出部分領地作為天族的家園。」

兔星一臉歉意地看著葉星。「我們當初應該早點在這件事情上達成共識。」

葉星看著他。「你們是應該早點達成共識。」她眼帶譴責地把目光移向他和霧星。「要是其他族長一開始就肯承擔起這件事，後來的這些苦難就不會發生了。」

霧星垂下頭，「河族不會再刁難大家。」

「下一次只要是正當該做的事情，風族也不會再等其他部族同意才去做。」兔星承諾道。

葉星一臉滿意，然後朝虎星轉頭。「影族怎麼說呢？」

虎星冷靜地迎視她的目光。「影族只要求公平。當初要是我不站出來堅持影族該有的權利，一切都不可能改變。妳還是會占有我們一半的領地，而我的族貓卻得面臨挨餓的可能。」

葉星抽動著耳朵。「這只是你的看法。」

赤楊心焦慮到腳爪微微刺癢。難道這場大集會最後又只淪為一場辯論大會嗎？他急忙搜找天族族長的目光。她會因為虎星拒絕承認自己是天族苦難開始的始作俑者而倍感受辱嗎？他歪著頭，表情突然驚訝。**她有眼神帶笑嗎？**那笑意只閃現了一下，然後葉星就眨眨眼睛，換了副表情，回頭望向棘星。赤楊心鬆了口氣。看來她願意暫時縱容虎星的高傲。

「過去的就讓它過去吧。」棘星喵聲道，「我們必須通力合作，決定一條路，讓我們在未來可以共同壯大。」

「領地要怎麼分配呢？」霧星問道。

「天族對森林向來熟悉，」棘星開口道，「他們可以得到一塊夾在雷族和影族中間的土地，從山區的邊界一路到湖邊為止。」

葉星瞇起眼睛。「河族和風族願意讓出什麼？」

「我們可以更動邊界，」兔星提議道，「這樣一來，雷族就能取得我們的部分領地來多少彌補他們讓給天族的地，」然後他以期待的目光看著河族，「你們也可以用同樣方法來彌補影族。」

霧星垂下頭。「所以五個部族的領地是以這座湖為中心，彼此接壤。」她若有所思地低聲道。

下方的部族貓不安地看著彼此。赤楊心繃緊神經。族長們會同意棘星的這套計畫嗎？

霧星點點頭。「我想應該可行。」

棘星滿臉期待地望著虎星。「你覺得呢？」

虎星看了自己的族貓一眼，月光映現在他暗色的目光裡。

赤楊心不安地推推水塘光。「他為什麼猶豫不決？」

「噓！」水塘光揮動尾巴要他別說話。

虎星朝棘星緩緩地眨眨眼睛。「你是建議讓天族再跟影族比鄰而居嗎？」

葉星豎起頸毛。「你對這一點有意見嗎？」

虎星抽動著鬍鬚。「我想不出比這更好的方法，因為我們已經忍受比鄰而居的雷族很久了，能在邊界上換一個新的部族當鄰居，真是太好了。」他調皮地覷了棘星一眼。

棘星氣呼呼地說：「雷族也很高興終於不用再跟影族共享邊界。」

「你們會想念我們的氣味記號的。」爆發石從貓群裡喊道。

爆笑聲像漣漪一樣在貓群間漾開。

呼鬚從貓群後方喊道。「以後在大集會上，雷族和影族要是不能再像八哥鳥那樣鬥嘴，那該有多無聊啊。」

霧星喵嗚笑道：「我相信他們還是有辦法找到機會互相鬥嘴。」

棘星不耐地彈動尾巴。「所以領地的問題解決了？」

「沒錯。」虎星垂下頭。

「從現在起，每個部族都有公平對等的領地和平等的話語權。」兔星喵聲道。

「我們天族又要搭建另一座營地了。」葉星故作誇張地翻翻白眼。

「我們會派戰士前往協助。」棘星提議道。

「影族也會派戰士前往河族幫忙重建營地。」虎星插話。

赤楊心開心極了。他從沒見過部族之間如此和樂融融。這是全新和平時代的開端嗎？他看了樹一眼。也許以後他們有紛爭時，也會學著傾聽斡旋貓的意見。

樹用鼻口輕觸紫羅蘭光的耳朵，她把鼻子埋進他的頸毛裡。她的毛髮在月光下顯得光滑柔亮，**她顯然很適合懷孕。**

在她旁邊的嫩枝杈眼裡盈滿喜悅地望著族長們。她的體型看起來比以前大。赤楊心好奇她個子是不是又抽高了一點，她現在看起來就像松鼠飛一樣是個完全成熟的戰士了。飛掌低頭鑽進她和鰭躍之間，嫩枝杈熱絡地看了她的見習生一眼，挪出位置給她。

赤楊心突然感到無比的自豪，感覺上他跟針尾好像是幾個月前才把還是小貓的她們帶回部族。要是他當時能預見未來，那就好了。他從沒想過她們會帶來這麼大的改變。他又看了天上的星群一眼，**想著針尾也在天上看嗎？**她對這兩隻小貓的成就也很引以為豪嗎？**針尾，謝謝祢幫我找到她們，**他欣喜到心都痛了起來，**我希望祢在星族也過得很幸福快樂。**

他深吸一口夜裡溫暖的空氣，默默祈禱部族間的和平可以永續長久。**如今我們總算不負星族所望，做到了五族共存，就讓我們攜手共同面對未來全新的挑戰吧。**

WARRIORS 貓戰士

系列叢書

貓迷們！還缺哪一套？

五部曲 - 部族誕生：
揭開貓戰士的起源以及部族誕生。
套書1~6集 定價：1500元

外傳系列：
以單一貓戰士為主角的故事。
1~10集 陸續出版中

荒野手冊：
帶領讀者深入了解貓族歷史。
1~4集 定價 930元

國家圖書館出版品預編目資料

貓戰士幽暗異象六部曲．六，風暴肆虐 / 艾琳・杭特（Erin Hunter）著；高子梅譯．-- 初版．-- 臺中市：晨星，2019.05
面；　公分．--（Warriors；51）
譯自：Warriors : The Raging Storm
ISBN 978-986-443-863-1（平裝）

874.59　　108003602

貓戰士六部曲幽暗異象之Ⅵ

風暴肆虐 *The Raging Storm*

作者	艾琳・杭特（Erin Hunter）
譯者	高子梅
責任編輯	謝宜真
校對	許仁豪、陳品蓉、陳彥琪、蔡雅莉
封面繪圖	萬伯
封面設計	陳嘉吟
美術編輯	張蘊方
創辦人	陳銘民
發行所	晨星出版有限公司 407台中市西屯區工業區30路1號1樓 TEL：04-23595820　FAX：04-23550581 行政院新聞局局版台業字第2500號
法律顧問	陳思成律師
初版	西元2019年05月01日 西元2024年06月30日（六刷）
讀者訂購專線	TEL：（02）23672044 /（04）23595819#212
讀者傳真專線	FAX：（02）23635741 /（04）23595493
讀者專用信箱	service@morningstar.com.tw
網路書店	http://www.morningstar.com.tw
郵政劃撥	15060393（知己圖書股份有限公司）
印刷	上好印刷股份有限公司

定價250元

（缺頁或破損的書，請寄回更換）
ISBN 978-986-443-863-1

請填妥後對折裝訂，再貼妥郵票寄出

請黏貼
8 元郵票

407

台中市工業區30路1號

晨星出版有限公司

TEL：（04）23595820　FAX：（04）23550581

e-mail：service@morningstar.com.tw

http://www.morningstar.com.tw

請沿虛線摺下裝訂，謝謝！

貓戰士VIP會員

加入即享會員限定優惠折扣、不定期抽獎活動好禮、最新消息搶先看。

【三個方法成為貓戰士VIP會員！】

1. 填妥本張回函，並寄回此回函。
2. 拍照本回函資料，回傳至少年晨星Line。
3. 掃描右方QR Code，線上申辦。

Line ID：@api6044d

線上申辦

★因人工作業，回函寄出後需約兩週作業時間。
感謝您的耐心等候。

□ 我已經是會員，卡號 ____________________

□ 我不是會員，我要成為貓戰士VIP會員

姓　名：________________ 性　別：________ 生　日：________________

e-mail：____

地　址：□□□______縣／市______鄉／鎮／市／區______路／街

______段______巷______弄______號______樓／室

電　話：____

我要收到貓戰士最新消息　□要　□不要

我要成為晨星出版官網會員　□要　□不要

貓戰士鐵製鉛筆盒抽獎活動

請將書條的蘋果文庫點數與貓戰士點數黏貼於此，集滿2個貓爪與1顆蘋果（點數在蘋果文庫書籍）後寄回，就有機會獲得晨星出版獨家設計「貓戰士鐵製鉛筆盒」乙個！

點數黏貼處

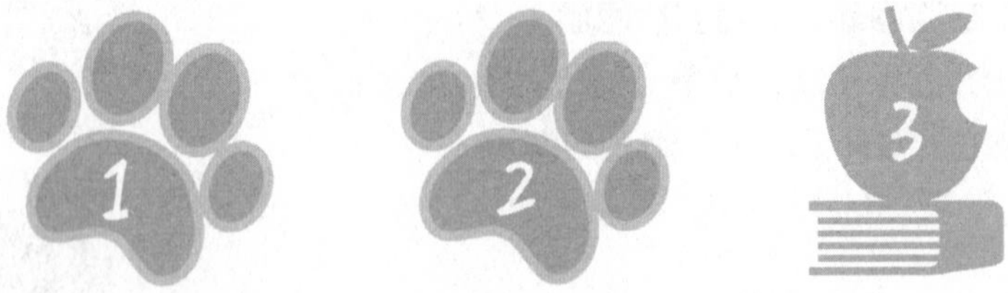

若有問題，歡迎至官方Line詢問